贼

CITY
OF
THIEVES

城

DAVID BENIOFF

〔美〕大卫·贝尼奥夫 著

有印良品 译

著作权合同登记号 图字 01-2018-6387

CITY OF THIEVES by David Benioff
Copyright © 2008 by David Benioff
This edition arranged with William Morris Agency, LLC.
Through Andrew Nurnberg Associates International Limited.
All rights reserved.

图书在版编目(CIP)数据

贼城 /（美）大卫·贝尼奥夫著；有印良品译.
—北京：人民文学出版社，2018
ISBN 978-7-02-014556-0

Ⅰ.①贼… Ⅱ.①大… ②有… Ⅲ.①长篇小说-美国-现代 Ⅳ.①I712.45

中国版本图书馆 CIP 数据核字(2018)第 189649 号

责任编辑：甘　慧　陶媛媛
封面设计：钱　珺

出版发行　人民文学出版社
社　　址　北京市朝内大街 166 号
邮政编码　100705
网　　址　http://www.rw-cn.com

印　　制　上海盛通时代印刷有限公司
经　　销　全国新华书店等

字　　数　228 千字
开　　本　890 毫米×1240 毫米　1/32
印　　张　9.75
版　　次　2010 年 10 月北京第 1 版
印　　次　2018 年 11 月第 1 次印刷

书　　号　978-7-02-014556-0
定　　价　48.00 元

如有印装质量问题，请与本社图书销售中心调换。电话：010－65233595

献给阿曼达和弗兰凯

若城市沦陷,有人独自逃离
他将带上这座城一起踏上逃亡之路
他将成为这座城

——齐别根纽·赫伯特

最终,申克觉得自己听明白了,大笑起来。接着,他突然语气严肃地问:"你认为这些俄罗斯人是同性恋者?"
"等战争结束时,你就会发现。"我答道。

——库尔乔·马拉帕尔泰

我的祖父是个狠角色,他十八岁之前干掉过两个德国人。我不记得到底是谁告诉我这件事的,好像一直都知道——就好像我打小知道扬基队主场作战时要穿有条纹的球衣而客场就披上无条纹的灰色战袍一样。可我不是生而知之的,是谁告诉我的呢?显然不是我爸,他向来不会和我分享什么秘密;当然也不是我妈,她一直忌讳且避谈不开心的、血腥的、畸形变态的那一套;不是我祖母,她熟知她的祖国的那些传说——虽然大多数传说都相当可怕,像什么小孩子被狼吃掉了,或者被巫婆搞得身首异处——那些传说中根本就没有战争;当然,这件事更不是我祖父本人告诉我的。在我的早年记忆中,他总是笑眯眯地看着我,很安静,有一双安静的眼睛,身材修长,过马路的时候会牵着我的手。我疯跑着、大呼小叫地追赶鸽子或把糖蚊的胳膊腿儿撕掉的时候,祖父通常都坐在公园的长椅上读俄文报纸。

我小时候住的地方离我祖父母的住所只有两个街区，几乎每天都能见着他们。在贝里奇的铁道公寓那里，他们开设了一间小小的保险公司，主要为那些从俄罗斯来的移民提供服务。我祖母总是在电话里推销保险，她让人着迷，让人害怕……不管她用的是什么招儿，反正人们总会买她的保险，没人能拒绝她。祖父则做些案头工作，和纸张文件打交道。我小时候总爱坐在他的膝盖上，紧盯着他残缺的食指，那里是那么圆润和光滑——从第二个指节处齐刷刷地断掉了——感觉生来就是这样。每到夏季，扬基队一开赛，收音机里就有转播（在他过七十岁生日那会儿，我爸爸给他买了台彩电）。祖父这辈子没有改掉他的口音，从来不在选举中投票，也不听美国音乐，但他是一名忠诚的扬基队粉丝。

二十世纪九十年代后期，某保险集团想收购我祖父母的公司。在别人看来，人家出的价钱相当不错了，可我祖母还是抬到了这个价儿的双倍。可想而知，那个集团公司跟我祖母进行了好一番讨价还价——我很想给彼公司一记忠告：跟我祖母搞这个，无非是浪费时间而已——到头来，那家公司还是给了祖母她想要的价钱。在这之后，祖父母便秉承传统：卖掉公寓，搬到佛罗里达去了。

他们在墨西哥湾又买下了一栋很小的房子。这栋房子是某建筑师在一九四九年建造的，如果这个人在那一年没被淹死的话，说不准能成为建筑大师吧。

房子是那种很结实宏伟的钢架结构，还灌装了水泥，并且造在悬崖峭壁上，可以俯瞰整个海湾。这类房子并不是人们通常想象中的给退休老头、老太太住的，他们搬到南方也并不是惦记着要在阳光里委顿、衰老，直到死去。大多数时间里，祖父总是坐在他的电脑前，跟他那些老哥们儿网上聊聊天，下下国际象棋。祖母则在刚搬来的几周里无所事事，无聊得发疯，但很快她就在萨拉索塔①社区学院里给自己寻谋了一份差事：给那些晒成小麦色的学生教授俄国文学。

我只去过她的课堂一回，看见那些学生无时无刻不为我祖母的粗口、冷嘲热讽以及对普希金诗歌的完美记忆而深感震撼，为之折服。

祖父母每天都在自家屋外的露台上吃晚餐，眼睛瞅着墨西哥方向的黑色海面。他们每晚睡觉时就让窗户洞开着，蛾子则用它们的翅膀扑扑拍打着纱窗。与其他同住在佛罗里达的退休老人不一样的是，他们从不为犯罪和安全问题焦心。他们的前门从来不上锁，家里也没有什么报警装置，开车时不系安全带，大太阳底下当然也不涂那些防晒霜之类的劳什子。他们笃笃定定地认为没有什么东西能害死他们，除了上帝，但他们压根儿就不信上帝。

我住在洛杉矶，写着一些关于基因突变的超级变种大英雄之类的剧本。两年前，一家编剧杂志约我写篇半自传性质的文章，写到一半时，我才发觉自己的生活是如此乏善可陈。我并不是在抱怨，尽管有关我的经历的摘要读起来会相当乏味——学校、学院、奇奇怪怪互相不挨的工作、研究生院、更多不靠谱的工作、更多研究生院，然后更多超级变种大英雄——迄今我却经历过不少好时光，但在费劲整理这篇文章的时候，我认定我一点儿也不想再写关于我自己的生活了，连五百字都不想写。我想写列宁格勒。

祖父母在萨拉索塔机场接我，我俯身亲吻他们，他们仰着脸笑望着我——看着自己人高马大的美国孙子，感觉总是有一点点得意的（六英尺二英寸的我往他们旁边一站，跟个巨人一样）。在从机场

---

① 萨拉索塔是美国佛罗里达州西部城市。

3.

回家的路上，我们顺便在市场里买了鲳参鱼，一回到家，祖父就把它给烤了，除了加上点儿黄油、盐和新鲜柠檬汁之外，别的什么都没放——跟他做的每道菜一样，看起来简单得难以置信，只花上十来分钟的时间——但就是这个，比我那一年在洛杉矶吃到的任何东西要鲜美。祖母从来不做饭，我们家人人都知道：但凡比准备一碗甜麦圈难一点儿的事，她都不会碰。

晚餐后祖母点了支烟，祖父则倒上三大杯家酿的黑加仑伏特加。我们一块儿听着蚱蜢、知了那些生灵的大合唱，一边望着黑色的海湾，时不时再挥赶几下蚊子。

"我今天带了录音机来，兴许……我们能聊聊那场战争？"

"什么？"祖母的眼珠转了转，把烟灰弹到草地上。我想我看见她转眼珠了。

"你都四十了，现在倒想要知道这个了？"

"我才三十四，"我看着祖父，他也微笑着看我，"怎么了？你们俩难不成是纳粹？想隐瞒纳粹历史？"

"没有，"祖父笑了，"我们可不是纳粹。"

"你认为我四十了？！"我再次诘问祖母。

"三十四，四十，"她边说边朝我摆着手，嘴里还发出嘘嘘声。她发出这种声音时通常会带着那个惯有的手势，好像要把愚蠢的东西都赶跑似的。"谁在乎你的岁数啊，结婚去吧，快去找个老婆！"

"你怎么跟佛罗里达那些老奶奶一样的口气呀？"我说。

"哼！"老太太的声音听来好像有点儿受伤。

"我就是想知道怎么回事儿，那场战争为什么这么可怕？"

"他想知道这是怎么回事儿。"她一边冲祖父点着头，一边拿烟头点着我。

"亲爱的。"我的祖父开口了,只有这三个字,多余的一概没有。

我祖母点了点头,把香烟在玻璃台面上按熄。"你这么做倒也没错,你想写写那场战争,应该写。"

她站起身来,在我前额上亲了下,又亲了下祖父的嘴,把盘子都收拾回屋了。随后几分钟,我跟祖父就那么坐着,听着海浪拍打着海岸的声音。祖父替我们倒上新鲜伏特加,他很高兴我先喝光了自己的。

"你有女朋友了?"

"嗯哼。"

"是那个演员?"

"是啊。"

"我喜欢她。"

"我知道你喜欢她。"

"她应该是个俄罗斯人,有那么一双眼睛。"祖父说道,然后他说,"你想谈列宁格勒,那我们就好好谈谈它。"

"不是我谈,是我想听你谈列宁格勒。"

"呃,好,那我就说说吧,明天?"

他没有食言。在接下来的一周里,每一天我们都坐在水泥甲板上,我录下了他的故事。每天早上几小时,中午休息一下,然后下午又接着来。我的祖父——在人多时(除他老婆以外的人)说话不会超过两句以上的这么一个男人,就是他,他的话,他的故事把我小小的卡带灌满了一盘又一盘,一本书根本写不完——真相,通常比小说更奇诡,但也得靠一个好编辑才成。在我生命中,这是头一次听我祖父咒骂,听他公开谈论性、他的童年,谈论当年的那场战争和他如何来到美国。更多的时候,他只讲了一九四二年的那一周,那一年的第一周,他遇见祖母的那一周,他遇上他最好朋友的那一周,也是在那一周,他杀死了两个德国人。

在他讲述完所有的故事以后,我又询问了一些小细节——姓名、地点、某些日子的天气状况等。他容忍了我一小会儿,但最终还是探过身子把录音机停止键按下了,接着说了句:"那是很久以前的事儿了,我记不得我穿什么衣服,我也不记得有没有太阳出来。"

"我只是想保证每件事、每个细节都准确无误。"我申辩着。

"这你可做不到。"他说。

"这是你的故事,我不想搞砸了。"

"大卫!"祖父制止我。

"可还有几件事我没搞明白——"

"大卫——你不是作家吗?编啊。"

从来没那么饥饿过,也从来没那么寒冷过。我们睡着的时候,如果我们能睡得着的话,总是梦见七个月前没心没肺享用过的大餐——那些黄油面包呀,土豆团呀,那些香肠呀。吃的时候完全不觉得怎么珍贵,尝也不尝就吞下肚去,盘子里还残留着大片的肉渣渣——在一九四一年六月德国人到来之前。本以为我们很穷呢,可到了那年冬天再回过头去看,六月里简直就是天堂。

每到夜晚来临,风就一直刮,又刮得那么暴戾,当它停下来的时候反倒会让我们吃一惊。街拐角被烧掉的那家咖啡店,门窗被风吹动时发出的吱嘎声会突然停下来几秒,就好像有捕食者在接近,小动物一下子被恐惧攫获而倏忽变得悄无声息一般。那些窗户框子都在十一月被拆下来当柴禾烧光了。列宁格勒这个地方,再找不到什么木料可以烧了。所有有木头表象的东西:公园的长凳,乱七八糟大楼里的木地板条……一概不见了,一准儿是在谁家的火炉子里头吧。鸽子们也通通不见了,一定是被谁捉住,然后用化冻的涅瓦河水给炖了。没人在意鸽子被屠宰,倒是狗和猫会带来些麻烦。在十月,你会听到一些流言蜚语,说谁谁谁把家里的狗给烤了,分成四份作为晚餐。一听到这些话,我们便会摇头晃脑大笑着不相信,并且想知道如果放了足够的盐巴,那条狗会不会尝起来味道更好一些。在那个时期,我们还有足够的盐——即使在什么都没有了的情况下,仍然还有盐。可到了一月份,所有这些传言就都变成了澄明的事实。除了那些最有办法的人之外,没人能再养得起宠物,于是,宠物喂养了我们。

关于胖和瘦一向有两个理论。有人说在战争前胖点儿的人更有机会存活下来——就算一周不吃什么东西,也不会让一个胖子变成骷髅;而另外一些人则说,瘦的人更能适应吃得很少,也相应地更能应对饥荒。我选择后一阵营完全是出于对自己有利的考虑——我生来就是个矮小的人,大鼻子,黑头发,满脸雀斑。让我们承认这一事实吧,我可不是女孩子们追逐的对象,但是战争让我变得比较有吸引力。而那些人呢?那些在德国人入侵之前壮硕如马戏团里的大汉一般的人呢?随着配给定量的一减再减,他们身上的肉已经哗哗掉得不见了一半。相对来说,我却无肉可减。这情形有点儿像被恐龙扳倒的小鼩鼱[①],虽然被压倒,却还可以一口一口吃着腐肉……我就是为匮乏、清

[①] 鼩鼱是一种体型细小、外貌有点儿像长鼻鼠的哺乳动物。

苦的生活而生的。

除夕夜，我坐在基洛夫的屋顶上——这是栋公寓大楼，我从五岁起就住在这里——看着那些粗粗胖胖的防空炮在云层下时刻准备着反击（基洛夫公寓在一九三四年前没有名字，直到基洛夫被杀害之后，整整半个城的建筑物都以他来命名）。在那个时候，太阳只在天空上待六个小时，从这个地平线快速挪动到那个地平线，好像受了什么惊吓似的。每晚，我们四个人都会在屋顶上坐上三个小时放哨，带着装满沙的桶子、铁钳和铁锹，浑身裹满所有能找来的衬衫、毛衣和厚外套，盯着天空。我们是"消防队员"。德国人认定急急攻进城里代价太大，所以他们转而决定围困我们的城市，想把我们烧死、炸死。

战争真正来临之前，有一千一百人住在基洛夫，可到除夕左近，就只剩下将近四百人——大多数小孩在九月份德国人缩小包围圈之前就撤离了，我妈妈和我的小妹妹塔西娅也去维亚兹玛投奔我舅舅。在她们离开的前夜，我跟我妈妈干了一架，这是我们之间仅有的一次干架，确切地说，也是我唯一一次反抗。妈妈想让我跟她们一起走——当然了，远离这些侵略者，躲到我们国家的心脏地带，在那儿，炮弹炸不着我——但我是不会离开彼得城[①]的。我是个男人，我必须保卫我的城市，我要成为二十世纪的涅夫斯基[②]。也许我并没有那么荒谬，我有着十分纯粹的理由：若每个肢体健全的人都逃跑的话，那么列宁格勒就会落入法西斯手中。若没有列宁格勒，没有这座工人之城来为红军制造坦克和步枪，苏联还有什么机会可言呢？

可我老妈却认为这是非常愚蠢的辩解。我还没到十七岁，从来没

---

① 彼得城，列宁格勒的别称。
② 亚历山大·涅夫斯基（约1220—1263），俄国民族英雄。

有焊接过任何装甲车,离被登记到军队招募名册上还有差不多一年的时间,保卫列宁格勒跟我一点儿关系也没有。我无非就是给列宁格勒多添一张要吃饭的嘴罢了。我完全不理会这些"侮辱"。

"我是个救火队员,"我告诉她这个是因为它是千真万确的,"市政厅颁布了命令,成立了一万个消防小组,我是基洛夫第五消防纵队的荣誉长官。"

我妈妈还不到四十岁,却已经头发花白了。她坐在餐桌对面,用她的双手捧着我的双手。妈妈是个非常非常矮小的女人,还没有五英尺高,但我从落地那天起就一直很怕她。

"你是个白痴!"她说我。这个词听起来很有侮辱性,可她一直以来都这么叫我,管我叫她的小白痴,叫来叫去的。到后来我也就习以为常了,把这当作是她对我的昵称。"这个城市在你出生之前就有了,在你死后也会继续存在。但是,塔西娅和我需要你。"

她是对的。一个好儿子、好哥哥一定会跟着她们走。塔西娅那么崇拜我,我从学校一回家,她总是跳到我身上来,给我读她在学校写的那些傻乎乎的小诗——这些小诗是她的家庭作业,为了纪念那些在革命中牺牲的烈士。她还会在作业本上涂抹一些我的大鼻子小漫画,总而言之,气得我想要掐死她。我没有任何欲望跟着妈妈和小妹妹在这个国家流浪。我十七岁了,对我自己的英雄主义目标充满信念。在战争伊始的第一日,广播里就播放了莫洛托夫的宣言:"我们的事业是正义的!敌人必败,我们必胜!"这些宣言被印刷成数千张标语张贴在城市的墙壁上。我相信这一誓言,我不会在眼见着敌人来袭时逃跑,更不会错过这场胜利。

妈妈和塔西娅次日凌晨就离开了,她们坐了一程汽车,又搭了一程军车,穿着开帮露底的靴子在乡村道路上走了数也数不清的路。她们终于到达了目的地，花掉了三周的时间。妈妈给我发了封信来，在信上讲述了那段旅途的恐怖和疲劳——兴许她是想让我对抛弃了她们萌生出罪恶感吧。我确实有罪恶感。但我也知道她们的离开对我而言兴许倒是件好事。一场恶战即将来临，她们不属于前线。在那一年的十月七号，德国人占领了维亚兹玛，打那以后，妈妈的信就再也没有来过了。

我想说的是，她们走了以后，我很是惦记，在某些夜晚也特别孤独，还总会想念妈妈烧的菜。可从小我就幻想着有那么一天能独立生活，我最喜欢的传说、故事讲的都是些以智取胜的孤儿，他们能够走出恐怖的黑森林，有办法历经万难，打败敌人，最后逃脱，并在云游四方的途中寻到了金银珠宝。当然也不能说我是高兴的，因为太饿了，想高兴也高兴不起来。但我相信至少这是有意义的。如果列宁格勒沦陷，那么苏联就沦陷了；如果苏联沦陷，那么法西斯就征服了全世界——所有人都相信这一点。我至今仍对此坚信不移。

对军队来说，我是太年轻了，可我也够岁数白天去挖防坦克壕沟、晚上在屋顶上放哨了。消防第五纵队的队员们都是我的朋友：维拉·奥西波夫娜，一个有天分的大提琴演奏员；安托科利亚斯基家的一对儿红头发双胞胎——这二位唯一的、人所共知的天分就是能很和谐地一块儿放屁。战争初期，我们在屋顶还能抽上烟，摆出一副勇敢、坚强的士兵范儿，再拗出个方正又坚定的大下巴，扫描着空中的敌人。可到了十二月底，列宁格勒已经没有香烟，至少没有用烟草制成的香烟了。总有几个不知死活的家伙把落叶碾碎卷进纸里，并把卷成的东西称为"秋之光"，他们声称若是碰巧找对了树叶，"秋之光"

抽起来味道还蛮不错的。但在基洛夫公寓,这是不可能的事,它离最近的一棵还站着的树也特别远。我们在闲暇时就去捉老鼠,那些老鼠心里一定这么念叨着:城市里没了猫,就是抽了猫的老祖宗—记最响亮的耳光啊!直到它们终于意识到纵使在垃圾堆里也刨不出任何食儿来了。

几个月的空袭之后,我们都能根据飞机引擎声辨别出是何种机型,那天晚上的是容克88[①]。连续数周的夜里都是这一型号的飞机,它们代替了很容易被我军战士击落的亨克尔和多尼尔轰炸机。列宁格勒在白天看来是那么凄楚可怜,可夜幕降临之后,这个被围困的城市却有一丝奇异的美丽。

月亮升起时,在基洛夫的屋顶上,我们可以俯瞰整个列宁格勒。海军塔的塔尖(塔尖已被漆成灰色用以防避轰炸);彼得保罗要塞(在其尖顶也覆盖上了伪装防护网);圣伊萨克大教堂的圆顶和喋血教堂;邻近建筑物的屋顶上也有其他人员配备了高射炮;而在早些时候,波罗的海舰队已经往涅瓦河抛下了铁锚,舰艇漂浮在河面上,船上身穿灰色制服的高大士兵们在朝纳粹的炮兵阵地打枪。

最为壮观的场景就是空战了,容克88和苏霍伊1在城市上空盘旋……通常我们看不见这种场景,除非它们能被强力探照灯捕捉到。苏霍伊1的机翼下方涂着几颗大红星,为的是让我们自己的炮手便于识别。每过几个晚上,空战就会把这个城市装点得如同舞台般明亮。速度较慢又笨重的德国飞机尽量在低空飞行,企图靠近速度较快的苏联战斗机,好让他们的枪手能够瞄准。容克88被击落时,燃烧的机

[①] 容克88,"二战"时期一种飞行速度很快的轰炸机,由德国容克飞机制造厂生产。

体就像来自天堂的坠落天使一样，整个城市的屋顶会突然爆发出一阵轻蔑的嘘声，所有的狙击手和消防队员都会挥舞着拳头向胜利的苏联空军致意。

在屋顶上，我们还有一台小小的收音机。除夕夜，我们听到莫斯科斯巴斯克钟鸣响着《国际歌》。维拉不知道从哪儿找到了半个洋葱，分成四份并且涂上了葵花油，我们把洋葱吃掉后又用配给的面包蘸光了那一点一滴的油水。面包咬在嘴里一点儿都不像面包，压根就不像食物。德国人炸毁了巴达耶夫食品库以后，列宁格勒所有的面包房便变得十分有创意了，任何不会把人毒死的原料全都会添加进面包的配方里。整座城市都在挨着饿，没人有什么能够果腹的东西。可即使如此，每个人却都在诅咒这种面包：它那锯木屑一般的味道以及在冬天的寒冷中能变得要多硬就有多硬，有的人在嚼它的时候把牙给硌掉了。直至今天，就算我会遗忘挚爱亲朋的脸，也依然能够记得它的那种味道。

这半个洋葱和一百二十克面包就已经算是很体面、很不错的一顿饭了。我们躺在那里，裹着毯子，眼睛看着在空中飘舞的防空袭汽船带。如果电台里没有新闻和音乐可播了，收音机就会发出节拍器的声响，好像永无止息的"嘀嗒嘀嗒"的声音，让我们知道这座城市还没有被攻占，法西斯还在城门外。嘀嗒嘀嗒声又像是彼得城跳动的心脏，德国人从来都不曾让它停息。

是维拉发现了那个从天而降的人。她一边大叫一边指指点点着，我们这帮人全都站起来想看得清楚些。那个伞兵持续地向着这个城市降落，一束探照灯光打在他的伞衣上，就像一朵白色郁金香的花苞。

"德国兵！"奥列格·安托科利亚斯基说。他讲得没错，我们都可以看见德国空降兵的灰色制服。他是从哪儿来的？我们之中谁也没有听到空战或者防空高炮的声音，在近一小时内也不曾听见轰炸机掠过头顶。

"或许已经开始了吧？"维拉说道。我们听见这样的谣言好几周了——德国人正在准备一场大规模的伞兵空投——这是为了拔掉让他们痛苦不堪的、长在他们背上的那根叫做列宁格勒的芒刺而发起的最后一场袭击。每一分钟，我们都预备着能瞅见成千上万个纳粹飘浮在城市上空，遮天蔽日的白色降落伞如同一场雪暴。黑暗中总有十来束探照灯光在空中扫来扫去，却没有发现一个敌人。现在这里有一个了，可只有这一个。降落伞绳索上挂着一个软塌塌的身体，不难看出他已经死了。

我们看着他飘下来，定格在探照灯下，越来越近，已经能看到他少了一只黑靴子。

"他朝咱们飘过来了！"我说。

风把他吹向沃伊诺夫大街。双胞胎彼此对视一眼，奥列格说："鲁格手枪！"

格里沙则说："德国空军不使鲁格手枪，他们佩戴的是瓦尔特PPK手枪！"他早生出来五分钟，所以理所当然对德军的武器装备更具评判权威。

维拉冲我笑着说："德国巧克力。"

我们朝楼梯门跑去，把消防用的工具全扔了，冲向黑漆漆的楼梯间。几个人像傻子一样，那当然，这一点毋庸置疑，要知道当时一旦滑倒在这样的水泥地上，我们全身上下可没有什么脂肪和多余的骨头来抵挡么一摔，摔倒意味着会有一根骨头断掉，而一根骨头断掉就意味着死亡。没有一个人害怕，我们都很年轻，非常年轻。要知道，这是一个死掉的德国人正在落向沃伊诺夫大街,还从他的祖国德意志带了礼物来。我们百米冲刺般地穿过院子,翻过上了锁的大门,街灯熄灭,整座城市陷在黑暗里——一方面是为了让敌人的轰炸机难以找到目标,另一方面则是大多数的电力资源都拿去支援弹药工厂了。沃伊诺夫大街是那么宽敞,什么都没有,已然被抛弃。已经宵禁六个小时了,街上连一辆车也没有——只有军队和政府才有特权得到汽油,老百姓的汽车在战争开始的头几个月就已经被征用了。商店窗户都贴上了封条,收音机里说这是让窗户更加不容易破碎——或许这是真的,但我走过列宁格勒很多商店门前时,所能看到的只是空空如也的窗棂和封条。

我们站在那条街上向天空仰望,却找不到那个人了。

"他落到哪儿去了?!"不知道是谁喊了一嗓子。

"会不会是落在哪个屋顶上了?"

探照灯仍在空中扫来扫去,但它只是瞄准高大建筑物的顶部,没有一束光能带着有名目的角度探照到沃伊诺夫大街上来。维拉用力拽了拽我的大衣领子,这件硕大的旧海军大衣是从我老爸那里接手的,它对我来说实在是太大了,但比起我拥有的其他任何东西来说,它更暖和。

我转过头去,刚好看见那个德国兵滑落到街上,他仅剩的那只黑靴子一下子磕到冰冻的路面上,总算是要停下来了,可白色降落伞的巨大伞衣在风中还是鼓鼓囊囊的,把德国兵刮向基洛夫的铁门那边。德国兵的黑发上挂着星星点点的冰碴子,他的脸在月光下看来惨白惨白的。我们站在那里一动不动,眼瞅着他朝我们越滑越近。在这个冬天,我们看见了眼睛不应该看见的东西。我们原本以为已不再会为什么而感到吃惊,但我们错了。假如这个德国兵冷不丁拔出他的瓦尔特手枪来,我们之中就谁也别想跑掉。但是,这个死掉的人是真的死掉了。风最终停住,降落伞也瘪了,他跌落路面,最后脸朝下又被屈辱地拖行了几米。

我们围拢到这个空降兵身旁。他是个高大的男人,又高又壮。如果我们看到他穿着便装走在列宁格勒的大街上,一定会立马儿认出他是个外来者,因为他的大块头叫人一看便知这是个成天吃肉的家伙。

格里沙蹲下身子,从德国兵身体一侧拔出把枪来:"瓦尔特手枪!我早就说吧?!"我们把那死人翻了个身,让他仰面朝天躺着,他惨白的脸已经被柏油路面刮花了,可本来应该皮破血流处却一点儿血色也没有,就像未受伤的皮肤。死去的人应该不会有瘀伤。我看不出他是怎么死的。恐惧?大胆反抗?平静安详?在他的脸上既看不到生命迹象也看不出个性,他看起来就是一具尸体,打娘胎里出来就是。

奥列格飞快地把那人的黑皮手套扒下来,与此同时,维拉也把围巾和防空护目镜搞到手。我在飞行员脚踝处看见一只刀鞘,从中抽出一把沉甸甸的、非常漂亮的刀。这把刀带着银制指套,十五厘米长,单面刻字,可那些字在月光下无法辨认。我连刀带鞘把它们取下来绑在自己的脚踝上。几个月以来头一次感觉到,我那成为战士的宿命总算要功德圆满了。奥列格在死人身上翻到了他的皮夹子,一边数着德国马克一边咂着嘴乐。维拉又把一只航行手表揣进自己兜里——那块表大约有普通腕表两倍大,这个德国兵把它戴在了飞行服衣袖的外边。格里沙在一个皮套子里找到一只望远镜、两本《瓦尔特人》杂志和一只扁扁的小酒壶。他把酒壶盖儿拧开,闻了闻,递给我。

"干邑?"

我尝了一小口,点点头:"干邑,没错。"

"你们什么时候喝过这个？"维拉问。

"反正我以前喝过。"有人说。

"嗯……让我想想。"奥列格沉吟一下。

我们蹲着围成一个圆圈，小酒壶也转着圈儿传递着。小口抿着烈酒，猜测着这是干邑，是白兰地，还是亚马邑。其实我们谁也不知道这三者之间的区别。管它是什么玩意儿，反正这东西喝下肚以后非常温暖。

维拉盯着德国人的面孔，脸上没有丝毫同情，也没有丝毫畏惧，要说有什么，那也只是好奇和轻蔑——这个侵略者本来是到我们的城市来丢炸弹的，可偏偏却把自己丢下来了。尽管不是我们用枪把他打下来的，但我们还是有胜利者的感觉。基洛夫公寓还没有其他人瞅见过敌人的尸首，想必明天我们就会成为整栋公寓的谈资了吧。

"你们猜他是怎么死的？"维拉问。

没有枪弹打穿身体的血污，没有烧焦的头发，也没有任何遭受过暴力的迹象。他的皮肤相对于一个有生命的大活人来说简直太白了，可就是没有什么东西曾经刺穿过这层皮。

"他是冻死的。"我告诉他们，语气中带着权威。虽然没有办法证明，但我知道自己说的一定没错。这个德国鬼子在列宁格勒的夜色中跳下来，穿的戴的即便在地面上都嫌太过单薄，更何况他还是在高空的云层里，一旦离开温暖的机舱，他没有狗屁的存活机会。

"向寒冷致敬！"格里沙举起酒壶。

小酒壶又一次在圈子里传递着，却再也传不到我手上了。宵禁后的列宁格勒像月亮一样安静，我们本应可以听见两个街区之外的汽车引擎声，但我们都在忙着干杯，喝着德国小酒……什么都没听见。直到老嘎斯车开到了沃伊诺夫大街上，笨重的车轮喀哒喀哒辗着柏油路面，车头刺眼的灯光直射过来——直到此刻我们才意识到了危险。对未经许可违背宵禁的处罚是斩立决，对擅离消防职守的处罚也是，对趁火打劫的仍是。法院已经不再正常运作了，警察也都被调配上了前线，监狱里只关了一半犯人，即使这样人员还是衰减得很快。谁会给国家公敌提供食物呢？如果你触犯法律又被逮到了，那就只有死路一条。在这个时候，已经不可能再讲求执法的精确和细致入微了。

所以，我们，跑！我们比谁都了解基洛夫。只要我们能进入庭院的大门，进入错综复杂的、黑洞洞的建筑物里，就算给他三个月时间他也不见得能找到我们。现在能听见士兵大声叫嚷着让我们站住的声音，但这又有什么关系呢？恐吓声吓不倒我们，只有子弹才能让生与死见分晓，只是那时谁都没有扣动扳机。格里沙第一个冲到铁门前——他是我们当中最像运动员的一个——一举跃上铁栅栏，身体一下子就翻了上去。奥列格紧随其后，我在奥列格之后。我们的身体可真虚弱呀，因为缺少蛋白质，肌肉都萎缩了，但是恐惧助了我们一臂之力，它帮助我们以最快的速度爬上了铁门栓。到达铁门顶部时，我回头看了一眼，发现维拉在冰面上滑倒了，而她正死死地盯着我，充满惊惧的双眼大睁着，手和膝都贴在冰面上。这时嘎斯轿车已经停在德国伞兵的尸体旁边了，四名军士正跳下来。他们就在十米开外，手里都端着枪。我依然有时间让自己翻过铁门，消失在基洛夫。

我真希望能跟你说：“不管、不顾、不救维拉"这类想法从来没有在我脑海里闪现过——在我的朋友身处危难之际，我一定会毫不犹豫地上前救助的——可事实上，在那一刻，我恨她。在最糟糕、最不适当的时刻，她居然还这么笨手拙脚的。我恨她用那双褐色的眼睛盯着我看，把我选作她的守护精灵，然而格里沙才是她唯一亲过嘴的人。我明白在那双求助的眼睛看着我的时候，要是我不伸出援手，则必将无法容忍自己与这样的记忆相伴着活下去。即使我跳下铁门冲回去，把她拎起来再举到铁门栏杆上，我还是恨她。虽然我很虚弱，可维拉不会超过四十公斤吧。我把她托向铁门时，听到士兵们嚷嚷着，靴子跟儿咔咔地踩踏着路面，子弹也哗啦一下推上了膛。

　　维拉翻过了铁门，我也手忙脚乱地紧紧跟上，置身后士兵们的喊叫声于不顾。如果我停下来，他们一定会围在我身边，喝令着说我是国家敌人，还得强迫我跪下，然后对着我的后脑勺来上一枪。我现在是非常容易得手的目标，但或许他们喝醉了呢？或许他们像我一样也是这个城市里的大男孩，并且在他们的生命中从不曾开过枪呢？或许他们故意不打中我，因为他们知道我是一个爱国者，是这个城市的护卫者？我之所以溜出基洛夫，仅仅是因为有个德国人从五千米高空落到了我们的街道上，对于一个只有十七岁的苏联男孩子来说，不溜出去看看这个德国法西斯，可能吗？

　　我的下巴已经与铁门上端平行了，可就在这个时候，我感觉到一双戴着手套的强壮有力的手薅住了我的脚脖子——那双手属于一个一天能吃两顿饱饭的士兵。我看见维拉跑进基洛夫去了，她连头也没回一下。我已经尽力抱住了铁门，可士兵们还是把我揪下来掀翻在地。他们高高在上。托卡列夫枪的枪口猛戳在我脸上，这些士兵当中没有一个人看上去会超过十九岁，同样地，也没有一个人会不乐于把我的脑浆打出来。

　　"这小子的屎八成都要拉出来了。"

　　"小子！你在这儿办聚会？找着烈酒了？"

　　"他对上校来说倒应该是个好货，这下可以跟德国人一块儿坐车回去了。"

　　士兵里有两人弯腰下来，架着我的胳肢窝，把我从地上拽起来，带我朝尚未熄火的老嘎斯走去。到了，又把我推搡着扔到车后座上。另外还有两个士兵，一人抓着德国人的双手，另一个抬着双脚，荡秋千般把那个德国人扔到我身旁的另一辆车上。

"别让他冻死！"一个人说。他们都放声大笑了，好像这是世界上最好笑的笑话似的。士兵们挤进车子，砰的一声关上车门。

我想我那时还是活着的，他们是想在公众场合处死我，以警示其他趁火打劫的人，要杀鸡给猴看罢了。就在几分钟之前，我还感觉比那个死去的德国空降兵强大许多，而此刻……我们疾驶过黑暗的街道，绕过地上巨大的弹坑和散落的石块。那个德国兵似乎面带笑容，得意又幸灾乐祸般，苍白的双唇像个巨大的伤口一样割开他冻得僵硬的脸。现在，我们走在同一条道上，朝同一个方向去了。

2

如果你在彼得城长大,那么你就会对十字监狱充满恐惧,它简直就是一个红砖砌成、强插进涅瓦河畔的阴森森的污点。它让人望而生畏,根本就是一座给迷失的人预备的野蛮大仓库。和平时期,这里关押了六千名犯人,我一直嘀咕着到了六月这里会不会只能剩下千把人。成百上千个轻刑犯已经被释放,直接释放进红军队伍里——进了这里,也就等于是进了德国人闪电战的那个绞肉机里。有数百人活活饿死在牢房里,每天都能看见狱卒从十字监狱里往外拖出皮肤松弛的皮包骨头的尸体来,然后扔到雪橇上,雪橇上的死尸堆得足有八个人高。

我小的时候,这座监狱最让我害怕的是它的寂静。一打那儿经过,总巴望着能听见些什么,不管是糙老爷们儿在里面的大声咆哮还是争来吵去的喧闹，都行，可偏偏一丝动静也透不过这厚厚的高墙来——好像墙里的犯人们多半都在等着对自己的审判，要不然就在等着被拉到古拉格①去，再不然就等着后脑勺上挨一枪——想必他们把自己的舌头吐出来抗议自己的命运。这鬼地方就是个为囚禁敌人而造的堡垒。每个列宁格勒男孩都听到过这样的教训数百次："照这么下去，你会被关进十字监狱。"

我被一把揉进了牢房，仅有一秒钟去打量它：狱卒手里的灯光照到粗糙的墙面上，房间宽两米，长四米，有两张双层床，足够睡四个人，但每张床都空着。我长舒了口气，我可不想跟一个陌生的、手指头上文着古怪图案的人关在一起。但是只过了一小会儿，或许几分钟吧，要不就是几个钟头，这黑色的寂静就能触摸到了，它刺进肺里，恨不得把人活活淹死。

一般来说，黑暗和孤独是不能把我怎么样的。那时候的彼得城，电力和培根火腿一样匮乏。妈妈和塔西娅逃走以后，我在基洛夫的那间公寓就是空荡荡的了。那里的长夜又黑又寂静，可多多少少总会从什么地方搞出点儿声音来——德国战线上传来的迫击炮声，大街上军车的轰鸣，要不然就是楼上那个垂死老妇人的呻吟——尽管都是些可怕的声音，真的，但好歹有个动静，让你知道你还活在这个世界上。十字监狱的那间牢房是我所待过的最死寂的地方，什么都听不见，也什么都看不见。他们把我关在死囚犯的房间里了。

被抓进来之前，我还相信随着列宁格勒被围困得更死，我的骨头就能更硬，可事实上我在这个一月并不比去年六月更有骨气。与世俗说法相悖的是，经历过恐惧并不能使人变得更勇敢，但或许因为总是陷在恐惧里，所以要藏起它便相对容易一些。

---

① 古拉格，苏联的监狱，通常关押政治犯。

我试图找首歌唱唱或者背首诗，但它们搅和到一块儿了，就像盐混进蛋糕搅拌器里一样。我躺在一张上铺上，期待着十字监狱里可能存在的热气会升腾起来寻着我。一到清晨，除了会在脑袋瓜子上挨颗枪子儿之外，什么新鲜的都带不来，但我还是特别渴望阳光能透进这间牢房。他们把我扔到这里时，本认为靠近天花板的铁窗那儿有块银色的东西，可现在也想不起来了。我试着数数儿数到一千，但总到四百那里就卡壳。似乎听见了幽灵一般的耗子在鬼鬼祟祟地干着什么，没成想却是我自己的手指头在抓挠那只破床垫。

漫漫长夜无尽头，那个×他奶奶的太阳已经被德国人打下去了，他们真能做出这种事来，干吗不呢？他们有世界上最好的科学家，就是能做到。他们还知道怎么让时间停住。我又瞎又聋，现在，只有寒冷和饥渴让我知道我还没死。孤独到极点时，甚至开始盼着哨兵出现，想听见他们的脚步声，想闻到他们呼吸中的伏特加味儿。

有很多伟大的俄国人都蹲过好长时间大狱，可在那个晚上，我意识到自己永远也不可能变得伟大了。在那间牢房里的几个小时，除了黑暗、死寂和酷寒之外，我没有受到任何别的折磨或拷打，也就仅仅是那几个小时，就已经把我搞个半死。那些凶猛残暴到可以熬过西伯利亚一个又一个寒冬的壮士们拥有的一些东西，我压根儿就没有。他们保有着伟大的信念，坚信不论怎样都会有一个流光溢彩的结局——要么抵达主的国度，要么那里充满正义，再要么就是有个君子报仇十年不晚的承诺。也没准儿，那些壮士历经磨难后只会变成用后腿站立的动物，听着主人的指令，吃几口主人随便扔过来的食物。主人让它睡它就睡，什么也梦不到，除了一个终点。

总算是有点儿声音了！脚步声，走道上传来厚重的靴子磕击地面的声响，接着是钥匙探进锁眼的声音。我从床上翻身坐起，却一头撞到天花板上，这一撞可能把天灵盖撞裂了，否则力道不会那么大，大到让我一下子咬破了嘴唇。两个狱卒走进来，其中一个拎着盏油灯——那是我生平见过的最美丽的光，比任何一次日出都绚丽。他们押进来一个新的囚犯，年轻的、穿着制服的士兵。他环视四周，像一个租客验收待出租的房间一样。新来的人很高，站得又直，跟那两个狱卒一比，他简直就是座高塔……只是人家狱卒有枪，他却是被缴了械的。尽管这样，他还是看着像个惯于发号施令的主儿。他一手拿着阿斯特拉罕兽皮帽，一手攥着他的皮手套。

狱卒锁上牢门，在外头又把插销插上。在他们提灯走人之前，那个人看着我——他的脸可是重陷黑暗前我看到的最后一样东西呀，所以深深定格在心里了：哥萨克人的高颧骨，弯弯的却让人愉快的嘴唇，干草金色的头发，一双足以让任何一个雅利安新娘着迷的蓝眼睛。我坐在床上，他站在石头地上，这完美的寂静一刻啊。我知道我们俩都没变换位置，在黑暗中依旧紧紧盯着对方看。

"你是犹太人？"他问道。

"什么？"

"犹太人啊，你看起来像犹太人。"

"你看起来还像纳粹呢。"

"我知道，"他说，"我还能说点儿德语①。"

"我自告奋勇去当间谍，可没人采纳。"他接着说道，"你是犹太人吧？"

"你干吗这么关心这个？"我问。

---

① 原文为德语。

"你别为此觉得耻辱啊,我真没觉得是犹太人有什么不好。爱缪·拉斯克尔还是我最喜欢的国际象棋大师呢,他只比卡帕·布兰卡稍逊一点点。卡帕·布兰卡就是莫扎特,纯天才……你要是喜欢国际象棋,就不可能不爱卡帕。但是拉斯克尔……没人比拉斯可尔在棋到终盘时更棒的了。你有吃的吗?"

"没有。"

"把你的手伸出来。"

这不就是陷阱吗?小孩子玩的那种给白痴下套儿的游戏——他会打我手心,或者就让我的手一直在那儿摊开着,直到我自己意识到这举动有多蠢。但"有吃的"这一巨大诱惑又如何能拒绝呢?就算能吃到东西这种事情最最最最不可能发生,我还是在黑暗中伸出手等待着。片刻之后,一条冷乎乎、油腻腻的东西放在了我的掌心上。我不知道他是怎么在黑暗中找到我的手的,但他确实一点儿都没摸索就找着了。

"香肠。"他说,顿了顿又接着说,"别担心,不是猪肉。"

"我吃猪肉。"我闻了下香肠,小心地啃了点儿下来,和配给的面包不像真面包一样,这根香肠也不像真香肠。但它里头有脂肪,有脂肪就意味着能活命。我极尽可能以最慢的速度嚼着这根香肠,期望能吃得更久一点。

"你嚼得也太大声了吧。"黑漆漆的房间里传来他的责备,我听到他坐上下铺时弹簧发出的吱嘎声,"你是不是应该谢谢我?"

"哦,谢谢。"

"不客气。你叫什么?"

"列夫。"

"列夫什么?"

"你为什么想知道这个呢?"

"不过是礼貌罢了,"他说,"比如我介绍自己时就会说:'晚上好,我叫尼古拉·亚历山大罗维奇·符拉索夫,朋友们都叫我科利亚。'"

"你就是想知道我是不是有个犹太人的名儿。"

"那你是吗?"

"是。"

"啊哈!"他长出了口气,非常高兴其直觉被证实了,"谢谢你啊,可我还是不明白你干吗怕告诉别人这个。"

我没理会他这个问题,如果他真的不明缘由,那就无需解释。

"你为什么流落到这儿了?"他问。

"我在沃伊诺夫大街扒了个死德国兵身上的东西,然后就被他们逮了。"我答道。

"德国人已经打到沃伊诺夫大街了?那是真的开始了。"看起来我的话让他吃惊不小。

"也许什么都还没开始呢……他是轰炸机飞行员,大概是被弹出机舱的。"

"是AA高炮的弟兄们干的吧。"

"他是给冻死的……你又为什么到这里呢?"

"纯粹白痴的行为——他们非认为我是逃兵不可。"

"那他们怎么没毙了你?"

"不知道。"他沉吟着,"他们说我对上校有用。"

"可我不是逃兵,我是学生,我是去做论文答辩了。"他接着说。

"真的?论文答辩?"我觉得这可能是逃兵史上听来最拙劣、最愚蠢的借口了。

"以当代社会分析的视角来诠释乌沙科夫的《庭院猎犬》。"他在等着我说点什么,可我对这个话题一无所知。

"你知道这本书吗?"

"不知道……你是说乌沙科夫?"

"悲惨的时代已经让学校变得如此不堪了……他们本应让你能背上几段的。"听他说话就如同听一个满脑子都是怪念头的老教授说话一样,可据我之前打量他的那一眼来估计,他应该只有二十岁。

"'我们第一次接吻是在屠宰场,空气中满是羔羊的血腥臭。'这是全书的第一句。有人说那是俄国最伟大的一部小说……你居然不知道?"他毫不掩饰也又极夸张地叹了口气。

俄顷,我听见一种奇怪的抓挠声,好像老鼠在床垫上磨爪子。

"什么声音?"我忍不住问。

"嗯?"

"你没听见什么动静吗?"

"我在记日记。"

眼睛这时候睁再大也跟闭着一样,这个人却在写日记!现在我能听出是笔划在纸上的声音了。几分钟后,我听见本子合起来,然后被放进他的口袋里。

"我能在黑暗中写字,"他说,"打嗝的时候就点个标点,这可是我的天分之一呀。"

"记有关《庭院猎犬》的笔记吗?"

"没错。这有什么好奇怪的?你看第六章里,拉琴科在十字监狱里蹲了一个月,因为他以前最好的朋友……哦,我不想把情节提早泄露给你,但我不得不说,简直是命运把我带到这里来的。拉琴科去过

27.

的地方我都去了，每家餐馆，每间戏院，每座坟场……所有至今还没被炸烂的地方，但我从没来过这里。文学评论家常说，要是没在十字监狱待过，就不会了解拉琴科。"

"你可真幸运。"

"嗯。"

"那你认为明早他们会处决我们吗？"

"不一定。把咱们留过今夜应该不是为了明天枪毙我们。"他得意洋洋的，好像我们在讨论什么体育赛事，无论哪方取胜，结果都不太重要。

"我八天都没拉屎了呀。"他又爆料了，"还不是指拉得特舒服的那种——拉得特爽的是好几个月之前的事儿了——八天，根本没拉。"

我们俩都没出声儿，都在想他刚才那番话。

"你说……一个人能多久不拉屎？"

这真是一个有趣的问题，我自己也想知道呢，可我没有答案给他。

我听见他躺下去，美美地打了个哈欠，他是那样地放松和满足，连充满尿骚味儿的床垫对他来说都像一张羽毛床似的。悄无声息的一分钟，我想，我的这个难兄难弟可能已经睡着了。

"这些墙至少有一米厚。"后来他又开口说道，"这里或许是彼得城里过夜最安全的地方。"说完便真的睡过去了，从还聊着天到打起呼噜也太快了一点，以至于我以为他纯粹是装出来的。

我向来就嫉妒能很快入睡的人，他们的头脑一定更干净，大脑皮层也休息得更好吧，所有那些小妖怪都被锁进床脚那儿的扁行李箱里。我天生失眠，想必也终将因此而死——成千上万个小时被浪费在赶紧陷入混沌的渴望里,渴望有个橡胶棒来敲我的头——只是别敲太重再给敲坏了——只消那么一敲就能让我睡过去该有多好。那夜,我眼看是没戏了。盯着黑暗,直到眼前变成灰的,直到我头顶上的天花板显出了轮廓。从东方透进来的光亮总算挤进了那个千真万确存在着的铁窗,也直到那时候我才意识到,那把德国刀还别在我的小腿肚子上。

3

　　黎明之后一小时，两个狱卒打开牢门把我们吆喝起来，并给我们戴上了手铐。他们没有搭理我的提问，但科利亚跟他们要热茶和煎蛋的时候，这俩人却被逗乐了。十字监狱里一定罕有笑话可听，再说热茶和煎蛋也真没什么可笑的，但狱卒押着我们往过道里走的时候却仍在咧着嘴大笑。耳边传来某个地方的某个人无休止的呻吟，远处还响着轮船的汽笛声。

　　我不知道这是要去哪儿，被拉去上绞架还是去刑讯室？一夜没合眼，不知道这是不是自打离开基洛夫屋顶后再没沾过酒星儿、却又冷不丁"豪饮"了小酒壶里干邑的后遗症。昨夜磕到天花板的地方还肿了个婴儿拳头大小的包。那个清晨糟透了，真的，可能是我所有经历中最糟糕的。但是我想活下去，我不可能姿态优雅地接受被人弄死这一事实，我会跪倒在刽子手面前，或者乞求行刑官留下我这条小命，告诉他们我花了多么长的时间在屋顶上放哨、预警炸弹袭击，告诉他们我帮着修了多少路障、挖了多少壕沟，告诉他们包括我在内的所有人都出了力，都服务于这项事业——我是彼得城真正的儿子，我不应该受死。话说我到底干了什么伤天害理的事了？喝了几口死德国兵的干邑……就因为这个，你们想结果了我？你们拿条粗粗的大麻绳套在我瘦骨嶙峋的脖子上，让我的大脑停止转动……就因为我拿了死德国佬的一把刀？别这么干呀，小同志。我不认为我那么做有多了不起，但我还有比那更好的品质尚未被发掘呢。

　　狱卒领我们走下被数不清的靴跟踩踏得平平的石阶，有个老头挡在尽头，他坐在铁栅栏的另一面，裹了条厚厚实实的灰围巾，在脖子上缠了好几道。老头咧开没牙的嘴冲我们一笑，打开铁门。片刻之后，我们就穿过一道厚木门站到阳光下了，总算活蹦乱跳、半根寒毛都没少地走出了十字监狱。

　　科利亚并没为这显而易见的缓刑而感动，他用被铐住的双手捧起干净的雪来舔——他这一大胆的举动真叫我嫉妒啊，就像让我自己的舌头过过凉水这样的想法都让我嫉妒一样——可我不想激怒那两个狱卒，我们能从十字监狱走出来而不是被人弄死，就已然像个离奇的错误了，如果我再出半点岔子，那么可以清楚地预见会被再次扔回去。狱卒押着我们走向一辆正在等待着的嘎斯车，它的引擎咆哮着，排气管那儿往外喷着脏泥水。两名士兵坐在前座上，毛边帽子压着额头，面无表情地看着我们。

　　科利亚没等谁命令他就跳上后座：“先生们，看戏去！”

　　狱卒再次朝着科利亚大笑。想来在十字监狱当差多年，连他们的职业操守都被消磨掉了。士兵们却没笑，其中一人还探身过来搜查科利亚。

"你再敢多说一个鸟字，我他妈就把你的胳膊掰断喽！要不是我，你头上早挨了颗枪子儿啦，你他妈的死逃兵！"

"你！"这回是冲我来的，"你他妈的赶紧滚进去！"

科利亚的嘴巴张开又想开口辩解什么，我知道这样一来离暴力也就不远了。那个士兵不像是吓唬人，科利亚却显然没把这个简单的恐吓当回事。

"我不是逃兵！"科利亚说。他很费劲地用铐起的手先卷起大衣左袖，然后是里三层外三层的毛衣和衬衫，伸出小臂杵到前座那位眼跟前儿："你不是想掰吗？掰呀！我不是逃兵。"好长一段时间没人说话，科利亚瞪着士兵，士兵也瞪着科利亚。其他人默不作声等在那里，一方面是被这两人的意志较量震住了，另一方面却又暗暗猜测到底谁能赢。最终还是士兵败下阵来，不再看科利亚，而是扭脸朝我嚷嚷着："滚到车上来，你这个小贱人！"

两个狱卒又咧开嘴乐了，没有酷刑等着他们动手，没有哪颗牙齿候着让他们扳下来，更没有哪个男人要麻烦他们动手从钉板上取下来，所以——他们津津有味地看着我这个小贱人，然后轻快地疾走了两小步，一屁股坐到科利亚旁边去。

士兵无视光滑的冰面，把车开得飞快，老嘎斯绕着冰封的涅瓦河疾驶而去。我竖起领口，把脸埋进去，躲避着从汽车顶篷钻进来的寒风。科利亚丝毫不为寒风所动，一言不发，只是盯着河对岸施洗者约翰教堂的尖顶。

车子开上了石岛大桥，大桥的钢拱架子结了霜，桥柱灯上挂满了冰凌。接着开往石岛，行驶中，只在绕过路中央的一个大弹坑时才减了减速。随后我们开进了一条两旁排列着青柠树桩的长道，最终停在一栋有白色门廊的木制官邸前头。科利亚打量着这栋华丽无比的房子。

"这是多尔戈鲁科夫家的豪宅。"当我们走下车时，科利亚说，"我想你们没人听说过多尔戈鲁科夫吧？"

"就是一帮被砍了头的贵族呗。"其中一名士兵一边用他的枪筒子指引我们往前门走一边说。

"对，是他们中的一些人。"科利亚应承道，"他们中的一些人还和皇帝睡过觉呢。"

耀眼的阳光下，科利亚就像从城中哪张宣传画上走下来的人物——从某个角度看，他的脸简直英气逼人：坚毅的下巴，挺直的鼻梁，金色发丝散落在前额上——他可真是个俊俏的逃兵。

士兵把我们带到门廊，那里有用沙包堆成的一个机枪掩体。有两名士兵抱着枪坐在那儿，你一口我一口地传抽着一支香烟。科利亚深吸一大口气，无限神往地盯着那只被传来传去的、手卷纸烟的烟屁股。

"是真的烟草啊。"士兵推开前门让我们鱼贯而入时，科利亚说。

我从来没进过这样的大宅子，只在小说里读到过：在镶拼的木地板上举办舞会，仆人从银汤碗里舀汤，苛刻的家长在满是书籍的书房里警告其嘤嘤哭泣的女儿，让她离出身低贱的傻小子远一点。虽然古老的多尔戈鲁科夫府邸从外观上看依然华丽绝伦，但从其建筑内部已经能看出革命的痕迹：大理石地面上遍是泥泞的皮靴印子，少说也得有几个月没刷洗过了；被烟熏过的墙纸从墙裙上剥落下来；没有一件老家具幸存,也找不到任何本应立在墙边和柚木架子上的油画和中国花瓶。

十几名穿制服的长官慌里慌张地从一个房间奔到另一个房间,挤挤挨挨地走上没有扶手的双层转梯。所有的扶手都不见了,大概数周前就已经被拆下来当柴火烧了吧。他们身上穿的并不是红军制服,科利亚注意到我大睁着双眼在看他们。

"NKVD①兴许认为咱们是间谍。"

不用科利亚告诉我那些军人是NKVD,我从小就知道他们的制服是什么样,尖尖的、紫蓝相间的军帽,还有别在枪套里的托卡列夫手枪。我以前很害怕看见他们泊在基洛夫公寓外的派克车②,等着把哪个倒霉蛋给带走。我住在那里的时候,他们至少抓走了十五个男人——有的会在数周后被放回来,一瘸一拐地挪进公寓,脸色苍白,毫无生气,头发也被剃光了。偶尔在过道里遇见,他们也会躲躲闪闪地避免跟我对视——重归家园的男人不管如何破碎、如何受伤,都一定知道能活着回来有多幸运和罕见。可很明显的,男人们对能够侥幸存活根本高兴不起来——他们知道我父亲的事儿,所以不敢看我的眼睛。

士兵们不断地在后头戳着我们,直至来到房子尽头的一间阳光房,高大的落地窗给涅瓦河和维堡③那一侧冰冷又死气沉沉的建筑物创造了极佳的观赏条件。有个年纪稍长的男人独坐在阳光房正中的木头桌子后面,他用脸和肩膀夹着电话机,边打电话边用笔在一叠纸上记着什么。

---

① 指苏维埃内务部秘密警察。
② 派克车,俗称"黑乌鸦"。
③ 维堡,俄国西北部港口城市。

我们在入口处站着,他看过来,对着我们打量了一番。这人看上去像练过拳击,大粗脖子,歪斜又扁平的鼻子,眉骨很深,往下方投射出阴影,沟壑交错的前额,修剪过的灰色头发紧贴着头皮。他五十岁左右,但似乎仍能一下子就从椅子里跳起来,把我们通通揍趴下,却不弄乱自己的制服。在他军服的外套上嵌着三颗特制星星,我不知道三颗星具体代表什么,但他比这座官邸里任何一个人都多出三颗星。

他把桌上那叠纸翻转过来,上面什么字也没有,来来去去净是些叉,满篇都是。不知何故,这些叉让我害怕起来,比看见他的制服或者他角斗士一样的脸还叫我害怕。照我看,男人画画少妇啊狗啊什么的才比较像爷们儿,他只涂了些"×"?

他看着我们:科利亚和我。我知道他在审视我们、谴责我们的罪行并已经在心里给我们判了死刑——这一切都是在他接听电话的同时完成的。

"好,"他结束电话,"我要这件事中午前办妥,绝无通融可言。"

他挂断电话,突然朝我们笑了笑,可那笑搁在他脸上却是那么不相称。与这个男人连同他那张简单的木桌和这座贵族老宅华丽的阳光房一样不相称。上校的微笑非常美丽(我现在觉得他就是昨天夜里士兵们提到过的那个上校),牙齿白得惊人,而原本野蛮的脸转瞬间从威吓变为欢迎。

"逃兵和抢劫者!过来!靠近点儿,用不着上手铐……我不认为这俩孩子会惹什么麻烦。"

他做了个手势,士兵们只好不情愿地掏出钥匙,打开我们的手铐。

"我不是逃兵。"科利亚说。

"不是?下去吧!"上校看也不看,命令士兵离开。他们遵命而去,只剩下我俩和上校。上校站起身朝我们走来,腰间枪套里的手枪拍打着他的屁股。科利亚站得笔直，在等待长官的检验。我呢？本来就不知道该怎么做，所以只好有样学样，也站直了。上校趋步上前，他破破烂烂的脸都快凑到科利亚的脸上了。

"你不是逃兵，可你的部队却上报你失踪，并在离驻地四十公里以外的地方把你逮了回来。"

"呃……这很容易解释。"

"而你——"上校转向我，继续说，"一个德国空降兵落在你们街区，你却没有上报政府，这既损害了国家利益，又擅作主张中饱了私囊……你也觉得这很容易解释吗？"

我想喝水，嘴巴干得像蜥蜴皮，眼前有晃眼的光斑四处游走。

"怎么着？"

"我很抱歉。"我说。

"你很抱歉？"他打量了我好一会儿，大笑起来，"哈！呃——你很抱歉，那好那好，你能感觉到歉意就是顶顶重要的了。听着，小鬼，你知道我处决过多少人吗？不是指我授意下去由别人执行的处决，而是我亲自动手的——用这把托卡列夫手枪。"他边说边拍打着枪套，"你想猜猜吗？不要？好吧，因为我也不知道，数不清了。我是爱把事情里里外外搞清楚的人，喜欢记事，也喜欢记数。我知道我干过多少女人，相信我，真干过不少呢……"他转向科利亚，"你是个英俊的小伙子。但相信我，你一定赶不上我，即使你能活到一百岁——当然这很值得怀疑。"

我望着科利亚，以为他会说点什么愚蠢的话来趁早让我和他送命，可这回他什么也没说。

"'对不起'这仨字儿是你弄断一截粉笔时对校长说的话。"上校接着说道，"那三个字对逃兵和抢劫者可不管用。"

36.

"我们以为他身上会有点儿食物。"

上校看了我老半天,然后问:"那么他身上果真有吗?"

"只有一些干邑或者白兰地什么的……要不就是杜松子酒,可能吧。"

"我们每天都会杀掉十来个伪造配给卡的人,在把枪顶到他们脑门上时,你知道他们怎么说吗?说他们饿。他们当然很饿,每个人都饿,但这不能阻止我们杀小偷啊。"

"可我偷的不是苏联人的。"

"你偷了国家的财产,小子。你从那个德国人身上拿了什么东西吗?"

我壮着胆子尽量拖延着不立刻答他,可我还是答了:"一把刀。"

"嗯,是个诚实的小偷。"

我蹲下身从脚踝上解下那把刀,递给上校。他定睛瞧着刀鞘。

"你昨天一晚上都把它带在身上?没人搜你的身?"他轻轻咒骂了一句,为手下的无能感到些许沮丧,"难怪我们会输掉这场战争。"他说。

他拔出刀,仔细研究上面的字——"鲜血和荣誉,哈!但愿上帝会干那些狗娘养的屁股!你知道怎么使它吗?"

"什么?"

"刀,砍!"上校边说边在空气中挥舞钢刀,"砍比刺更好,更让人招架不住!直接一刀砍在咽喉部位,要是不管用的话就砍眼睛、肚子……大腿也不错,净是粗大的静脉。"他的这一套说辞伴着生动有力的演示。

"砍下去就绝不停止……"上校说着,舞动得更起劲,只见一片刀光闪烁,"绝不松手!"

他把刀入鞘还给了我。

"留着它吧,你会用得上的。"

我看向科利亚,可他只是耸耸肩。

所有这一切都太奇怪了,奇怪得让人无法理解。既然如此,就没必要绞尽脑汁去搞清状况了。我又单膝点地,把刀绑回脚踝。

上校走到落地窗边,站在那里看着昨日的风雪吹拂在冰冻的涅瓦河面上。

"你父亲是个诗人。"

"是的,没错。"我笔直站着,盯着上校的后脑勺说。四年的时间里,除了自家人之外,任何人都不曾提起过我父亲。

"我知道他能写,他遭遇的一切真是不幸啊……"

我对此还能说什么呢?只好垂下头看着脚上的靴子,也知道科利亚在眯缝着眼看我,在寻思到底是哪个不幸的诗人做了我爹。

"你们今天都水米没打牙,"上校说,"红茶和烤面包,听起来怎么样?没准儿我们还能从哪儿搞些鱼汤来。鲍利亚——"

耳朵上别着支铅笔的侍卫迈步进到阳光房。

"给这两个男孩子弄点儿早餐来。"

那个叫鲍利亚的侍卫点点头,飞快地退下去了,就像他刚才飞快地出现一样。

鱼汤?我从夏天起就再没喝过那东西了。仅是冒出这个念头本身就非比寻常,十分狂野。鱼汤……那念头就如同幻想太平洋岛屿上一位赤身裸体的女郎一样美妙。

"到这儿来吧。"上校对我们说。他打开一扇落地窗,踱到寒冷的屋外去了。科利亚和我跟上他,走过沙砾的路面,穿过一个所有花儿都被霜打蔫了的园子,走到河岸边。

一个女孩子穿着狐皮大衣在涅瓦河上滑冰。在平常的冬天,你可以看见成百上千的女孩子在涅瓦河上滑冰。但这是一个不寻常的冬天,只有一个女孩。冰面冻得很结实,已经冻了好几周,但谁会有劲儿玩什么花样滑冰呢?站在河岸边冻硬了的泥地上,科利亚和我瞪着眼瞧着她,像在大街上瞧见踩独轮车的猴子一样。她非同一般地可爱,中分的黑发在脑后松松地挽了个髻,寒风掠过她的面颊,真是个红润、饱满又健康的女孩子。只用了几秒钟,我就意识到她为什么看起来如此与众不同,显然地,即使远远看过去,也能知道这个姑娘被喂得饱饱的。她有运动员那份不经意的优雅,她的旋转是快速而又敏捷的,她一点儿都没气喘吁吁,她的大腿一定很妙,很长,很白皙,很结实。这一切搞得我在这些天来头一次下体有了变化。

"她下周五结婚。"上校说,"她要嫁的那个人简直就是一坨肉,嗨,不过也凑合了,他是党的人,他养得起她。"

"她是你女儿?"科利亚问。

上校扬起嘴角笑了,他的大白牙把他的脸分成两半。

"你不觉得她长得像我吗?不,不。她很幸运,老妈的脸,老爸的脾气——光这一样就可以征服全世界。"直到这时我才发觉上校的牙是假牙,假牙齿桥几乎包裹住他的整个上牙床。我知道,并且突然很确定,这个男人曾被严刑拷打过。他准在一次又一次的肃反运动中被抓,被归到托派或白匪和法西斯的同情者那类里,直到某天从莫斯科发来一道命令:我们为他正了名,现在不用再管他了,别找他麻烦,他再次成为我们中的一员。

我能想象出那幅画面,就像我经常想象我父亲在最后的时光到底是怎么样的。他的不幸在于他是个犹太人,小有名气,一度是马雅可夫斯基和曼德尔施塔姆[①]的朋友，还曾是奥布拉诺维奇的仇敌。在父亲看来，是政府官僚的喉舌、鼓吹革命的歌功颂德者给他贴上了造反者和寄生虫的标签——这只是因为父亲描写了有关列宁格勒的地下世界。但是按照官方的说法，列宁格勒根本就没有地下世界。不仅如此，他还孟浪地把他的书叫作《彼得城》——这是这个城市的昵称，每个当地人都这么用，却被禁止出现在苏维埃的课本里，就因为圣彼得堡代表了以前沙皇的傲慢，得名于暴君时代的圣人。

一九三七年的一个夏日午后，父亲在他工作的文学杂志社被带走，而他们再没有把父亲还回来。那一通从莫斯科的办公室打来的电话也没有出现，没有出现平反昭雪的机会。对国家来说，一个情报员在未来可能还有点儿价值，但一个颓废的诗人便毫无价值可言。他可能死在十字监狱，或者西伯利亚，或者这两者之间的什么地方，总之我们没办法知道。如果他被埋了，连个标识也不会有；如果他被烧了，连个骨灰盒都欠奉。

在很长一段时间里，我都很生父亲的气，就因为他写的那些危险的文字。这也太愚蠢了——他在家待着、我挖鼻孔、他打我后脑勺这些事看起来都没有他的那本书重要。可后来我知道他不是污辱党，并不是有意识地那么做的，至少不像曼德尔施塔姆那样（曼德尔施塔姆有着疯狂的勇敢，胆敢写斯大林长着弹丸般的肥厚手指头，胡须像两只蟑螂）。

我父亲在官方的评论文章发表之前并不知道"彼得城"这个词是危险的，他以为他只是写了一本不过五百个人会读的书罢了。或许他是对的，但这五百个人中至少有一个对他发了难，一切都因此

[①] 奥西普·艾米里耶维奇·曼德尔施塔姆（1891—1398），俄罗斯白银时代著名诗人、散文家、诗歌理论家。

玩蛋。

虽然上校幸存下来，可当我看着他的时候不禁去想：他会不会觉得事情的发展很让人困惑——他曾经离鲨鱼的嘴巴那么近，但又设法游回到岸边；他曾是一个等着别人怜悯的人，现在却成为对别人施舍怜悯的人了。此时此刻的他看起来倒是一点儿都不困惑，目不转睛地看着女儿滑冰。她一旋转，他就大力地猛拍他的烂巴掌。

"那么，婚礼就定在星期五。即使是在这这时候，即使是在饥荒和战乱的列宁格勒，"上校边说边挥手示意，"她仍想要一场真正的婚礼，一个恰如其分的婚礼。这样很好，生活必须继续。我们一直和野蛮人斗，但我们必须得保证自己是人，是苏联人。我们将会有音乐、舞蹈……和一个蛋糕。"

上校依次审视着我们，好像"蛋糕"这个词有什么重大意义，他必须让我们俩明白。

"这是一个传统，我老婆说的，我们需要一个蛋糕，婚礼上没有蛋糕就不吉利。我这一生都在极力反对乡下人的迷信，那是传教士拿来愚民、让人胆战心惊的东西，但我老婆……她就是想要那个蛋糕。算了算了，那就做个蛋糕吧。这几个月里她一直不停地忙活，贮存糖、蜂蜜、面粉，还有其他乱七八糟的玩意儿。

"我琢磨过这事儿：几袋糖、几罐蜂蜜、面粉——得是真正的面粉，不能是从鱼雷快艇里抢出来的霉变破烂。这个女人将要制作的面团足够基洛夫一半的人活上十天半个月。

"她需要的东西都全了，只缺鸡蛋。"上校的脸换上一副狰狞的表情，"鸡蛋，"他也许是要疯狂了，"是很难找到的。"

我们有片刻只是静静站着，看上校女儿在冰面上旋转。

"舰队上八成有一些。"科利亚说。

"不，他们没有。"

"他们倒是有罐头牛肉，我从一个水手那儿用游戏纸牌换来了一些。"

"他们没有鸡蛋。"

我不是笨蛋，但还是花了好长时间才弄明白上校到底在询问些什么，又花了更长时间鼓足勇气问他：

"你是想让我们替你找鸡蛋？"

"十二个鸡蛋。"上校肯定道，"她只需要十个，但我想可能会打碎一个，再加上几个可能变质的……"他看出了我们的疑惑，又对我们展露出美妙的微笑，狠狠抓住我们的肩，把我们提溜得更直。

"我的兵说，列宁格勒没有鸡蛋了，可我相信这里什么都有，即使是在这种时候。我只需找出合适的人来去找到它们，比如两个小偷。"

"我们不是小偷。"科利亚瞪视着上校，一脸正义。我真想抽他。不管怎么说，要不是上校，我俩早就翘了，冻得死沉梆硬，与每天堆起八人高的尸体为伍，被扔在雪橇上。我们得到了缓刑，只要一个很简单的任务就能换回我们的命。这或许是一个奇怪又无厘头的任务，但足够简单。科利亚想毁了它——这倒霉蛋自己找上门去要属于他的那颗子弹，这很糟；但他同时也会要了属于我的那颗，这就糟透了。

"你不是小偷？！你抛弃了你的部队——别别别，赶紧给我闭嘴吧，什么都别说了。在你抛弃部队的那一刻，你就丧失了作为红军战士的权利——扛枪、穿军服、穿军靴——你不就是个小偷？还有你！大鼻子，你从死尸身上敛财，虽说是德国兵的死尸，私下里你并没有冒犯我，但抢劫就是偷窃。我们不用在这里玩文字游戏了，你们俩都是小偷，坏小偷，真的，无能的小偷，绝对是这样。这只是你们的狗屎运罢了,因为我们没逮到好小偷。"

他走回屋里,科利亚和我还在那儿傻愣着看上校女儿的狐皮大衣在太阳下闪着光芒。到了这个时候,她一定瞄到我们了,但她没有向我们示意,也没朝我们这边看。我俩仅仅是她父亲的跟班,彻头彻尾的乏味无聊之人。我们尽可能想多看她几眼,尽力把她的模样刻进脑海里,以备日后自慰之用。直到上校冲我们喊叫起来,我们才匆匆缩回到屋子里。

"你们有配给卡吗?"上校问,大踏步地走着。他给的"缓刑"快要执行,该是谈工作的时候了。"把它们给我。"

我的配给卡是紧紧别在大衣内侧口袋里的,随后看见科利亚从他堆成一堆的袜子里掏出他的。上校一把拿走我们的配给卡。

"星期四日出之前,你们俩必须把鸡蛋给我找来。要是找不来,你们整个一月就可以去吃雪了,到了二月你们也甭想等来配给卡——这还只是假设我的兵没有发现你们、没有干掉你们,那些兵做这种事可拿手呢。"

"那他们怎么找不着鸡蛋呢?"科利亚问。

上校笑了,说:"我喜欢你,小伙子,你不会活很久,但我喜欢你。"

我们走进阳光房,上校坐在桌前,瞪着那台黑电话。他扬起眉毛,仿佛想起了什么似的,打开抽屉,拿出一封折着的信递给科利亚。

"这是给你们的宵禁赦免证。任何人要找你们麻烦,就把这个给他看,看了就没什么问题了。还有这个——"

他从钱包里抽出四张面额一百卢布的钞票,递给科利亚。科利亚看了一眼赦免证和卢布,把它们通通塞进口袋里。

"要是在六月,这些钱足够买一千个鸡蛋。"上校说。

"到了明年六月也能买到那么多,"科利亚说,"德国人熬不过这个冬天。"

"如果都是像你这样的战士，我们很快就会用德国马克来买鸡蛋了。"上校揶揄道。

科利亚张开嘴刚要申辩，上校摇摇头制止他：

"你们都明白这是一份礼物吧？周四之前给我带十二个鸡蛋回来，我就把你们的命交还给你们……现在总算知道这份礼物是可遇不可求的了吧？"

"今天星期几？"

"星期六。你是星期五脱队的，明天太阳升起的时候就是星期天……从明天开始，你能自己计算清时间了吗？行吗？好——"

鲍利亚托着一只蓝色的盘子，上面有四片烤面包，面包上抹了层油乎乎的东西，可能是猪油，亮亮的，肥肥的，美味的。另外一名侍卫从鲍利亚身后进来，带来两杯冒着热气的茶。我等待着第三个侍卫出场，他将给我们端来鲜美的鱼汤……但他终究没有出现。

"快点儿吃，小伙子们。"上校说，"你们今天要走很远的路呢。"

4

"大鼻子,我喜欢……你老爸是谁呀?大鼻子。"

"说了你也不认识。"

"如果他发表过什么作品,我就认识。"

"别老说这事了好不好?"

"你怎么这么情绪化呀?"

我们又一次跨过石岛大桥,这回却是靠两条腿。科利亚走到桥中间停下了,手扶栏杆,朝多尔戈鲁科夫官邸眺望。上校女儿不在那里滑冰了,可科利亚还是看了好一会儿,希望美景重现。

"她冲我笑过。"他说。

"她可没冲你笑,你胡言乱语什么呢?人家甚至连看都没看咱一眼。"

"你这是嫉妒，哥们儿，她绝对冲我笑过。我以前准是在什么地方见过她……大学？我可是挺有名的。"

"以逃兵而闻名吗？"

科利亚转过身背靠桥栏，正色地看着我："你再敢管我叫逃兵，我非打得你满地找牙不可。"

"你敢打得我满地找牙，我就敢拿刀捅你的眼睛。"

科利亚想了想这话，又转回身朝着河面。

"我会在你拔刀之前就把你打趴下，如果有必要，我的身手是相当敏捷的。"

我现在就想拔出刀来跟他比划比划，无非是想证明科利亚在说大话。但他这会儿看起来又不生气了，我也想尽快赶路，所以此事暂且作罢。

我们穿过大桥回到主城区，顺着沙砾大街往南走。涅瓦河在我们右边，芬兰线锈蚀的铁轨在左边——九月之后就再没见火车跑过了。德国人围城时切断了每一条干道：芬兰、莫斯科、韦杰布斯克、华沙、波罗的海……通通切断。道路变得一点儿用处也没有，彼得城与其他城市唯一的联络方式就是空中运输，可是又没有几架飞机能躲得过德国空军的巡逻。

"我们可以冲过那些封锁线，但没有配给卡傍身，就会比较麻烦。"科利亚思考着怎么解决当下的问题。"NKVD那帮人倒没什么可叫人担心的，但凡在军队里待过的人，都知道他们，连上妓院那种地方找鸡都不见得能找着。只是没有配给卡……倒真是棘手得很。"

"我们必须找到鸡蛋。"我告诉他。能在太阳下行走、呼吸空气，全是拜上校所赐。如果活命的代价仅仅是十二个鸡蛋，那我们就得找到那十二个混账鸡蛋。这根本没必要去讨价还价、瞎琢磨。

"找得到鸡蛋最好,我没意见……但这不代表我的方案就不能考虑呀。也许城市里根本就没有鸡蛋,要真是这样,我们又该怎么办?你在彼得城还有其他亲人吗?"

"没有。"

"我也没有……不过这是件好事,只顾好自己就行了,不用再担心亲人。"

被火焚毁的仓库墙上贴着这样的标语:"你报名参加人民志愿队了吗?"这一带没有居民楼,暗淡的天空下连个路人都没有,街道是空的。或许我们是这场战争中仅存的两个大活人吧——城市最后的两个守卫者:一个拿着把偷来的刀,另一个有一对传说中可以打败法西斯的快拳。

"干草市场那儿最有希望,"科利亚说,"我几个月前去过一趟,那时候市场里还有黄油、奶酪和一点点鱼子酱,好像。"

"可为什么上校的士兵们找不到鸡蛋呢?"

"那里可是黑市!一半东西都是偷来的,大伙儿在那里交换配给卡,干的都是些违法的勾当。那里的人不会卖东西给穿制服的人,特别是穿NKVD制服的人。"

科利亚的这番话听起来算有些道理。我们继续往南朝市场方向走,他一路哼着自创的不着调的歌。事情在往好的方向发展:死刑不在眼前,我肚子里装有这几周以来最充裕的食物,那杯浓浓的红茶更像一朵在心中点亮的火花。我想去哪儿,强健的双腿就能把我带去哪儿。我相信,某个人在某个地方总会有十二个鸡蛋,我们最终一定能够找到。与此同时,我心里还幻想着上校的女儿赤身裸体地在涅瓦河上滑冰,白白的屁股在太阳下发着光……多么活灵活现的想象啊。"

　　科利亚啪地打了一下我的后背,笑得很淫猥,似乎能看穿我玻璃做的头骨。

　　"那妞儿很不赖啊,是不是?你想试试吗?"

　　我没理他,科利亚似乎非常擅长自说自话。

　　"赢得一个女人的秘诀在于精心计算的怠慢和忽视。"

　　"什么?"

　　"乌沙科夫写的,是《庭院猎犬》里的一句话。噢,对了,你从来没读过那本书,"科利亚叹息道,语气中露出对我的无知的嫌弃,"你爹是个文人,怎么会生出了你这么个文盲?这事儿可真有点儿让人悲伤。"

　　"你能不能闭嘴,别再提我父亲?"

　　"拉琴科,主人公,这人是情场高手。莫斯科四面八方的人都来向他讨教追女人的招数,但他从没离开过他的床,只是躺在那里喝茶——"

　　"像奥勃洛莫夫那样?"

　　"一点儿都不像奥勃洛莫夫!为什么总有人说像奥勃洛莫夫?"

　　"因为听起来就是和奥勃洛莫夫一模一样嘛。"

　　科利亚停住脚步俯视着我。他比我高一个头,肩膀有我的两个宽,他逼近我,眼神中带着威胁。

　　"大学里的每个傻子都知道冈察洛夫连乌沙科夫一半儿都不如。奥勃洛莫夫屁都不是。奥勃洛莫夫是资产阶级选中的道德好教材,是给小孩子读的小破玩意儿,目的是不让他们长大后变成懒人。现在说的是拉琴科,拉琴科是语言大师中的英雄,他和拉斯柯尔尼科夫,和别祖霍夫,还有,我不确定,大概还有乞乞科夫,都是。"

"你的口水喷到我了。"

"你活该被喷。"

我继续朝南走。科利亚虽然有些恼怒，却还是紧追着赶上了我。毫无疑问，命运把我们推到了一块儿，在下周四来临之前，我们是一根线上的蚂蚱。

穿过飘满雪花的涅瓦河冰面，金色天使依然端坐在彼得保罗大教堂的镀金尖顶上，尽管有传言说纳粹国防军会授予击落塔尖天使的炮手铁十字勋章，它却依然在那儿，安然无恙。科利亚用下巴朝彼得城方向努了努说："当那里的动物园被轰炸时，我正驻守在附近的要塞。"

"我听说城里的狒狒四处乱窜，还有西伯利亚虎呢。"

"那是乱传，其实没有一只动物逃出来。"

"也许有那么几只，你怎么知道没有？"

"一只都没能逃生，如果你想哄自己睡觉讲些甜甜蜜蜜的话，就尽管讲好了，不过那都是谎言。"他往地上吐了口唾沫，"德国人把整座园子都烧光了，贝蒂那头大象……我真喜欢那头大象，它还是小宝宝的时候，我就总爱去那里看它。它用大鼻子卷起水洗澡的样子真优雅啊。你可能想象不出来吧？它那么庞大……可实在优雅。"

"这么说它死了？"

"我刚才说什么来着，全死了。但贝蒂死得不痛快，叫了好几个小时……当时我正在值班站岗，真想冲过去一枪射中它的心脏，赶快结束这一切……你永远都不会想听见一头大象慢慢死去的声音。"

去干草市场要走很远的路，差不多六公里，途中要经过铸造大桥，要经过夏宫——那里的榆树和橡树都被砍伐光了，还要经过格里涅维茨基和皇帝溅血的所在——金碧辉煌、有着直插云霄的洋葱尖顶的喋血大教堂。我们越往南走,街道变得越拥挤,每个人都裹得里三层外三层,歪歪斜斜地踯躅风中。人们的脸都被冻瘪了,因为缺铁而愈显苍白。在涅瓦大街①上,所有商店都已经关门歇业好几个月了。我们看见两个年过花甲的老妇人紧紧地挨在一起,走在寒冰覆盖的街上,她们紧紧盯着眼前那片冰面,那块能把她们摔死的冰面。一个留着壮观的海象胡须的男人提着个装满黑钉子的白桶。还有个年纪不超过十二岁的男孩用一截绳子拖着个雪橇,雪橇上躺着一个比他更小的男孩,那孩子裹着毯子,一只赤裸的、没有血色的小脚被拖在冰冷坚硬的雪地上。为阻止敌人的坦克开进来,一排排龙牙耙钉在道路上钉死了。墙上贴着张告示:警告:街道一侧遇轰炸时最危险!

战前的涅瓦大街是城市的心脏,它宽敞的大道百分百能与巴黎和伦敦的大街相媲美。人行道边的小售货亭里净是卖巧克力和樱花的;埃利斯耶夫的货柜后,那个系着围裙的老男人切着熏制鲟鱼和黑貂;市政厅的钟楼耸立在所有繁华之上,仿佛在提醒着人们不论多晚总是有别的乐子可找;黑色派克轿车会载着党员风驰电掣般呼啸而过,从一个会场赶往另一个会场;就算你穷得叮当响,什么也买不起,涅瓦大街也是个散步的好地方,六月里的太阳半夜才落山,所以更加没人想去浪费那些光线了。总是能看见彼得城最漂亮的姑娘站在高档服装商店的大橱窗前,透过玻璃窗看着那些最时新、最时髦的衣服。她们会研究其剪裁和做工,若能从上班的地方搞些布料回来,那就在家里自己做上一身。就算你从来没跟那些漂亮姑娘说过一句话,即使,你只是远远地看着她们,也很好。

"你还是处男吧?"科利亚问。他在如此"怪异"的当口打断我的

---

① 涅瓦大街,列宁格勒最著名的街道。

思绪,着实让我吃了一惊。

"我?"我很蠢地问,"你瞎说八道什么呢?"

"我在讲你从来没跟女人上过床这个事实。"

你知道,撒谎在某些时候一点儿意义也没有,比赛尚未开始就已结束。

"你想怎么着?"

"听着,列夫,就当我们设法做做朋友——你觉得这个想法怎么样?既然在找到鸡蛋之前我们都必须待在一起,那干吗不把关系搞得融洽一些呢?你终于变得有点儿意思了,带点儿坏脾气,还带点儿犹太人的情绪化,但我喜欢你。要不是你他妈一直那么犟的话,我八成还能教你点儿什么。"

"姑娘?"

"对啊,姑娘,还有文学,还有象棋。"

"你算老几啊!才十九吧?别事事搞得跟专家似的好吗?"

"二十。我没有事事专家,只在女人、文学和象棋上是专家。"

"就这几样?"

"嗯……还有跳舞,我可是舞林高手啊。"

"那咱们下盘棋赌一把?"

科利亚看着我笑了,哈了口气,水汽马上拢在他头顶上。

"那我就要收了你那把德国刀喽。"

"我能赢你点儿什么呢?"

"啥也没有,因为你赢不了我。"

"我真赢了怎么办?"

"我大概还有一百克你吃过的那种香肠。"

"一百克香肠换一把德国空军的刀?我可不这么想。"

51.

"我还有一些相片……"

"什么相片?"

"姑娘的,法国姑娘……你能从里头学到不少东西。"

法国女郎的照片倒是值得一赌。我一点儿都不怕输掉那把刀,在彼得城里,只有少数的几个人下象棋能赢我。我老爸大学时代就是市象棋冠军,每周四、日他都要带我去少年宫斯巴达克象棋俱乐部。我六岁时,俱乐部教练就宣布我是象棋天才,我一直在青年选手中名列前茅,并持续数年保持这种纪录。我在列宁格勒州地区的大小联赛上赢回来各种小小的绶带和勋章,这让我父亲非常骄傲。但他太波西米亚范儿了,以至于不愿意承认他也看重比赛,一直不让我把奖品、奖章陈列在家里。

我十四岁那年退出了象棋俱乐部,我知道自己是个很不错的棋手,但永远不可能成为伟大的棋手。我小时候的朋友们,也就是在斯巴达克那些我永远的手下败将,都已经远远超过了我。不论我在床上怎么琢磨终盘问题,不论我参加多少场比赛,研究多少份棋谱,他们仍坐着喷气飞机跑我前头去了,怎么赶也赶不上。

我就像个训练有素的钢琴演奏家一样,知道敲打哪个琴键,但总是不能创造自己的音乐。一位顶级棋手总是观棋不语,他们只需研究棋面,便知如何去改良自己的布局了——这个本事是在脑袋还没真正想出对策前就已经凭本能达到了的。我就没有这种本能。退出俱乐部让我父亲大失所望,但我一点儿也没感觉悲伤。对我而言,在不用担心市级比赛名次之后,下象棋变得更有乐趣了。

科利亚在科维希桑娜咖啡馆前停下来,透过缠着十字封条的窗玻璃往里张望。整个咖啡馆里空空荡荡的,桌子全被挪走了,仅剩下油毡地板和一块上头写着"八月特色菜"的餐牌。

"我曾经带一个女孩来过一回,这家的烤羊排是全城最好的。"

"你吃完烤羊排就带着姑娘回家上床去了吧?"我的口气中带着讥讽,但立刻又变得惊惧起来,怕他果真就这么干了。

"不是,"科利亚一边对着玻璃照着,一边把掉出来的一绺金发掖回皮帽子里,"我们在晚饭前就做过爱了,吃完饭又去欧来帕餐厅喝了一杯。她对我火大得很,因为我更喜欢她的一个朋友。"

"那你怎么不带那个朋友吃晚饭呢?"

科利亚莞尔一笑,是那种领导对他的单纯下属露出的善意微笑。

"精心计算的怠慢和忽视……你真的需要上上课了。"

我们仍然顺着涅瓦大街往前走,是下午了,冬天的太阳已经沉入西方的天空,把我们的影子长长地投在身前。

"让我们起步慢一点儿,"他说,"先从最基本的来……你有喜欢的女孩子吗?"

"没有特别的。"

"谁告诉你这姑娘特别来着?你还是个雏儿呢,你需要温暖的大腿和心跳,可不是找塔玛拉·卡尔萨维娜①那样的。"

"在我们大楼里有个女孩儿叫维拉……但她喜欢别人。"

"那好——第一步:不理旁人,我们先来研究一下这个维拉。她有什么特别之处吗?你为什么喜欢她?"

"不知道,她正好住我们楼里。"

"好吧,这算一条理由,还有呢?"

"她会拉大提琴。"

"很美的乐器……她的眼睛是什么颜色?"

---

① 塔玛拉·卡尔萨维娜(1885—1978),苏联芭蕾女星。

"不知道。"

"你不喜欢她。你连人家眼睛什么颜色都不知道,你不喜欢她。"

"我喜欢,可她只在乎格里沙·安托科利亚斯基……我再喜欢也没用。"

"那好吧。"科利亚非常有耐心地说,"你认为你喜欢她是因为她不喜欢你。现在我告诉你,你的确不喜欢她,让我们忘掉维拉吧。"

忘掉维拉并不难,过去三年里,我试图想象过她光着身子是什么样的,但这仅仅因为她就住在我家两层楼下。只是有一回,在青年中心的游泳池旁,她的游泳衣肩带滑落的时候我刚好瞄到她的奶头了。要不是因为维拉爬基洛夫铁门时的慌张和歪歪扭扭,我就不会跟一个疯疯癫癫的逃兵在彼得城的大街上去找那些狗屁鸡蛋。士兵抓住我时,她连头也没回一下。我被关在十字监狱的大牢里时,她八成正跟格里沙搂抱着挤在基洛夫某个黑黢黢的过道里。

"上校的女儿很漂亮,我喜欢她。"

科利亚饶有兴致地看着我:"是的,上校的女儿是漂亮,我也喜欢你的这份乐观主义,但她不是你的那杯茶。"

"她也不是你的茶啊。"

"如果你看见她看我的样子,你就知道你错了。"

我们经过一队年轻男孩,他们带着梯子和白漆桶,正忙着粉刷涂抹掉路标和大楼门牌号。科利亚停住脚步,瞪着他们看。

"嘿——"他冲离他最近的那个男孩大喊一声,那孩子身上的好几层毛衣让人误以为他是个胖子,直到你看到他两颊深陷的脸和老人般深邃的黑眼睛在阴影里闪闪发光——这么年幼的孩子在城里不剩几个了,大多数九月份就已经撤离了,剩下的是又穷、在东部又没有家人的战争孤儿。

54.

"你到底在干吗?"科利亚问他,转头看向我,孩子们的冒失行为让他吃惊不小,"小兔崽子!你们竟敢在大街上搞破坏……嘿!说你呢!"

"舔我的××,然后许个愿吧!"黑眼睛男孩一边继续涂抹着钟表店的门牌号一边说。

科利亚惊得倒退一步,但他还是走向前扳转那个男孩的身子:"你是在跟红军战士讲话,小子!"

"科利亚,"我开口道,"你以为现在是胡闹的时候吗?你跟那些吉卜赛小崽子们一通乱跑……"

"你最好把你的手从我身上拿开!"男孩怒道。

"哼,你敢威胁我?老子四个月前还拿枪打德国佬呢,现在你倒敢威胁我?"

"科利亚!"我放大音量再喊他,"他们现在有命令在身……这么做是让德国人打进城来分不清东南西北。"

科利亚的目光从黑眼睛男孩身上挪到被粉刷的路标上,再挪到我身上。

"你是怎么知道这个的?"

"因为我两天前也在做着同样的事儿。"

科利亚松开男孩。那孩子冲他怒目而视,旋即又接着干他的活去了。

"哦,这样啊。"

我们继续朝干草市场走去。

5

如果有东西要买卖,或者交换,就去干草市场——战前,在涅瓦大街上摆个摊会被认为是穷人才干的事儿。自打设了路障,高档商店一间接一间关闭,各个餐馆挂上铁链封了大门,卖肉的铺子再无肉可卖,干草市场于是一派繁荣了。将军的夫人们用她们的琥珀项链交换成袋的面粉;党员们和乡下农民为一套古老的银器到底能换多少土豆而讨价还价,如果砍价时间太长,农民就会极不耐烦地冲买家挥挥手,来一句"吃你的银具去吧!"同时耸耸肩……他们的每次叫价几乎都能如愿。

我们走过一个摊位又一个摊位,看见成堆的皮靴——有些还沾着前任主人的血迹。托卡列夫牌的步枪和手枪很便宜,只需几个卢布或两百克面包就能轻易买到。鲁格手枪和手榴弹要贵一些,但只要找对卖家也是能买到的。有个摊位在卖瓶装的巴达耶夫泥土,每瓶开价一百卢布。这种泥是从一个被炸毁的食品仓库收集来的,里头掺杂有融掉的糖。

科利亚在一个卖无标签清澈液体的摊位前驻足,摊主是个戴着一只眼罩的干瘪男人,骨瘦如柴,驼着背,嘴里叨着没有点燃的烟斗。

"这是什么?"科利亚问。

"伏特加。"摊主答道。

"伏特加?什么东西做的?"

"木头。"

"我说哥们儿,这可不是伏特加,是木酒精!"

"你要不要?"

"咱们来这儿不是干这个的。"我提醒科利亚,但他根本不搭理我。

"你这东西会把人喝瞎的。"科利亚对摊主厉声道。

独眼男人摇摇头,对科利亚的孤陋寡闻稍感无奈,但想必还是愿意再多花点儿力气来促成这桩买卖。

"用七层亚麻布过滤一下不就安全了吗?"

"这听起来像是给诸神配的药水,"科利亚说:"你应该给它起个名儿叫'七层罪'。嗯,'七层罪'对它来说还真是个好名字!"

"你到底要不要?"摊主要怒了。

"如果你喝点儿下去,我就来一瓶。"

"要我现在喝,时辰太早了点儿。"

科利亚耸耸肩:"只要你喝一口,我就买一瓶……否则的话,嗯,这叫我怎么说才好呢……可能是战争让我变得愤世嫉俗了吧。"

"两百卢布一瓶!"

"一百!咱们一起喝得了。"

"你这是要干吗?!"我问科利亚,他连瞄都没瞄我一眼。

独眼男把他冰冰凉的烟斗放在桌面上,找出来一只玻璃杯,又在摊子附近摸索着想找出块布来。

"给你这个,"科利亚递给他一条白色手帕,"这个相对来说还干净点儿。"

我们看着这男人把手帕对折了三次,蒙在玻璃杯上,慢慢把液体倒进去。即便在室外,又刮着大风,这玩意儿闻起来还是像有毒液体,跟清洗工厂车间地板的洗涤剂的味道差不多。独眼男把手帕拿开,上面斑斑点点的,残留着一些泡沫。他端起杯子喝了一口,然后放回桌上,自始至终面不改色。

科利亚仔细观察杯中液体的刻度表,想看出摊主到底喝没喝、喝了多少。了解之后,他拿起酒杯朝我们致意。

"为母亲俄罗斯!"他一仰脖把木酒精倒入口中,砰的一声把杯子蹾回桌上,用手背擦擦嘴。但他到底还是被酒呛得噎住了,抓住我的肩膀想站稳,双眼睁得老大,被呛出眼泪来。

"你这是在谋杀我!"他艰难地从嗓子眼儿里挤出这几个字,一只手指着独眼男人怒道。

"我可没叫你喝得这么快。"男人反驳道,相当不以为然地把烟斗又放回嘴里,镇定地说:"一百卢布。"

"列夫,列夫!你在哪儿?"他的脸转向我这边,双眼对不上焦了,我站在那儿就像透明似的。

"太可笑了。"

科利亚咧开嘴笑,身体站直了:"还真是骗不了犹太人啊,我早就应该知道……给这位先生钱啊。"

"什么？！"

"赶紧的，给人家钱啊！"

"我没钱。"

"你别想骗我，小子！"科利亚咆哮起来，一把抓住我的大衣领口用力摇晃，摇得我的骨头喀喀作响，"我是一名红军战士，绝对不会容忍任何偷窃行为！"

他立马就把我松开了，手伸到我的大衣口袋里，掏出几张纸、一点点线和棉线绒——连一点和钱长得像一点儿的东西都没有。然后他叹了口气，转向摊主。

"你也看见了，我们没钱。我不得不说，您这买卖没法做了。"

"别以为你是个兵，我就不敢把你的脸划个稀巴烂。"独眼男敞开大衣，向我们露出一把芬兰短剑的剑柄示威。

"反正我的肚子里已经装了一大杯毒药，你尽管放马过来。"

科利亚冲着男人笑，等待回答。他湛蓝的眼睛里什么都没有，没有恐惧，没有愤怒，也没有激动。面对这场将要到来的格斗，他什么表情都没有。

对他这一点，我早就了解了，这是他的本事，危险让他愈发冷静，而他周围的人则是用惯常的方式来对待恐惧：坚忍、歇斯底里、伪装喜悦，或是以上三种的混合体。但是对科利亚来说，我认为他从来没相信过凡此种种，可能战争对他来说就是可笑的：德国人的野蛮、党的宣传、交战时燃烧弹点亮的夜空……这些对他来说都是别人的故事，一个极其有趣、情节丰富的故事，而他仅仅是误打误撞进来又无法逃脱的局外人。

"快滚！否则我把你的嘴皮割下来！"独眼男把手放在他的剑柄

上，嘴里咬着一直没点燃的烟斗嘴子。科利亚冲他敬了个礼，然后大步流星地走向下一个摊位。他是那样地放松，那样地没有烦恼，就像刚才的整个交易都是干净的、容易的。我紧随其后，心脏要跳出来似的，擂击着胸口。

"咱们能不能专心找鸡蛋？你干吗没事老挑衅别人呢？"我纳闷地问他。

"我得闻一下，就去闻了，现在真是活回来了。"他深吸一口气，再吐出来，看着这口气聚合到一起，升到空中，"咱们昨天晚上就应该死掉的，你明白吗？你明白这有多幸福吗？所以，享受它吧。"

我在一个乡下老妇人的摊位前停下来，她戴着条头巾，在卖一种堆叠起来的、苍白得发灰的肉。我们俩都看着那些肉，它们看起来还挺新鲜，闪闪的，泛着油光……不过我们俩都不想知道这到底是什么动物身上的肉。

"你有鸡蛋吗？"我问老妇人。

"鸡蛋？"她前倾身子，费力地想听清楚一些，"打九月起就没有鸡蛋了。"

"我们需要十二个，"科利亚说，"我们能给个好价钱。"

"你能付一百万卢布吗？这儿没鸡蛋，整个彼得城都没有。"

"哪儿有？"

她耸耸肩，脸上深陷的皱纹似刀刻一般："我有肉，你们想要肉吗？两个大肉饼子三百卢布。没有鸡蛋。"

我们打听了一个又一个摊位，逢人便问有没有鸡蛋。但是自从九月之后，干草市场就再没人见过这种东西了。还有几个人就如何才能找到鸡蛋给我们提供了一些帮助：军衔高的长官们会从莫斯科空运一些过来；住在城外的农民会用鸡蛋、黄油和鲜牛奶跟德国人换命；还有一个住在纳尔瓦凯旋门附近的老人,他在他家屋顶上的鸡笼子里藏了几只鸡。最后这个说法显然很荒谬,但告诉我们这事儿的男孩却坚持说这是真的。

"你杀掉一只鸡,大约能果腹一周。但是你把鸡养着,瞧吧,每天一个鸡蛋再加上你的配给卡,你就能熬过整个冬天了。"

"可你也得有东西喂鸡呀,这年头谁还有给鸡吃的余食?"科利亚很怀疑。

那男孩摇摇头,觉得科利亚特别傻,他的黑色鬈发从老帝国海军帽下滋出来几缕。"鸡什么都吃,一勺儿锯木屑就足够了。"

这孩子是贩卖"图书馆糖果"的,这种糖是把书撕下来,把书脊上的粘书胶取下来,熔化成一根棒子,再用纸包起来……这玩意儿尝着像蜡,但里头含有蛋白质,蛋白质就能让人活下去——所以城里的书像鸽子一样,通通不见了。

"你见过鸡吗?"科利亚又问。

"我哥见过,那个老头晚上就睡在鸡笼子里,还拿着枪……因为大楼里每个人都惦记着那些鸡。"

科利亚和我对视了一眼,我摇头。我们每天都能听到十来个不同版本的关于围城的故事,比如在一个神秘的冷藏柜里藏着牛腱子肉,在哪个贮藏柜里堆满了鱼子酱罐头和小牛肉香肠……而这些故事总是由讲述者的哥哥、堂哥、表哥们亲眼所见。人们愿意相信这些故事是真的,与之相匹配的是,他们同样相信在他们忍饥挨饿时,真的有某些人在某些地方大快朵颐。

"这个老头不可能一直待在鸡笼里,他总得去领他的配给卡吧?他总得吃喝拉撒吧?总会有人趁他不在时把鸡偷了。"

"他站在屋顶上撒尿,当尿流到那头的时候……我不知道,兴许他就是拿这个喂鸡的。"

科利亚不断地点头,为那个老头聪明的养鸡法而折服,而我深信那男孩就是在编故事。

"你是什么时候拉了最后一泡屎?"科利亚突然问我。

"记不清了……一周以前?"

"我都有九天了,我一直数着呢,九天!等哪天真拉出来了,可得举行一场盛大的晚会庆祝一下……要邀请大学里最漂亮的女孩儿来参加。"

"邀请上校的女儿?"

"一定,我绝对会。我的'大便'晚会一定比她筹备的婚礼棒得多。"

"新的配给面包拉得人屁眼儿生疼,"鬈发男孩说,"我爸爸说他们在面包里加的都是纤维素。"

"我们上哪儿能找着那个养鸡的老头呢?"

"我不知道具体地址……从纳尔瓦凯旋门往斯塔切克大街去的路上会经过他的房子,房子的墙面上挂着日丹诺夫的巨大海报。"

"彼得城一半楼房上都挂有日丹诺夫的海报,"我马上就要怒了,"难道我们要走差不多三公里去找那些压根儿就不存在的鸡吗?"

"他没撒谎,"科利亚说,拍了拍那男孩的头,"如果他说瞎话,咱们回来就扭断他的手指头,他知道咱们是NKVD。"

"你们才不是NKVD呢!"男孩叫起来。

科利亚从他的大衣口袋里掏出上校给的信,在男孩脸上轻拍了一下。"这是上校特别授权给我们专门找鸡蛋的信,你还有什么可说的?"

"你还有一封斯大林给的信吧,授权你擦你的屁股。"

"那他得先授权我拉得出屎来。"

我没法儿在那里继续听完他们的对话。如果科利亚想满城乱转悠，寻找那只活在寓言故事里的鸡，那就随便他好了。现在天黑了，我想回家，我已经三十个小时没睡过觉了。我朝基洛夫方向摸去，试图想象我在厨房的松瓦片下藏了多少掰碎的面包，或许维拉会给我点儿什么吧。仅仅看在我救了她、她却头也不回地跑掉这一点上，她就欠我的。我突然想到维拉和其他那些家伙应该以为我已经死了，琢磨她会有何反应，会在格里沙安慰她的时候哭着把小脸埋进他胸膛里？还是愤怒地把他推开？谁叫格里沙弃她于不顾只管自己逃命去？可格里沙会说，"我知道我知道，我是个胆小鬼……你就原谅我吧。"然后她就原谅他了？维拉原谅格里沙做的每一件事。再之后他会擦掉她的眼泪，告诉她：他们永远都不会忘记我，因为我的牺牲……但他们一定会忘记的，一年以后就再也记不起我长什么模样儿了。

"你，就是站在那儿的那个，是你在找鸡蛋吗？"

一直沉溺在自顾自的可卑幻想中的我，过了好一会儿才意识到这是在问我。转过头，一位留着胡须的彪形大汉双手抱在怀中，身体前后摇晃着，正目不转睛地看着我。他是我见过的块头最大的男人，比科利亚还要高出许多，胸口巨宽，大巴掌足可以像捏个核桃仁儿一样捏碎我的脑壳。他的胡须浓密、漆黑、油光锃亮。我想知道像他这样的巨人一天得吃多少东西，想知道他又怎么保证能让吃进去的肉留在巨型身躯里。

"你有鸡蛋？"我问，眨巴眨巴眼。

"那你用什么换？"

"钱啊，我有钱，你等着，我去把我朋友叫过来。"

我飞跑过干草市场，头一回因为看见科利亚那金色的头发如此开心。他还在同那个鬈发男孩瞎侃，准是又在讲他梦中那些辉煌的大便。

"喂，他在那儿！"一看见我，他就大叫起来，"我还以为你跑了，不要我了。"

"那边有个男人说他有鸡蛋。"

"太棒了！"科利亚转头对男孩说，"小子，很高兴见到你。"

我们原路返回，很晚了，经过的摊位也都关张了。科利亚递给我一根"图书馆糖果"。

"喏，我的朋友，今晚我们可以好好吃一顿了。"

"那小孩给你的？"

"给我？是卖给我的。"

"多少钱？"

"一百卢布两根。"

"一百！"我怒视他。科利亚拆开糖果包装尝了尝，面部痛苦地扭曲到了一起。

"这么说，我们只剩三百卢布了？"

"没错，你的算术还不错嘛。"

"那些钱是用来买鸡蛋的。"

"是啊，可我们也不能啥都不吃，光顾着闷头找鸡蛋，对吧？"

"黑胡须"仍然双手交叉着抱在胸前，在干草市场旁等着。我们刚走近，他就赞赏起科利亚，那架势就像拳击手在互相估量对方一样。

"就你们俩？"

"你以为我们有几个人？"科利亚一边微笑一边回答，"听说你卖鸡蛋？"

"什么都卖。你拿什么交换呢？"

"我们有钱。"我说完就发觉这句话刚才绝对说过。

"多少钱?"

"足够多。"科利亚说,"我们需要十二个鸡蛋。"

"黑胡须"吹口哨:"你们走大运了,我正好有那么多。"

"看见没有?"科利亚抓着我的肩膀,"这事儿也不太难。"

"跟我来。""黑胡须"穿街而过。

"去哪儿?"我们俩一尾随其后。

"每样东西我都藏在屋里,放在外面太不安全了。天天都有很多士兵过来,想要什么就偷什么,谁敢开口说'不',就会挨枪子儿。"

"哦,士兵也是在保卫我们的城市,"科利亚说,"太饿了,他们也打不了仗。"

"黑胡须"盯着科利亚的军大衣和军靴看。

"你怎么没去保卫城市?"

"我在为上校执行一项特殊任务,您就别操这份闲心了。"

"那个上校给你和这个小孩一项特别任务,找鸡蛋……是这样吗?""黑胡须"俯下头来笑望着我们,他的牙齿在黑色的胡须中闪光,像一颗颗没有标记的骰子。他根本不相信科利亚,当然,谁会信呢?

我们沿着冰封的丰坦卡运河前行,冰面上散落着些弃尸:有些盖着裹尸布,上面压着几块石头;有些则衣不蔽体,苍白的脸仰面对着黑下去的天空。晚上开始猛刮风了,我看见一个死去的女人躺在那里,金色的长发拂到她脸上——那头发曾是她引以为傲的宝贝吧,一周洗两次,每天上床前一定会精心地梳上二十分钟。而现在,这长发是用来保护她的,挡住她的身体,让她不至于暴露在陌生人眼前,一天天腐烂。

65.

"黑胡须"领我们来到一栋五层砖楼下,这里的窗户都用层压板堵着。一幅巨型海报足足占了两层楼那么高,上面是一位年轻的母亲抱着她死去的孩子站在燃烧的楼前:"杀死孩子的刽子手,拿命来!"

"黑胡须"从兜里掏出钥匙,打开前门让我们进去。科利亚刚要往里走,我就不由自主地一把拽住他的袖子。

"你能不能把鸡蛋拿到外边?"我问男人。

"我现在还能活着,就是因为我知道怎么做生意。我是不会在大街上交易的。"

我能感觉到自己的阴囊在收紧,胆怯的蛋蛋慢慢地往上提。但我牛于斯,长于斯,无论如何不能做个傻子,于是一边开口说话一边尽力保持着让声音不发抖。

"我可不在陌生人的屋里交易。"

"先生,先生,"科利亚边说边笑开了花,"至于这么多疑吗?十二个鸡蛋而已,开个价吧。"

"一千。"

"一千卢布?十二个鸡蛋?"我大笑,"它们是法贝热彩蛋①?"

"一瓶泥巴在那边的市场上都要卖一百卢布呢,"他对我说,"你说哪个更值钱?一个鸡蛋还是一瓶泥巴?"

"听着,"科利亚说,"你想和这位犹太小哥讨价还价一整天都行,或者你愿意和我像诚实的男人那样对话……我们只有三百卢布,就这么多,你卖不卖?"

"黑胡须"继续瞪眼儿看着我,从一开始他就不喜欢我,现在他又知道我是犹太人了,大概想把我的皮从脸上扒下来。他向科利亚伸

---

① 法贝热家族为沙皇亚历山大三世设计了第一款"皇家复活蛋",被指定为皇室御用品珠宝商,后来法贝热彩蛋成为奢侈品的代名词。

出巨大的手掌。"拿钱来吧!"

"嗳?不行,这时候我可不能和同伴分开,"科利亚摇着头,"先拿蛋,后给钱。"

"我可不会把蛋拿到外面,现在每个人都快饿死了,人人都有枪。"

"你这么大的块头也会怕?"科利亚取笑他。

"黑胡须"似乎不太敢相信自己听见的侮辱之词,眼神充满好奇地看着科利亚。最终,他笑了,像骰子一样白的牙齿又泛出光亮来。

"下边就有一个人头朝下趴在那儿呢。"他一边用下巴示意着丰坦卡运河的方向一边说,"不是饿死的,也不是冻死的,他的头盖骨被一块砖头砸得稀巴烂。你想知道他是怎么死的吗?"

"我懂你的意思。"科利亚朝大楼前厅瞄了瞄,很认同地说,"是啊,只因为我们要换的东西就被砖头砸死,这对我们来说也太快了一些。"

科利亚拍拍我后背,先行走进楼内。

所有的一切都在告诉我应该掉头就跑,他却把我们领入了陷阱。事实上,他在一个杀人犯面前低头屈服了。科利亚真够蠢的,他居然老老实实地承认了我们身上有多少钱。这些钱并不算多,三百卢布,可如果加上男人心目中认为我们应该有的那两张配给卡,在这年头就足以轻易送掉我们的命。

可我们还有别的选择吗?!往纳尔瓦凯旋门去寻找那个寓言中的老头和他的鸡笼,难道是一个——选择???虽说我们现在走进这座大楼是冒着生命危险,但如果找不到那些鸡蛋,我们照样得死。

我紧跟着科利亚,前门在我们身后关上。灯泡没电,除了最后几缕光线从地板缝隙中透上来,屋里一片漆黑。听见"黑胡须"转到身

67.

后的声音,我单腿着地,预备好了随时拔出刀来。可"黑胡须"却绕过我往楼梯上走去,一次迈两级台阶。我和科利亚对视一下,当"黑胡须"消失在视线中时,我抽出那把德国刀放在大衣口袋里。科利亚好像被我的举动怔住了,或者是在嘲弄我。我们也往楼梯上走,一次只迈一级,才上到二楼就有些气喘了。

"你从哪儿搞到那些鸡蛋?"科利亚高声问已经在楼上的"黑胡须"。"黑胡须"爬楼完全不费劲,他和上校的女儿是我这几个月以来在彼得城里看到过的最强健的人。我在想他是打哪儿来的这么多力气。

"我认识一个农夫,他的农场在姆加附近。"

"我以为德国人已经占领了姆加。"

"他们的确占领了那儿,但德国人也喜欢他们的鸡蛋,每天都去拿,我朋友藏了几个……藏太多可不行,会被德国人发现。"

"黑胡须"在四楼停下,敲一扇门。

"谁啊?"

"是我,"他说,"还有几个买家。"

我们听见拨动插销的声音,门开了。一个戴着皮帽、穿着血迹斑驳的屠夫围裙的女人对我和科利亚眨了眨眼,用戴着手套的手背擦了擦鼻涕。

"我在想,"科利亚说,"你怎么能让鸡蛋不被冻坏呢?冻过的鸡蛋对我们没用啊。"

那个妇人看着科利亚,似乎他说的是日语。

"我们用俄式铜茶壶保存鸡蛋,""黑胡须"说,"快点儿,几下就弄完了。"

他挥手示意我们进屋去,沉默的妇人也闪到一边腾出门口的入口。科利亚毫无顾忌地径直走进去了，就像是受邀去他新女友的闺房一样。我倚在门边磨蹭了老半天，直到"黑胡须"把他的手搭在我肩上，其实并没有推我，但这么一只大手搭上来的力道和推我一把的效果是一样的。

　　油灯照亮了小屋，我们细长的影子投在墙上，再折返到磨破了的地毯上。那只铜茶壶就在墙角，一条白色的床单挂在屋子最里边，那是为了间隔出睡觉的地方来，至少我是这么假设的。"黑胡须"把门关上时，床单翻卷起来，像狂风中女人飞扬的裙裾。在床单再次垂落下去之前，我看见被它挡在后面的物件——没有床，一件家具也没有，只看见白花花的板肉挂在钩子上，钩子又被铁链拴着悬挂在暖气管子上，地板上还铺着一块接水滴和秽物的帆布。我大约有半秒钟误以为悬挂着的那些肉是猪肉——兴许是大脑在试图说服眼睛，说看见的并不是真的——根本就是剥了皮的大腿！那只能是一个女人的大腿……还有一个小孩的肋骨架子和一截断胳膊，无名指已荡然无存。

　　在我还没意识到要去抽刀之前，那把刀已然握在我的手上了，与此同时有个什么东西挪到我的身后。我转身，乱砍，想狂叫……可嗓子眼太紧，根本喊不出声音来。"胡须男"从大衣里掏出一尺长的钢管，这样一个彪形大汉，身手却十分灵活，轻易地避开了我的德国钢刀。

　　"黑胡须"的婆娘也从围裙口袋里掏出一把切肉刀来，同样敏捷异常，但科利亚是我们当中最快的，他原地转了一圈，迅速地以一记快速右勾拳正中那个恶婆娘的下巴，一拳就把她击倒在地板上。

　　"快跑！"科利亚喊。

　　我拔腿就跑，本以为门会被锁上，没有上锁；以为大汉的钢管会敲碎我的脑壳，也没有。我冲往过道，疾奔向楼梯，几乎飞一般跳下所有台阶。我听到一声完全不成调的大喊,还有"黑胡须"猛冲出房间时大皮靴底下的钉子撞击地板发出的闷响。我停下脚步,手搭在楼梯扶手上,累得上气不接下气,既不愿意再往前跑也不愿意再回到食人兽的房间。此时,又传来极可怕的钢管敲击脑壳或胶合板的响动。

我背叛了科利亚,在他手无寸铁而我有把好刀的时候抛弃了他。我多想用意志力命令自己的腿挪动,再把我带回那场搏斗中去,可是我抖得太厉害,根本没法让握刀的手稳住。更多的吼叫声……或许还有更多的钢管敲击在什么物件上的声音?头顶上天花板的石膏层层剥落下来,我蜷缩在楼梯间,心里叨叨着科利亚一定没命了,我也跑不了多快,这下子谁都甭想逃出他的魔爪。"黑胡须"的婆娘会用她那把敦实的切肉刀在我脸上划一大堆专业级的血口子,很快地,我身上的一块块肉也会挂在那个大铁钩子上,直到我的最后一滴血滴落在接脏东西的帆布单上。

吼叫声此起彼伏,墙在颤抖,科利亚还没死。我拼命用两只手用力握住刀,撑着一条腿挪高了一个台阶。我想我能偷偷摸回"黑胡须"的房间,然后趁他分心的一瞬间,把刀插进他的后背。但是在我看来,我的刀是那么不堪一击,又单薄又脆弱,要想杀掉巨人,这把刀真是太小了。它可以浅浅地刺他一下,让他流几滴血,但他会转过身,一把拽过我的脸,然后把我的眼珠子从脑袋里挤出来。

我又往上爬了一个台阶,这时候科利亚"砰"的一声从房间里弹出来,他快要跑进楼道时看见了我,靴子与地板摩擦,猛地来了个急刹车,立刻拖着我一齐往外冲。

"快跑!你这傻小子,快跑!"

我们奔跑着,当我跟跄着快要跌倒的时候,总有科利亚的一只手拉住或支撑住我。我听见头顶的喊叫声,听见食人兽笨重的大块头在我们身后奔下楼梯的动静,但我再也没有回头,再也没有跑得这么快过。

在这一切巨大的恐慌里,有嘶喊声、脚步声,有靴子摩擦木地板的刺耳声响……还有另外一种奇怪的声音——科利亚的笑声。

我们冲出前门,来到黑暗的大街上,夜空中密布着探照灯来回逡巡的光亮。人行道上空旷寂静,附近根本没有人可以帮助我们。我们奔到路中央,又疾跑过三个街区,不时扭头去看看"黑胡须"是不是还在追。再也没有瞅见他。但我们还是不停地跑,不停地跑,一点儿也没有慢下脚步。终于,一辆军车经过,我们俩赶忙冲过去横在路中间,举起双手强迫军车停下来。汽车轮胎在冰面上发出尖锐的急刹声。

"滚到一边儿去!别挡着路,你这没娘养的狗屁!"军车司机扬声叫骂。

"军官同志,"科利亚说,手掌朝向军车示意对方停车,平静地带着他固有的、神奇的自信说,"后面那栋楼里有两个食人怪兽,我们刚从那儿逃出来。"

"每栋楼里都有食人兽,欢迎来到列宁格勒!现在……赶紧给老子躲到一边去!"司机说。

此时又传来另外一个声音,一名军官走下车,修剪得整整齐齐的小胡子和纤细的脖子使他看起来更像是数学系的教授而不是军人。

"你为什么没跟你的兵团在一起?"他问。

科利亚从口袋里掏出上校的信递给那名军官,他读完面色一变,冲科利亚点点头,然后示意我们上他的车。

"带我们去看看吧。"

五分钟后,科利亚和我再一次回到食人兽的公寓,只不过这回是由四名端着大枪杆的战士陪着来的。即使现在被这些拿着武器的军人围着，我还是几乎要被恐惧淹没。

再一次看见铁链上挂着的肋骨架子、剥了皮的大腿和胳膊，我很想从此闭上我的双眼，永远都不要再睁开。见多识广、见怪不怪的战士们虽然刚强得足以从战场上运下战友们支离破碎的尸体，但此时也避免看向那些摇摇晃晃的铁链。

"黑胡须"和他的婆娘已经不见了，他们扔下了所有东西——只有那盏油灯仍亮着，铜壶里的茶仍热着——他们已经逃窜进夜色中去了。军官摇摇头，环视着这间公寓：钢管敲击过的地方裂开了一个个大口子，像许多张开的大嘴在不约而同地打着哈欠。

"我们会把他们的名字列在通缉犯名单上，取消他们的配给卡，做我们力所能及的……但要抓住他们就不太现实了，如今哪儿还有什么警力可言啊！"

"他能躲在哪儿呢？"科利亚问，"他可是彼得城最壮、最混蛋的玩意儿。"

"那也得先找到他呀。"一个士兵说道，边说边用手指抚弄着墙上被敲出来的一个大洞。

6

"你还真把他撂倒了啊！"我对科利亚惊呼。我们步履蹒跚地朝北走，经过了韦杰布斯克火车站的钟楼——迄今已经四个月没有任何火车通行，所有的彩色玻璃都被木板封牢，它仍然是列宁格勒最雄伟壮丽的火车站。

"那一拳可真够凿实的……我从来没打过女人，那一拳是例外，当时想也没想就打出去了。"

我们俩打算就这样聊着天，就像两个年轻人轻松自在地讨论某场拳击比赛似的，这也是我们唯一可能的聊天方式了。在我们的谈话中，不可能加入太多的事实，也不愿意用嘴巴承认眼睛曾看到过的东西，哪怕仅仅把门打开一厘米的空隙就可以闻到腐肉的味道，听见嘶喊声……但谁也不去打开那扇门,只把心思放在每一天的任务上,寻找食物、水和所有能取暖的东西,剩下的事情就留到战争结束后再说吧。

军事管制的宵禁警报还没拉响,时间却已所剩无几。我们决定就在基洛夫过夜,在这里,我绝对可以找到足够用的碎木头,搞个不错的火堆,再用河水烧上满满一壶茶。这段路并不算远,但劫后余生的我就像个老头子,用力奔跑过后的双腿,肌肉无比酸痛。上校给的那顿早餐曾经是那么美妙,也很是支撑了一阵子,但现在,饥饿去而复返了。不单如此,这会儿,饥饿还伴着一阵一阵的恶心,我的脑海里不断重复显现出那副小孩的肋骨架子,慢慢舔食着我的那份"图书馆糖果"就像舔着干干的皮肤一样,我必须强迫自己才能把那玩意儿吞咽下去。

科利亚在旁边一瘸一拐地走着,他的腿想必跟我的一样疼,可在月光下,他看起来还是一如既往地无忧无虑,完全没有被不开心的事情影响情绪。也许他本该如此平和,因为刚才的他更勇敢、更坚定。而我呢,蜷缩在黑暗的楼梯间,等待着被搭救。

"你看,我觉得……我想说的是……我很抱歉……我先跑了,真是抱歉。你救了我的命。"我哆哆嗦嗦地对科利亚说。

"是我叫你跑的啊。"

"话虽这么说,可我还是应该跑回去的,我有刀。"

"是是是,你有刀,确实是那么回事儿。"科利亚笑道,"刀子可以为你做很多的事情,可你本来就应该把自己照顾好,然后再朝着你能挥刀的人挥啊。大卫和歌利亚[①]。啊哈!他已经预备好把你生吞活剥了。"

---

① 《圣经》里的人物,牧羊人大卫杀死了腓力士族巨人歌利亚。

"我把你一个人扔在那儿……我以为他们一定把你杀掉了。"

"嘿!他们也是这么想的呢,但是我告诉过你,我有很快的拳头。"他像拳击手一样"嗬嗬嗬"地低吼,向空中连续打出几记勾拳。

"我可不是胆小鬼,虽然我知道我那时候肯定看上去很像,但我不是。"

"听我说,列夫,"他说,把手搭到我的肩头,半搂半推地迫使我跟他步伐一致,"你绝对不应该再想回到那间公寓,我当时执意要进去,我是乡巴佬大傻蛋,你根本就不欠我的,更甭提抱歉了——哪怕有一小勺子心智和判断力的人都会跑掉。"

"可你没跑呀。"

"这是被证明了的。"①科利亚说出来一句拉丁文,并且很高兴自己可以即兴说这么一小句简单的拉丁文。

我现在对每件事都或多或少地感觉良好起来:是科利亚叫我跑的;食人兽本可以在我的脑袋上敲出个洞来,如同一个小孩用大拇指戳破一只樱桃派那样容易;也许我没有什么英雄壮举,可我没有背叛我的国家。

"那可真是一记绝妙无双的右钩拳!"

"我觉得她很长一段时期都不可能再嚼小孩子了。"

科利亚说完又咧开嘴乐了,但是这回没有持续多长时间。他的话又把我们的心思带回那些惨白惨白的肉和那块接污物与血水的湿漉漉的帆布上。我们居住的城市有很多巫婆在街上闲逛,芭芭雅加②和她的姐妹们专门掳走小孩子,再把他们剁成一块块的。

---

① 原文为拉丁语。
② 俄罗斯与其他斯拉夫民族童话与传说中的老女巫,又译作"雅加婆婆",专吃小孩。

先是响起一声警报，哀号得悠长而又孤单，但很快地，城里所有的警报都响起来与之呼应。

"德国人又折腾起来了。"科利亚说。我们加快步伐，强努着身体更快前行。能听见炸弹掉落在南边，好似遥远的定音鼓。德国人开始夜袭大基洛夫工厂区了，全苏联一半的坦克、飞机发动机和重型枪械都是在那里制造的。在大工厂区工作的大多数男人都上了前线，由女人们接管了车床和冲床，即使如此，大工厂地区也从未落后一步：锅炉里的煤一直在燃烧，红砖砌成的烟囱总是有烟在冒，工厂压根儿就没关门，即使炸弹穿透屋顶，即使死去的姑娘被人从装配线上拖下来——她们冰冷的手上仍紧紧攥着工具。

我们穿过韦杰布斯克地区古老而又精致的建筑物，它们都有着白色的石头外墙，在帝国时代就雕刻好的三角形檐饰，活脱脱就像野山羊的犄角，猫在黑影里低着头冲我们阴阴笑着。每一座这样的大楼底下，地下室那儿都有个防空洞，公民们挤作一团，十几个人靠在一块儿，围着摇曳闪烁的灯，等着空袭警报解除。这一回，炸弹就落在近处，我们能听见它在空中呼啸而过。风刮得更猛了，尖叫着穿透被遗弃的楼房的玻璃窗，上帝跟德国人似乎密谋好了，要吹翻我们的城市。

"在前线待久了，就会对于判断炸弹会落在什么地方越来越在行。"科利亚双手揣在大衣口袋里，走进风中，"听着那些炮弹的声音，你就知道那一颗落在朝左一百米的地方，而另一颗，则是扔进河里了。"

"我一听就能听出是容克还是亨克尔炸弹。"

"我本也这么希望来着，容克听着像狮子，亨克尔像蚊子。"

"哦，亨克尔是从多尼尔飞机上丢下来的，我那时还是消防员的小头目呢。"

科利亚举起手制止我说下去。他停下脚步，我也在他旁边站定。

"你听见什么没有？"

我仔细听，可除了四处刮来的风之外什么也听不见。风是从芬兰湾那边吹来的，聚拢起所有能量，号叫着冲过每一条大街小巷。我还以为科利亚听见炸弹朝着我们飞来了呢，于是赶紧向天空望去，巴望着能眼睁睁地看着死亡飘过来，这样一来，如果我看得够真切，兴许到时候还能躲开。风终于停了，现在它静静喘着气，像孩子发完大脾气之后的状态。炸弹是在南边某个方位爆炸的，听声音约摸有几公里远，即使这样，爆炸的威力也足以使我们脚下的大地颤栗。但科利亚并没有在听风或迫击炮的声音。有人在楼里弹钢琴。没有灯光或烛光，我在风中看不到一丝光亮，其他居民一定早早地下到地下室的防空洞里去了（除非他们饿到没有力气，或者老到觉得真的无所谓了），只留下一位迷失的天才在暗黑中弹奏着。琴声是那么放肆而精准，刚炫耀了雷鸣般的两个连缀在一起的最强音，立马儿又接上一个细细小小的最弱音，如同在跟自己争论着什么似的，弹琴者分饰两角：欺负人的老公和谦恭温顺的老婆。

音乐在我整个童年时期都是一个非常重要的部分，不论是听收音机广播还是正儿八经地去音乐厅。我父母狂爱音乐，我们家虽然没有一个人有演奏什么乐器的天赋，但是我们对音乐有极高的鉴赏力，并引以为傲。我只消听几个音符就能识别出肖邦的二十七首练习曲中的任何一首；我知道所有马勒的曲子，从《旅人之歌》到未完成的《第十交响曲》。但是那晚，我听到的音乐却是之前从未听过、以后也再没有听到过的。曲调被窗玻璃、距离和无休无止的狂风不时阻断，但它的力量仍穿透出来，这就是战时的音乐。

我们站在人行道上，直到听完最后一个音符。头顶是亮不起来的街灯，那上面已经挂满白霜并密布着蜘蛛网。猛烈的炮火在朝着南方发射,月亮仿佛躲在薄棉布面纱一般的云层后头,隐约可见。琴声结束后,似乎有什么不太对劲:这场演奏太棒了,不应该无人欣赏;演奏者高超的技艺不应该缺乏掌声。我们很长时间没有说话,盯着传出琴声的窗口出了会儿神,直到我们认为这样的静默表达了足够的尊敬之后才又动身。

"没有人把钢琴砍了当柴烧,真是幸运。"科利亚说。

"不管演奏者是谁,都不会有人去砍他的钢琴……弹琴的没准儿就是肖斯塔科维奇①本人,八成他就住在这里呢。"

科利亚盯着我看了看,往人行道上吐了口口水。

"他们在三个月以前就让他撤离了。"

"不对,满大街的宣传画都是他戴着消防员头盔的样子。"

"没错,就是他,那个大英雄。不过他此刻已经在古比雪夫了,嘴里吹着的是打马勒那儿抄来的调子。"

"肖斯塔科维奇没有抄袭马勒。"

"我还以为你要站在马勒那边呢。"科利亚俯视我,嘴巴噘起来。一到这种时候我就知道,他会马上说出要把人惹毛的话来,"你不会不喜欢犹太人反而喜欢异教徒吧?"

"他们根本就属于两个不同的阵营嘛,马勒创作伟大的音乐,肖斯塔科维奇同样也创作伟大的音乐。"

"那好吧,哈,反正他是个御用文人加小偷。"

"你这白痴,你对音乐一窍不通。"

"我知道肖斯塔科维奇九月份还在收音机里大谈特谈抗击法

---

① 肖斯塔科维奇(1906—1975),苏联最杰出的作曲家之一。

西斯、激起人们的爱国主义责任感,可三周之后他就到古比雪夫喝粥去了。"

"这又不是他的错,是强迫他走的,否则这在道义上该有多糟糕啊。"

"哦,那当然了。说到悲剧,"科利亚又换成了教授般带着强烈讽刺的口吻,"我们可不能让'伟大的'人去死啊,但要是我能说了算,我就反其道而行之,把最有名的人派到前线去。肖斯塔科维奇在脑袋上挨了颗枪子儿?你想想全国上下得有多么群情激愤吧!再想想全世界!'著名作曲家被法西斯枪杀!'记不记得安娜·阿赫玛托娃①也曾在广播上作宣传?她告诉所有列宁格勒的女人们要勇敢,要学会怎么使步枪,可她现在人在哪里?是不是也在用枪反抗德国人呢?不,我可不这么认为……那么她是在大工厂区磨炮弹壳吗?切,也没有,她在塔什干②被人干呢……然后再创作些巩固她名声的自嘲诗句来。"

"我妈和我妹也撤离了,但并不能说她们就是叛徒吧。"

"你妈妈和妹妹没在电台上告诉大家要勇敢呀!看,我并没有指望作曲家或诗人成为英雄,我只不过是看不上伪君子罢了。"

他用手背揉揉鼻子,又朝南边望过去,看着被炮火点亮的夜空。

"你们家那栋该死的楼到底在哪儿呀?"

转过沃伊诺夫街的街角,我指给他基洛夫的方向,可我指去的方向一无所有,在好一段时间里,我都忘记了要把自己的手放下来。基洛夫以前所在的位置上,现在遍是瓦砾堆,破碎的混凝土预制板堆成陡峭的小山,破砖烂瓦与扭曲虬结在一起的钢筋,月光下,四处散落的

---

① 安娜·阿赫玛托娃(1889—1966),俄罗斯文学史上最著名的女诗人之一。
② 乌兹别克斯坦首府。

玻璃碴儿闪着微光。

如果只有我自己在场，我一定会盯着这堆废墟发呆数小时，没有办法理解这场灾难。基洛夫是我生活的全部。维拉、奥列格、格里沙他们，还有四楼那个会看手相的老处女柳芭·尼古拉耶芙娜会把全楼女人的衣服都拿来缝补。记得一个夏日的晚上，我坐在楼道里看威尔斯[1]的小说，第二天，柳芭就送了我一盒子书：罗伯特·路易斯·斯蒂文森[2]；鲁德亚德·吉卜林[3]；查尔斯·狄更斯[4]。安东·丹尼洛维奇，就是住在地下室的那个管理员，每当我们朝庭院扔石头或是从楼顶往下吐唾沫，又或者堆那些猥亵的男雪人女雪人（胡萝卜当小鸡鸡，橡皮擦当奶头）时，他都会冲我们哇哇乱叫。扎沃季洛夫，左手少掉两根手指头、谣传是流氓匪帮的那小子，总是会冲着姑娘们吹口哨，即使人家长得又朴实又居家，他也不放过，口哨会吹得更响、更要逗她们开心。扎沃季洛夫总会举办各种狂欢到黎明的派对，演奏最新的爵士乐——瓦尔拉莫夫及其"超辣七人组"，或者爱迪·罗斯纳[5]。派对上的男人女人都半敞着衣服，在楼道里又笑又跳——这些做派常常会激怒老人家，却让孩子们很激动……至少可以让他们自行决定是否愿意长大，是否要长成扎沃季洛夫那样的大人。

基洛夫是一座又丑又老且充斥着消毒剂臭味的大楼，但那里是我的家，我从未想过有一天它会塌。我费力走进废墟，弯下腰搬动巨大的混凝土石板，这时候科利亚抓住了我的胳膊。

---

[1] 赫伯特·乔治·威尔斯（1866—1946），英国作家，现代英语科幻小说的先驱，代表作有《星际大战》等。
[2] 罗伯特·路易斯·斯蒂文森（1848—1907），苏格兰小说家、诗人，代表作为《金银岛》。
[3] 约瑟夫·鲁德亚德·吉卜林（1865—1936），英国著名作家。
[4] 查尔斯·狄更斯（1812—1870），英国小说家。
[5] 爱迪·罗斯纳（1910—1976），犹太人，波兰/苏联爵士音乐家。

我甩开他，继续用手刨。科利亚再次抓住我，这次他抓得很紧，根本没有办法挣脱。

"下面没有活人了。"

"你根本不知道。"

"你看，"他指着瓦砾堆旁几处打进去的木桩平静地说，"有人已经来挖过了……昨天晚上这楼肯定就已经塌了。"

"我昨晚在这里啊。"

"你昨晚在十字监狱。走吧，跟我走。"

"一定会有人幸存的，我在什么地方读到过，有时候，人可以存活好些天。"

科利亚仔细地勘察着废墟。风刮起混凝土的灰，像鞭子一般抽打在身上。

"如果下面还有人活着，你徒手是拉不出他们的。要是你想待在这里一整夜白费力，那你自个儿也活不过明天早上。走吧，我有朋友住在附近，我们得到屋里待去。"

我使劲摇头。怎么能抛下我的家呢？

"列夫……我不要你现在思考，只要你跟我走，明白吗？跟着我。"

他把我从瓦砾堆上拉下来，我一丝挣扎的力气都没有。没有哀伤、愤怒和反抗，我太疲倦了，我想要温暖，想吃口东西。我们从基洛夫的余烬中走出来，我根本听不见自己的脚步声。我是幽灵。现在，这座城市剩下的人里再不会有人知道我的全名了。我并不觉得自己有多惨，只是有一种钝钝的好奇：自己为什么还活着？口中呼出的气在月光下仍然清晰可见，在我身旁走的那位哥萨克人的儿子不时看看我，想确定我没事，他还要留神察看夜空中的炸弹。

7

"进来,"她说,"进来吧,你们俩都冻僵了。"

可以看出科利亚的朋友在围城之前一定很美:肮脏的金色头发垂在身后,嘴唇依旧丰满。一笑,月牙形的酒窝就会浮现在她的左脸颊上……右脸颊倒是没生一个对应的酒窝,这很奇怪。我留意到自己总是在等待她的微笑,等待那个孤单的酒窝重现。

门打开后,科利亚上前亲了亲她的面颊,血呼地一下涌到她的脸颊,在那一刻,她看来如此美丽。

"他们说你死了。"

"还没呢,"科利亚说,"这是我的朋友列夫。他不愿意告诉我他的父名或者姓,不过,兴许他会告诉你……我感觉你是他的那盘菜。列夫,这是索尼娅·伊万诺夫娜,我以前的女朋友,现在的好朋友。"

"哈!一段短命的感情?像拿破仑在莫斯科。"

科利亚又冲我咧嘴一笑,他的一只手臂依然抱着索尼娅,他们贴得很近。她被紧紧地裹在大衣和三四层毛衣里,即使隔着这么多衣物,依然能够看得出她很瘦小。

"这是一段最经典的诱惑。碰到她是在一节艺术史课上,我给她讲述那些大师们的反常行为,从米开朗琪罗①的孩子们讲到马勒维奇②的脚。知道这个故事吗?马勒维奇曾经在清晨画了他的管家的脚的草图,然后晚上对着那幅画手淫。"

"他是骗人的。这个世界上肯定没有别的人听过那个故事。"女孩子对我说道。

"她听过那些画家们贪欲求欢的轶事之后,春心荡漾,再喝上几杯伏特加,一切就都齐了。来了,看到了,最后征服了她。"

索尼娅靠过来,摩挲着我外套的袖子,像在舞台上轻轻呢喃一般说:"他来找我,我就给了他。"

我以前很不习惯听女人谈论性——我所认识的那些男孩子对此话题喋喋不休,但他们之中谁也不算权威——而女孩子则把这样的话题留在她们内部聚会时才讲。我在想格里沙是否已经"上"过维拉……不过现在他们都死了,被埋在断裂的混凝土石墓下。

索尼娅看出我脸上可怜悲惨的神情,感觉到也许他们厚脸皮的谈话让我烦躁不安和慌乱了,于是给了我一个温暖的微笑,月牙形的酒窝闪闪发光。

---

① 米开朗琪罗·迪·洛多维科(1475—1564),意大利文艺复兴时期成就卓著的雕塑家、画家、建筑师和诗人。
② 卡西米尔·马勒维奇(1878—1935),俄国艺术家。

"别担心,亲爱的,我们谁也没有想象中的那么放荡不羁。"她回头看着科利亚,"他真是个甜蜜的孩子,你是在哪儿找着他的呀?"

"他就住在基洛夫。在沃伊诺夫大街那边。"

"基洛夫?昨晚被炸毁的地方?我很抱歉,小甜甜。"

她把我拥入怀中,感觉就像被一个稻草人搂着。除了一层层充满烟味的毛衣之外,我根本感觉不到她的身体。不过,被一个女人关心,即使那仅仅是出于礼貌,感觉也挺棒。

"过来,"她牵过我的手,皮手套隔着皮手套,"现在这里就是你的家,如果你想在这里睡一个晚上或睡一个星期,这里就是你睡觉的地方。明天你还可以帮我去涅瓦河取水。"

"我们明天有事儿要做,"科利亚说。但她完全不理会他,随即领我们去起居室。那里坐了六个人,在烧着木头的火炉旁围成半个圈。他们看起来像是大学生:男人蓄着鬓角和小胡子,女人留着短发,戴着吉卜赛耳环。他们分享着几条厚厚的毯子,呷着茶,看着我们这些新到的外人,一句欢迎的话也没有。往好了说,陌生人其实是令人恼火的;往坏了讲,陌生人就是致命的——就算不带来伤害,也需要口粮。

索尼娅把我们一一介绍给了大家,但仍没有一个人开口讲一句话,直到科利亚拿出他的"图书馆糖果"分发给大家才打破了这个僵局,算是交上了朋友。咀嚼那玩意儿可真谈不上有多美妙,但它总算是可以入口、可以让血液流动的东西。大家的谈话重新开始了。

她的朋友们不是大学生,而是些外科医生和护士。他们才值完二十四小时的大夜班,干的都是些截肢、从炸裂的骨头中取出子弹、在没有麻药和多余的血浆与电力的情况下缝合战士们的断肢的事儿……连用来消毒手术刀的热水都不够用。

"这位是列夫,他就住在基洛夫,"索尼娅歪着脑袋,充满同情地说,"就是昨天晚上沃伊诺夫大街那边的那座大楼。"

人们发出低低的唏嘘,微微点头表示慰问。

"炸弹击中大楼时,你在里头吗?"

我摇摇头,看了看科利亚,他正在往那个日记本上记着什么,完全没注意到我们这边的对话。再回视那些医生护士,他们仍在等我的回答,不过这群人基本上算是陌生人,我何苦让真相成为他们的负担呢?

"我和我朋友待在一起。"

"他们中有几个人跑出来了,"季莫费伊,一位戴着无框眼镜、长得像画家的外科医生说,"我听到医院里的某个人这么说。"

"真的?有几个?"

"不知道,当时我没仔细听……对不起,每晚都有大楼被炸塌。"

关于幸存者的传言让我立刻来了精神。地下室的防空洞似乎还够坚固——如果人们能及时躲到那里,活命的机会是有的。维拉和那对双胞胎总是和他们的家人在警报响起的第一时间就躲到防空洞里去。而扎沃季洛夫,就是那个黑帮坏小子,我就从来没看见他怎么进过防空洞。这小子睡觉时通常会在前额上搭一块冷毛巾,旁边再睡着个赤身裸体的妞儿,就这样听着空袭警报一觉睡到大天亮——这是我想象出来的他睡觉的状态。不对,他一定没时间冲到防空洞里,但又或许扎沃季洛夫根本好几晚都没在基洛夫过夜,他准是出去照料他那几摊子神秘营生,要不就是到他那些罪犯朋友家喝酒去了。

索尼娅倒了两杯很淡的茶,一杯给我,一杯给科利亚。我自打在上校那儿吃过早餐后,这还是第一次脱掉羊毛手套。温暖的玻璃杯在我的掌心就像一个活物,一个有心跳有灵魂的小动物。水汽蒸腾开来,我任其绕上脸颊,深深沉浸在这种舒服的感觉中,以至于没有听到索尼娅问我问题。

"对不起,你说什么?"

"我刚才问的是,你有家人在大楼里吗?"

"没有,他们九月就撤离这座城市了。"

"那太好了。我家里人也一样,我的弟弟们都去了莫斯科。"

"现在德国人已经打到莫斯科城外了,"巴威尔,一个长着张雪貂面孔的年轻人,眼睛盯着铁炉子,并没有与我们对视,说,"他们在几周之内就会打进来的。"

"让他们打进来吧。"季莫费伊接话,"我们玩罗斯托普钦那一套,把每样东西都烧了,毁了,然后撤退。请问他们将在何处栖身?到何处觅食?就让冬天把他们结果吧。"

"玩罗斯托普钦那一套?切。"索尼娅好像闻到什么污秽的东西般做了个鬼脸,"照你这么说,他就像个英雄似的。"

"他本来就是个英雄……你真不应该跟着托尔斯泰学历史。"

"对,对,罗斯托普钦伯爵是好人,人民的朋友。"

"千万别把政治搅进来。我们是在讨论战争,不是课堂辩论,好不好?"

"别把政治搅进来?是谁把政治搅进来的?你认为政治根本不会介入战争吗?"

科利亚一开口就让争论平息了。他看着手中捧着的杯子里的茶。

"德国人打不进莫斯科。"

"您这依据的是哪位专家的说法?"巴威尔问。

"我依据的是我自己的说法。十二月初,德国人就已经挺进到离城三十公里以外的地方,可现在他们却离城一百公里远了,纳粹德国之前从来没有后退过。他们根本不知道该怎么做,他们所受的训导和在书本上学来的只有一样,就是进攻。进攻,进攻,进攻……而现在他们却往后退。他们的后退是不会停止的,直到退回柏林的老巢。"

好长一段时间,谁也没说一句话。在场的女人们都盯着科利亚,连她们憔悴面庞上的双眼也微微明亮了起来。她们都有点儿爱上他了吧!

"原谅我这么问,同志。"巴威尔又问,他说"同志"时颇有些挖苦的调调儿,却又很轻快,"如果你真是军队里的大人物,对什么重要谈话都很知情,为什么现在和我们坐到了一起?"

"我不能讨论我的使命。"镇定沉着的科利亚完全不受外科医生的讥讽困扰。他啜了口茶,让温水在口中停留了一会儿,留意到索尼娅一直在看着自己,便微笑着回望她。在座的人没吭声,也没动,但现场的气氛起了微妙的变化——科利亚和索尼娅一起站在聚光灯下,而我们则是冷眼的旁观者,只希冀能看见这两人赤身裸体的场景。前戏已经开始,即使两人没有坐在一起,即使他们都裹在里三层外三层的毛衣底下——我多么希望有一天有个女孩也会那样看着我啊,但我知道这样的事永远都不会发生在我身上——窄窄的肩膀,老鼠一样谨慎、胆怯的眼睛……我压根儿就不是能激起女人欲望的那种类型。最糟的还是我的鼻子,我最仇恨的鼻子,那挨千刀的鹰钩鼻。在俄国,当一名犹太人已经够不幸的了,再当一个长着反犹太人漫画里的鼻子的犹太人,保准可以累积起足够多的自怨自艾。大多数时间里,我都以自己是犹太人为傲,可我不想长得像犹太人。我想像雅利安人,有金色的头发、蓝色的眼睛、宽阔的胸膛和顽固的下巴。我想长成科利亚那样。

科利亚冲索尼娅眨眨眼,他喝光了茶,轻叹一声,看着杯中的残渣。

"你知不知道我已经有九天没拉屎了。"

那晚我们所有人都睡在起居室里，除了科利亚和索尼娅。他们站在一起，传递了一种旁人看不见的信号，然后溜进卧室不见了。剩下的人分盖着毯子，紧靠在一起互相取暖。虽然半夜里火炉熄了，我却没有发抖受冻得那么厉害。其实寒冷并没怎么困扰我，反倒是索尼娅那压抑的、嗡嗡哼哼的呻吟声让我受不了。她的叫声欢快得令人难以置信，似乎科利亚把她过去六个月里经历的饥饿、寒冷、轰炸以及德国人给的苦难通通都给干跑了。索尼娅是可爱而又善良的，但她的快活听起来却那么可恶。"我"想成为那个人，那个可以用自己的生殖器把美丽的女孩子带离围城的人。可现实呢？现实是我躺在陌生公寓的地板上，睡在自己不认识的、时不时抽搐一下子、闻起来像烂白菜帮子的某个男人身旁。

我简直不敢想象这二位的欢爱时间会持续如此之久。问题是谁能有那么多精力啊？可似乎他们就是溜儿溜儿的折腾了半宿，一直传来索尼娅的叫床声，科利亚压低嗓音的说话声——透过薄墙，刚刚好能听见——他还是淡定平静如常，就像在为他的女人读着报上的一篇文章。我忍不住暗暗猜想着该被千刀万剐的科利亚到底在跟她讲些什么。干女人的时候该说些什么？这件事情非同小可，我得知道知道。也许他在引用他痴迷的某位作家的名言吧？也许他在说关于和食人兽格斗的事，当然，还有食人兽的肥婆娘……可是都不太像啊。我躺在黑夜里听着他们，狂风冲撞着窗棂，最后一点余火也在炉中燃尽了。这个世界最孤寂的声音就是听别人做爱的声音。

8

次日清晨,我们站在离纳尔瓦凯旋门两个街区远的一栋大楼前,眼前正是一幅日丹诺夫的巨型海报。

"肯定是这里。"科利亚一边跺脚取暖一边说,可是他的这一举动并没有什么作用,今天比昨天更冷了,无边无际的蓝天上只挂着一朵鱼骨头云。我们朝楼前门走,当然,门是上了锁的,科利亚用力砸了半天,里头也没回应。我们站在那里像两个白痴,不断拍打着手套,把下巴埋进围巾里捂着保暖。

"现在怎么办?"

"总有人会从这里进进出出的……你今天怎么了?脾气有点儿坏啊。"

"我啥事儿都没有。"我说，但我自己都能听出我声音里的不高兴，"走到这里花了一个钟头，再等上一个钟头进到楼里去，这里根本就不会有什么老头守着他满笼子的鸡。"

"不对，不对，一定是有什么事儿惹你不开心了。你还在想着基洛夫吗？"

"我当然会想基洛夫了！"我愤怒地还击，如果他不提，我根本想不到基洛夫。

"在秋天的时候，我们部队里有个叫别拉克的尉官——他骨子里就是个军人，一辈子只穿军装，跟白匪斗争——有一天晚上，他看见有个叫列文的孩子拿着一封信在那儿哭，那是芬兰军队往回撤以前，发生在绿山城外头的战壕里的事——当时列文根本没办法说话，他吵闹得很厉害，好像是谁死了，被德国人杀掉了……我记不得是不是那孩子的妈，要不就是他爸，再要不就是他全家。我不知道，不管怎样，别拉克拿走了那封信，工整地叠好，再放回列文的大衣口袋，'好了，都哭出来吧。可是哭过之后，我再也不要看见你哭，直到希特勒被吊死的那天。'"

科利亚目视远方，思索着那个尉官的话。他一定认为那番话讲得很深刻，但对我而言，这些话听起来就像事先编排好的，用的还是我父亲最讨厌的腔调——是那种党报记者胡编乱造出来的桥段，完全就是乐观向上的前线英雄们发表在《共青团真理报》上的文章。

"他就没再哭了吗？"

"没时间悲伤，法西斯那儿正想我们死呢。我们是想哭多久就能哭多久，可这不能帮我们打仗。"

"谁哭了？我没哭。"

科利亚并没有专心听我说话，有什么东西卡在他的两个大门牙缝里，他正费劲地在用指甲抠。

"别拉克几天后就踩到地雷了，地雷是多么可怕啊，你想想它能对一个人的身体干出些什么来吧……"他的声音飘忽不定起来，似乎想到了他的老长官血肉模糊的尸体。我心里则在为污辱了那个尉官而忏悔，也许他的说法是有点儿陈词滥调，但他确实是在试图帮助一名年轻战士从家庭惨剧中解脱出来——仅此一点，就比他谆谆教诲别人的原话来得更重要。

科利亚又梆梆地砸门了。等了一小会儿，他叹了口气，盯着天空上飘浮过的那朵孤单的云。

"我想去阿根廷住上一两年，我从来没见过大海……你见过吗？"

"没有。"

"你今天吃枪药啦？脾气这么臭。我的犹太朋友，来，跟我说说，到底是怎么了？"

"你去找只猪×吧！"

"哈！原来是为这个呀！"他轻轻推了我一把，拳击运动员一般，把手在空中挥来舞去，假装跟我搏斗。

我坐在门前的台阶上，即使这个小小的移动也叫我眼前金星乱冒。早上起来以后，我们又喝了索尼娅给沏的茶。我把我剩下的"图书馆糖果"都存起来了，抬头看着科利亚，他现在多少有点儿关切地看向我了。

"你昨天晚上跟她说什么了？"我忍不住问他，"当你们……你知道，当你跟她在一起的时候。"

科利亚眯起眼表现出一脸疑惑："和谁？索尼娅？我说了什么？"

"你一直和她嘀嘀咕咕地说话。"

"在我们做爱的时候吗？"

这句话本身就让人很尴尬，我点点头。科利亚皱起眉。

"我可不知道我说话了。"

"你一直在说！！！"

"稀松平常的事儿呗，还能说什么？"他的脸上突然亮起一丝微笑，跟我挤坐在门楣上，"不过，如果你没有去过一个国家，你就不会知道那里的风俗习惯。你想知道该说些什么吗？"

"我是在问你。"

"是的，但是你很好奇。你为什么好奇呢？是因为你有一点点紧张，你想逮着机会就把事情办妥当，这么做是很聪明——我是认真的！别老皱着眉，你比我认识的其他人都更不擅长接受赞美。现在给我听好了：女人不喜欢沉默的情人，她们给了你一些很珍贵的东西，就会想知道你对此很欣赏。你如果听到了，就对我稍微点个头。"

"我是在听啊。"

"每个女人都有一个梦中情人和一个噩梦中的情人。噩梦中的情人就是趴在她上面，用肚子压着她，用他的'小工具'前出后进地埋头苦干，直到完事儿为止，这种人只会紧闭着眼睛，一个字儿都不说——实际上这家伙才会他妈的在人家姑娘里头射了。现在来说说梦中情人——"

我听见雪橇板发出的嗞嗞声，回头一看，是两个女孩拖着装满河冰桶的雪橇走在积雪被压得死硬的路面上。她们正朝我们这边走过来，我站站好，弹了弹外套上的浮尘，想到科利亚的恋爱训导就此被打断，不由得暗暗松了口气。科利亚也站在我身旁。

"女士们！你们需要搭把手拖那些冰吗？"

女孩们交换了一下眼色。她们约摸和我差不多年纪，长着同样宽宽的脸，上嘴唇有细小的绒毛。这两位一定是姐妹或者表姐妹，她们是彼得城里的女孩子，不相信陌生人，但这时候她们又必须带着四大桶冰爬公寓的楼梯。

"你们上这里找谁？"其中一个用图书馆员那样有礼有节、规规矩矩的语气问道。

"我们想找一个有鸡的人。"科利亚不明何故选择了诚实。我想姑娘们听了这话一定会大笑，但她们没有。

"他会崩了你们，如果你们真敢上去的话。"第二个女孩子开口说道，"他是不会让任何人靠近那些鸡的。"

科利亚和我互看了一眼，舔舔嘴唇转头对着女孩，脸上又现出他一贯的诱惑的微笑。

"不如我们帮你们提桶子吧，那个老头儿的事情就让我们自己来操心好了。"

爬到五楼，汗水湿透了几层毛衣，我那两条比海鸥腿儿粗不了多少的细腿累得直哆嗦，真有些后悔刚才的决定了。这栋楼里一定有一条更容易走的道。我气喘吁吁的，每到一层都要休息好长时间缓缓劲儿，活动活动手。在这样的间歇里，还要时不时脱下手套瞧瞧铁桶箍在手掌上勒出来的深印。而科利亚则在测验着女孩们的阅读习惯和《叶甫盖尼·奥涅金》[①]开头几个小节的诗句。在我看来，这两个女孩缺乏热情，眼中没有顽皮，言语间也擦不出火花来，她们只是反刍动物而已。可似乎这世上没有谁能让科利亚觉得乏味，他和她们聊啊聊，聊啊聊，根本就没有一刻冷场。跟一个女孩儿讲着话，眼睛还要照顾着另一个，似乎她们是最让人赏心悦目的风景。到了五楼，很明显地，那两个女孩已经都被科利亚收服了。我有这样的感觉：她们之

---

① 普希金的诗体小说。

间正试着暗中较劲，看到底是谁能在科利亚这里更受青睐。

一种嫉妒的感觉又在我的胸口翻腾起来，不公平之中挟带着愤怒和自怨自艾——为什么大家都喜欢他？这个成天只知道长篇大论的牛皮大王！为什么一看见他引人瞩目、受人欢迎，我就那么那么不痛快呢？尽管事实上我根本就不在乎那两个女孩子——没有一个对我有一丁点儿吸引力。但姑娘们因为他的出现而生生变得笨拙起来，羞红了脸，在他面前只会看着地板或玩衣服上的扣子……凡此种种，都让我诅咒这个男人，这个昨天和今天两次救了我的命的男人。

我喜欢索尼娅，她的头形让我那么轻易地看透了她几乎透明的皮肤。我喜欢她月牙形的酒窝、她的温暖，她在我需要的时候给我一个落脚的地方，欢迎我……她做的这一切都是在挨饿的情形之下啊。再多一周没有食物，她就会没命的，但她还是接纳了我。我这么喜欢她，可能只是因为在目睹了基洛夫石墓三十分钟后就见到了她，要不就是因为看见她会让我不再去想那些邻居、那些被压在倾覆的大石板底下的灵魂。

当然，这些画面还是会在我心里穿梭，只不过它们都没有钩刺，只是干干净净地穿梭罢了。我会再一次想起上校的女儿，想起上校，或者想起食人兽拿着钢管在后面追逐我们，或者是那个在干草市场卖瓶装"巴达耶夫泥巴"的老妇人。可我想的最多的还是基洛夫，那座大楼，我童年的游乐场——长长的走廊是为我们疯跑而造的；通向楼梯的大玻璃窗蒙着厚厚的灰，完全可以用手指头在上面画自画像；庭院中的小孩们聚在一起，每年第一场大雪后打雪仗；还有一层到六层的那些楼板。

我的朋友和邻居们：维拉、奥列格、格里沙、柳芭·尼古拉耶芙娜和扎沃季洛夫……他们想来已经如同幻觉，似乎死亡一笔抹煞掉了他们的生命。也许我早就知道他们会在某天消失,所以我总是跟他们保持着一些距离,听他们讲笑话和各种计划,却从不信任他们的存在。我早就学会了保护自己。当警察带走父亲的时候,我还是个傻小子,无法理解一个人、一个任性而又聪明的男人怎么会在官僚政客打个看不见的响指就被决定生死,骤然消失。父亲似乎只是驻守在西伯利亚的某个无聊之极的哨兵嘴里喷出的一口烟,那个吸烟的哨兵正呆愣愣地盯着风雪交加的树林,琢磨着家里的女朋友会不会跟别人上床,从而完全没有去注意到蓝天吞掉了他喷出的袅袅烟雾,也根本顾不上去看大地上生长的一切。

科利亚与姑娘们道别,同时示意我像他那样把铁桶在她们的公寓里放好。

"上去时要小心啊,"其中一个胆子大点儿的女孩告诫我们,"他虽然八十岁了,但还是可以一瞬间就崩了你们。"

"我在前线是和德国鬼子斗的,"科利亚眨着眼笑着让她们放心,"我想我能搞得定这个坏脾气老爷爷。"

"你们待会儿下来时,如果想吃点儿东西,我会给你们熬个汤。"第二个女孩说。在她说着话的当儿,那个胆子大点儿的女孩斜睨了她一眼——我有点儿好奇她这个举动,是因为向别人提供免费食物而不开心,还是因为人家在调情而恼羞成怒?

科利亚和我爬上最后一级楼梯,到了楼顶。

"计划是这样的,"他对我交待着,"我负责说话,因为我一向和老人们相处得不错。"

我推开门,风裹挟着碎冰碴儿和尘土迎面扑来,抽打着我们的脸和这座粗糙的城市。埋头顶风向前,我们就是沙尘暴中的两个游牧者。现在我们的眼前是一座海市蜃楼,只可能是海市蜃楼——一个用木板搭起来的有顶的窝棚，中间的缝隙则用碎毛衣、旧报纸填塞上。我骨子里虽说是个城市男孩，从来没去过农场，没见过奶牛什么的，但我知道这百分百是个鸡笼。科利亚看着我，我俩的眼睛都被风吹得眼泪汪汪的，却像两个疯子那样咧着大嘴傻乐开了。

鸡笼的另一头有一扇变了形的门，从外面能看到没扣紧的钩扣门闩。科利亚轻轻地叩门，没有人应声。

"喂？别开枪！哈，哈，哈，我们只是想拜访一下您……有人吗？那好吧，我自己开门了啊。如果您觉得这是个坏主意或者想开枪，就赶紧吱一声儿啊。"

科利亚走到门框的一边，示意我也这样做，同时用靴子尖儿踢开门。我们等待着大声诅咒或是哒哒哒的枪响，可什么也没有发生。当感觉稍稍安全一点的时候，我们的眼睛便立刻往鸡笼里瞄：里面很黑，墙上只挂着一盏孤零零的油灯，地上铺着稻草，上头沾满鸡屎。一面墙边排列着空空的孵蛋盒子，每一个盒子都足以装下一只鸡。一个男孩坐在鸡笼的尽头，后背贴着墙，双手把膝盖抱在胸前，身上穿着一件女式的兔毛大衣，模样看起来很可笑，却又很暖和。

还有个死人坐在那堆孵蛋盒子下方的稻草上，后背也贴着墙，四肢僵硬地伸展开来，如同一个被遗弃的牵线木偶。他长着长长的白胡须，是那种十九世纪无政府主义者的胡须，皮肤像消融的蜡烛，一杆老式猎枪搁在他的膝盖上……看这样子像是已经死了好几天。

科利亚和我眼睁睁地看着这阴森凄凉的场面。我们无意中闯入了别人私密的悲惨世界，有一种入侵者般的罪恶和内疚——至少我有这种感觉，羞耻心给科利亚带去的折磨一定和带给我的不一样。他走进鸡笼，蹲在男孩身旁，抓他的膝盖。

"你还好吗，小战士？想要点儿水喝吗？"

男孩看也没看他一眼,饿得脱了形的脸把他的蓝色眼睛衬得特别大。我掰下一块"图书馆糖果"走进鸡笼,伸出手摊开给他,男孩的大眼睛慢慢地看向我,在他把眼睛挪开之前,似乎记下了我和我手里的糖,但他看起来已经没救了。

"这是你爷爷吗?"科利亚问,"我们得把你爷爷带出去,你和他这么枯坐在一起可不好啊。"

男孩张了张嘴,即便这么一个小动作对他来说都颇费力气。他的双唇起壳变硬,好像被胶水黏住了。

"爷爷不想离开这些鸡。"

科利亚看了看那些空盒子。

"我想现在不碍事了。来吧,楼下有好心肠的姑娘,她们会给你些汤汤水水。"

"我不饿。"男孩说。我心想,这孩子必死无疑了。

"还是跟我们一起走吧,"我说,"这里太冷了,我们会让你暖和起来的,再让你喝点儿水。"

"我得看管好这些鸡。"

"鸡都没了啊。"科利亚说。

"不是所有的都没了。"

我很怀疑这个男孩子能不能撑到明天早晨,但我不想他死在这里,和那个留着胡须的尸体及空盒子在一起。彼得城中,死亡无处不在——太平间里的尸体堆得老高,或者火化成渣,埋在皮斯卡列夫公墓里,或者撒落在拉多加湖面的冰上等着海鸥来啄食,如果还有海鸥的话——但这里是我所见过的最苍凉孤寂的撒手人寰的地方。

"你看,"科利亚一边摇晃着那些空盒子一边说,"现在家里已经没人了,你是一个很棒的守护者,你保护了那些鸡——现在它们没了,你。跟我们走吧。"

科利亚把手伸过去,可男孩没有理睬。

"鲁斯兰在的话,会一枪崩了你。"

"鲁斯兰?"科利亚打量着老人的尸体,"鲁斯兰是个脾气暴躁的老人家,对吧?我看得出来……很高兴你比较平和。"

"他告诉我说,楼里每个人都想要我们的鸡。"

"这话说得没错。"

"他说人们会到这里来,撕裂我们的喉咙——如果我们任他们宰割的话——他们要偷我们的鸡,然后炖汤。所以我们之中,必须有一个人醒着,握着枪。"

男孩用一种单调的声音叙述着,自始至终都没看我们一眼。他视线模糊,已经失去焦点了。我能看出他在发抖,说话时牙齿打着架,斑驳的光影散落在他的面颊和脖颈上,他的身体在做着保持住体温的最后努力。

"他告诉过我,这些鸡会让我们活到大围城结束……每天几个蛋,加上配给卡,就足够了……但我们没办法让鸡总是暖暖和和的。"

"你应该忘掉那些该死的鸡。来吧,把你的手给我。"

男孩再次无视科利亚伸出的手,最后,科利亚只好示意我帮他一把。可我突然觉察到什么,那是不该有的一些动静,男孩兔毛大衣下面的一阵骚动,就像他巨大的心脏怦怦跳动着可以看到一样。

"你那下边藏的是什么?"我问。

男孩打开大衣前襟,抚慰着他怀里的东西。第一次,男孩的目光碰到了我的。他是那么虚弱,离终点只有几毫米了。我能看见他内心的坚韧,这份倔强一定来自那位老人家。

"鲁斯兰在的话,会一枪崩了你。"

"对,对,你老是重复说同一句话。你救下了一只鸡,对吧?那是最后一只。"科利亚看着我,"一只鸡一天能下几个蛋?"

"我他妈怎么知道。"

"听着,孩子,我给你三百卢布,换你的鸡。"

"以前人们给我们一千呢,爷爷总是说不,他说鸡能帮助我们扛过整个冬天,可我们拿着那么些卢布又有什么用呢?"

"给你自己买些吃的?如果你坚持让它待在这里的话,这只鸡会像其他鸡一样死去。"

男孩摇了摇头,说这一大番话彻底累垮了他,他的眼皮越来越往下耷拉。

"那好吧,你看这样如何?给我那个。"科利亚从我手中夺过"图书馆糖果",加上最后那节香肠和三百卢布,把这些通通放在男孩的膝盖上。

"这是我们的全部家当。现在,你听我说,如果你不挪窝,今晚就会死掉。你得从楼顶下去。我们会带你去五楼的姑娘们家。"

"我不喜欢她们。"

"你又不用和她们结婚。我们把这些钱给她们,她们会给你汤喝,让你住上几夜,直到你把力气找回来。"

男孩这次连最轻微地摇摇头的力气都没有了,但他的意思是很清楚明白的:他不会离开。

"你要待在这里保护这只鸡?你能给它吃什么呢?"

"我待在这里是为了鲁斯兰。"

"过去的事,就让它成为过去吧。你跟我们走。"

男孩解开他的大衣,那只棕色羽毛的鸡被他牢牢护在胸口,就像护着一个新生的小奶娃儿。那是我见过的最让人惆怅的小鸡:湿漉漉脏兮兮恍恍惚惚,任何一只健康的麻雀都会在争斗中撕碎它,置它于死地。

他把那只鸡递给科利亚,而科利亚看着那小东西,一时拿不定主意该说什么或做什么。

"拿去吧。"男孩说。

科利亚看看我,再回头看看那个孩子。我从来没过见他如此迷惑。

"我没办法让它活下去,"男孩说,"十月份我们还有十六只鸡,现在只剩下它了。"

虽然我们是那么地想要这只鸡,可眼下这个孩子什么都不要求地就把它给出来,感觉很不对头。

"拿走吧。"男孩说,"我已经厌倦它们了。"

科利亚把鸡从男孩的手中接过来,小心地把它抱到离孩子的脸稍远点的地方,生怕它钩子般的爪子划破他的眼睛。但是鸡也完全没了力气,蔫巴巴地卧在科利亚的手掌上,在风里不停地颤抖着,茫然地看着前方,可那里什么也没有。

"把它弄暖和。"孩子说。

科利亚解开他的大衣,把鸡揣进怀里,这样它既可以被包裹在层层的毛衣里,又能有空间呼吸。

"现在你们走吧。"男孩说。

"你也跟我们走吧,"我徒劳地作最后一次努力,"你现在不应该自己一个人待着。"

"我不是一个人待着……你们快走吧。"

我看了看科利亚,他点点头,于是我们走向那道变了形的门。往门外走的路上,我忍不住回头看了看,男孩依然安静地坐在那里,穿着那件女式的兔毛外套。

"你叫什么名字?"

"瓦季姆。"

"谢谢你,瓦季姆。"

男孩点点头,他苍白而憔悴的面庞上,眼睛是那么蓝,那么大。

我们离开了,把他孤孤单单地留在鸡笼里,和那个死去的老人在一起,还有空空的孵蛋盒子、快要燃尽的油灯、三百卢布以及兔毛大衣盖着的膝盖上那些他根本用不着的食物。

9

索尼娅收集来一桶木屑，那是她从瓦西里岛的一所护理学校裂成碎片的屋顶横梁上弄来的。我们坐在烧得通红的炉火前，喝着很淡很淡的茶，看着那只很虚弱很虚弱的鸡。我们用一个破旧的饼干盒子勉强做了个产蛋箱，下面铺着碎报纸。那只鸡缩成一团委顿在那里，头恨不得垂到胸前去，对我们撒在剪碎的期刊上的那些细碎小米视而不见。期刊上印着"苏恳请我们要刚强"。去他奶奶的莫斯科！对于围困彼得城，普遍存有这样一种共识：如果大围城不可避免，那就让彼得城人来承受吧，那样我们就可以在任何环境下存活下来了。而与此同时，那些肮脏、卑劣、龟缩在首都的臭官僚们如果得不到配给他们的鲟鱼，大概就会找个离他们最近的德国中校投降的。"那些官僚和法国人一样糟。"奥列格总爱这样说，虽然他也知道这么说稍稍过分了。

科利亚给这只鸡取了一个昵称叫"宝宝"。当宝宝看我们的时候，从它的眼睛里找不到爱意，只有痴傻和怀疑。

"它是不是需要做爱后才能生蛋啊？"我问。

"我不这样认为，"索尼娅撕扯着嘴唇上干裂爆起的唇皮，"我觉得是公鸡给蛋受精，但蛋还是由母鸡来孵。我叔叔在姆加打理一家集体养鸡场。"

"你对鸡很了解？"

她摇了摇头："我从来没去过姆加。"

我们都是城里的孩子，从来没有挤过牛奶、锄过肥或捆打过干草。回想在基洛夫的日子，我们还老取笑集体农庄里的农民们，嘲笑他们丑陋的发型和长满雀斑的脖子。而现在，该轮到乡亲们笑话我们了，他们能吃上活杀现宰的兔子和野猪，而我们只能苟活，啃着发了霉的配给面包。

"它在星期四之前生不出十二个蛋，"我说，"它根本活不到星期四。"

科利亚坐在没有靠背的钢凳上，长腿劈开，用那越来越小的铅笔头在本子上记东西。

"别这么快就放弃它。"他头也没抬地说，"它是列宁格勒的鸡——保准比它看起来更坚韧。德国人想在阿斯托利亚大酒店欢庆圣诞，他们做到了吗？"

纳粹事先就印好了成千上万的邀请函，是为希特勒预备在阿斯托利亚大酒店举办的盛大胜利庆祝派对而准备的。希特勒在面向充当火炬手角色的德国突击队的一篇演讲稿中这样叫嚣："征服布尔什维克的诞生地,那座多蛆多贼的城市。"我们的战士在被击毙的国防军军官身上找到了几张这样的邀请函,它们被印在报纸上,被大量复制、印刷、张贴在城市的每条大街小巷。政治局的雇佣文人再也找不出比这更好的宣传工具了——我们就像仇恨纳粹的其他东西一样仇恨他们的愚蠢。城市就算真的沦陷了,我们也不会把任何酒店留给他们,德国人想在钢琴酒吧喝着杜松子酒、想睡在豪华的酒店套房?门儿都没有。如果城市失守了,我们会带着"她"(阿斯托利亚大酒店)一块离开的。

"也许它害羞了。"索尼娅说,"它可能不愿意我们都盯着看它孵蛋。"

"也许它想喝点儿什么。"

"嗯……聪明的想法。那给它弄点水来喝吧。"

但我们谁也没挪窝,太饿、太累了,都以为别人会站起来去倒杯水。光线从天边渐渐消失,只能听见探照灯开启时灯丝加热而发出的蜂鸣声,巨大的钨丝终于慢慢亮了起来。一架苏霍伊战斗机盘旋在城市上空,螺旋桨发出的嗡嗡声笃定得让人安心。

"它是一只丑陋的小粪球,对吧?"

"我觉得它很甜蜜呢,"索尼娅说,"它看起来很像我祖母。"

"或许我们应该使劲晃晃它,说不定一晃悠,蛋就会自己掉出来。"

"它需要水。"

"是的,给它弄点儿水。"

一个小时过去了,终于,索尼娅点亮了油灯,打开收音机,从罐子里倒出一点儿河水在盘子里,然后又把盘子放到宝宝的产蛋箱里。宝宝望了望索尼娅,却不做喝水的任何努力。

索尼娅重新回到她的座位上,叹了口气,过了一小会儿,她攒足了力气转到椅子旁的一个织布台,捡起一只破袜子、针和线,以及一个瓷器织补蛋。她把这个织补蛋塞进袜子跟部,用来收紧线头。我看着她瘦骨嶙峋的手指忙碌着。她是一个漂亮的姑娘,双手却像收割者的手那样苍白精瘦。她懂得怎么缝补袜子,针在油灯下来回飞舞,一进一出,几乎要把我看睡着了。

"你们知道谁是那个卑鄙可耻的小荡妇吗?"科利亚突然冒出这么一句话来,"娜塔莎·罗斯托娃。"

这个名字很熟悉,但我一时想不起出处。

索尼娅皱皱眉,可眼睛并没有从手头的针线活上移开,"《战争与和平》里的那个姑娘。"

"我简直受不了那个泼妇。每个人都爱上她,他们中的每一个,包括她的兄弟们。她什么都不是,只是一个单调又乏味的蠢货。"

"也许这就是重点所在。"索尼娅说。

我已经进入半睡眠状态了,但还是微笑了一下。尽管科利亚有那么多惹人讨厌的坏品质,可我还是忍不住喜欢他,这是一个可以对小说里的人物都厌恶得充满激情的人。

索尼娅用她的巧手、那双骷髅般无肉的手补好袜子的破洞。科利亚的手指在裤子上弹着鼓点,一副皱着眉很不爽的样子,一定是关于娜塔莎·罗斯托娃,关于书中所有的不公平。宝宝仍在温暖的窝里发着抖,努力把尖嘴脑壳缩回身体里去,它没准在梦想着自己是只乌龟吧。

剧作家格拉西莫夫在电台里说:"胆小鬼该死!制造恐慌的造谣者该死!裁决他们。纪律、勇气、信念。同时要记住:列宁格勒不怕死亡,死亡惧怕列宁格勒。"

我打着鼾,科利亚朝我看过来。

"怎么回事啊？你不喜欢老格拉西莫夫？"

"有什么可喜欢的？"

"他毕竟算是一个爱国者——留在彼得城，而不是躲到什么地方和阿赫玛托娃及其土地在一起。"

"我站在列夫那边。"索尼娅说，随手又往火炉里扔了一把木屑，火光照亮了她金色的头发，有那么一秒钟，她小巧玲珑的耳朵变得绯红而又透明，"他是党的推销员，仅此而已。"

"他比你嘲的那个还糟，"我说，语气中的愤怒连自己都能听到，"他称自己为作家，他却仇恨作家。他读他们的文章只是为了挑毛病，挑出他认为任何有危险的、带侮辱性的东西。如果被他认定了如何如何，那么这些人就死定了。他会公开在政治局谴责他们，在报纸和电台上攻击他们。委员会中就有人曾经这样说过：'喂，格拉西莫夫是我们中的一员，如果格拉西莫夫说谁是一个威胁，那么此人一定是一个威胁……'"

话说到一半，我停住了，话语中携带的痛苦好似回荡在小小的房间里了，但我又觉得那只是我的想象。我为自己袒露得太多、太早而尴尬不已。索尼娅和科利亚都看着我——索尼娅似乎有点担心，科利亚好像有点折服。大概这么久以来，他都以为我是聋子、哑巴，而此时此刻他才意识到我还会遣词造句。

"你父亲是亚伯拉罕·贝尼奥夫。"

科利亚并不是在提问题，我没答他的话。他点着头，仿佛一切的一切都突然变得清晰起来。

"我早就应该猜出来的。不知道你为什么要把这样的事情隐瞒起来。那男人是个诗人，真正的诗人。他这样的人不多，你应该以他为荣啊。"

"你不必告诉我要以他为荣,"我针锋相对地回击,"如果你问我一连串的愚蠢问题,我可以不回答,这是我自己的事。我不跟陌生人谈我的家事,而且永远别再告诉我要以我的父亲为荣。"

"好吧,"科利亚举起双手,"好吧好吧,对不起,我不是那个意思。我还以为我们不再是陌生人呢。"

"我感觉自己像个白痴。"索尼娅插进来说,"原谅我,列夫,我从未听说过你父亲,他是诗人吗?"

"一个伟大的诗人。"科利亚说。

"还过得去——他总是这样评论自己。他说他们这代人之中伟大的应该是马雅可夫斯基和其他一些人,他只不过是和其他人一起成了人们关注的焦点而已。"

"不是,不是,别听他瞎说。他是个很不错的诗人,真的,列夫,我不是为了装好人才这样说的。'在咖啡店里,见到一位曾经的老诗人。'那是多么美妙的诗句啊。"

那首诗被收录进所有的诗集里,至少是在一九三七年前印刷过的所有诗集。我在父亲被他们抓走后读过十几次,但这么多年来还是头一回听见另一个声音念出它的标题。

"那他就被……就被……"索尼娅用下巴作了一个往那边去的动作。这个动作可以代表很多意思:被遣送到西伯利亚;按中央委员会的命令,被一枪打在头上,从此销声匿迹;到底发生了什么,谁也不知道。"那他被'消除'了?"她问。我点了点头。

"那首诗我烂熟于胸。"科利亚说,但他这次倒是帮了我一个忙,没有背诵它。

公寓的门被推开了,头天晚上遇见的那名外科医生季莫费伊走到炉子旁来暖手。当他看见宝宝卧在产蛋箱里时,便蹲下身子,手放在膝盖上，检查起来。

"你们从哪儿弄回来这么个东西？"

"是科利亚和列夫从纳尔瓦凯旋门附近的一个男孩那儿带回来的。"

季莫费伊站着，冲我们乐了。他从外套口袋里掏出两个洋葱。

"从医院弄到的，本来没打算分着吃，但现在好像我们有可能喝上鲜美的汤了，今晚。"

"宝宝不会被下锅炖汤，"科利亚说，"我们留着它，是要让它下蛋的。"

"下蛋？"季莫费伊看着我们，又看看宝宝，再看回我们，似乎觉得我们在开什么国际玩笑。

"每个人都想过放弃宝宝，"科利亚说，"但我认为它有蛋。你懂关于鸡方面的知识吗？你觉得在星期四之前它能生出十二个蛋来吗？"

"你到底在胡说八道些什么呢？"

外科医生好像变得越来越火大，科利亚也受到了侮辱一般，怒目回视着他。

"你到底讲的是不是俄语呀？我们在等它下蛋！"

有那么一瞬间，我觉得这场谈话马上就要演变成暴力冲突了……当然，这对红军来说是一件很糟糕的事。我们需要外科医生，可科利亚完全可能一拳就让他鲜血四溅。最终，季莫费伊笑了，摇着头，等着我们和他一起大笑。

"你想笑，就尽管笑好了，"我告诉他，"但是别想碰这只母鸡一根手指头。"

"它不是母鸡，你这个白痴，它是公鸡。"

108.

科利亚迟疑了一下,好像不确定外科医生是在讲笑话还是捉弄我们,以便把宝宝拿去炖汤。我不由得从椅子上探身向前,想好好研究一下这只鸡,但也不知道能研究出什么来……它有小睾丸?

"你说它不会下蛋?"科利亚问,仔细打量着季莫费伊。

外科医生好像在给智障人士授业解惑那般慢吞吞地说:"它是公鸡……下蛋的概率近乎零。"

10

　　那个晚上，鸡汤尝起来有六月的味道，像大围城来临之前的那种晚餐。索尼娅的一个仰慕者在苏联空军服役，给了她一个没有烂掉的土豆。科利亚表示抗议，说才不要吃情敌给的"礼物"，但这个抱怨立即被忽视了。正如他所愿，"宝宝汤"是那么地黏稠：有土豆，有洋葱，还有足够多的盐。更让我们高兴的是，那天晚上，其他外科医生都到别处过夜去了。索尼娅用一条鸡腿和一杯鸡汤从邻居那里换回来一瓶可以喝的、真正的伏特加。在那个特别的夜里，德国人缓慢、懒散地往城里扔下了零星的几颗炸弹，目的只是为了提醒我们他们依然存在，只不过没有其他更好的事情可做而已。午夜，我们通通喝醉了，肚皮也被填饱了。科利亚和索尼娅在卧室里缠绵，我和季莫费伊凑着火炉的光亮玩起了"速度象棋"。

在第二盘棋中间,我走了一步马;季莫费伊瞅着棋盘,打个嗝儿,说:"噢,你不错啊。"

"你才发现吗?上一盘我就已经赢了你十六步。"

"我还以为是喝了酒的关系呢,看来确实是输得一塌糊涂了,是不是?"

"现在还活着,不过也活不长了。"

季莫费伊的手碰翻了王,又打了一个嗝儿。他那么开心,为那个嗝儿开心,为肚子里有食物而开心。

"这下没什么活路了吧,啊?虽说你搞不清公鸡母鸡,却懂得下国际象棋。"

"我以前更牛。"我把他的王放在右侧,帮他走棋,想看看到底这场终局能延长多久。

"你以前更牛?还在娘胎的时候吗?你多大?十四?"

"十七。"

"你开始刮胡子了吗?"

"嗯,刮了。"

季莫费伊有点怀疑地看着我。

"嘴唇上的胡子我是真刮了……只不过冬天长得比较慢。"

索尼娅在隔壁房间里喘息,然后大笑,这一切都逼我想象她的样子:头往后仰,脖子暴露无遗,小小的胸脯上变硬的奶头。

"我不知道他们打哪儿来的那么多力气,"季莫费伊躺在层层毯子上,舒展开手臂,"每天晚上给我鸡汤喝,不管活多久,我都不需要另外一个人,一个女人。"

他闭上眼睛,很快就睡着了。又是一个能够很快入睡的人,现在

111.

只剩下我独自听着隔壁的情侣发出的动静。

　　黎明前,科利亚叫醒了我,边研究着剩下的棋盘,边递给我一杯茶。季莫费伊还在熟睡,嘴张着,手臂伸过头顶,看起来像投降的样子。
　　"谁走黑棋?"
　　"我啊。"
　　"你六步就搞定了?"
　　"五步就解决了,要是他犯点儿错,我用三步就见分晓。"
　　科利亚在弄明白那些棋子之前一直皱着眉。
　　"你会下棋?"
　　"你还想打那个赌吗?是什么来着,法国姑娘的裸体照片?"
　　他笑笑,揉揉他惺忪的睡眼。
　　"那应该作为奖励直接给你。给你讲讲那些部位都在哪里吧。起来,把靴子穿上。"
　　"上哪儿啊?"
　　"姆加。"
　　科利亚或许真的当过逃兵,但他的声音有一种天然的权威性。还没想到要去质疑他的指令,我靴子的一半鞋带都系好了。科利亚已经套上了外衣和皮手套,脖子上仍然用围巾绕了两圈,最后还在铜茶壶旁悬挂着的小镜子前查看他的牙齿。
　　"姆加在五十公里以外的地方。"
　　"得走一整天,不过我们昨天晚上吃过大餐,是可以走到的。"
　　慢慢地,我这才被他癫狂的提议吓醒。
　　"它在德国防线后方。我们为什么必须到姆加去?"
　　"现在是星期一,列夫,我们得在星期四之前找到那些鸡蛋,而在彼得城里是找不到鸡蛋的。索尼娅的叔叔不是在姆加经营一家集体养鸡场吗？我敢打赌德国人还留着养鸡场，他们也喜欢鸡蛋啊。"

"这就是我们的计划？步行五十公里，穿过德军防线，找到那个或许没有被烧毁的养鸡场，取上十二个蛋，然后掉头返回？"

"嗯哼，可是如果你用这种口气说话，那么什么事情听起来都会很可笑。"

"什么口气？我在问你问题！那是不是我们的计划？索尼娅从来没去过那里！我们如何能找到那个地方？"

"它在姆加啊！在姆加找东西能有多难呀？"

"我甚至都不知道怎么才能找到那个操蛋的姆加！"

"哈，"科利亚说，一边戴上他的阿斯特拉罕兽皮帽子一边大笑起来，"这个容易，它就在莫斯科铁道线上，我们只要顺着铁轨走就行了。"

季莫费伊在梦中哼哼着，然后翻个身睡到另外一侧。我总算了解了医生和战士是可以在没有生命危险的喧闹声中安睡的。从季莫费伊平和满足的表情看，我和科利亚的辩论说不定正是他最温柔的摇篮曲。我看着他，恨他，恨他能睡在羊毛毯子床上，温暖舒适，酒足饭饱，没有被那个哥萨克人的后代骚扰，也没有NKVD的上校逼他去旷野中寻找做蛋糕的材料。

我转过身，科利亚正在对着镜子一丝不苟地整理帽子——他需要确定戴出了英雄般的角度。我更恨他了，这个狂妄自大的畜生，一大清早就很新鲜又开心，好像才从黑海度了两周假回来似的。可以想象他身上还留着性的味道，但事实上，在这么冷的房间，这么早的清晨，我的鼻子什么都闻不到。大鼻子对我来说只是混混们嘲弄的好目标，奇怪的是，闻东西却不灵。

"你认为这个计划很疯狂，"他说，"可每个乡下骗子总能想方设法把土豆弄进城来，在干草市场那儿卖出二百卢布。每天都有人冲过防线，为什么我们就不能？"

"你喝高了吧？"

"四分之一瓶伏特加？我可不这么想。"

"总应该有比姆加近点儿的地方吧？"

"那你告诉我是哪儿。"

科利亚的下巴已经长出了四天分量的金色胡楂，这已经是他受到天气限制的结果。他等待着，等待我告诉他除了他提的那套愚蠢方案之外的方案。时间一秒一秒地过去，我意识到我根本就没有其他方案。

他冲我笑了，那么帅，简直可以用在红海舰队的招兵海报上。

"整个方案就是他妈的一个笑话，我同意，还是一个很不赖的笑话呢。"

"是的，一个很美妙的笑话。但最可笑的部分就是我们会去送死，上校的女儿也得不到蛋糕，永远没人知道我们去姆加干吗。"

"冷静点儿，我的病态犹太朋友，我不会让坏人抓住你的——"

"你可以去吃屎了。"

"我们必须现在出发，如果想在还有点儿天光的时候到达的话。"

我完全可以不理他，继续回去睡觉。最后一点儿木屑燃尽，火炉烧了一夜，凉了。不过，要是缩在几层毯子下边，还是可以很暖和的。睡觉比跋涉去姆加要合理许多，在姆加，上千的德国兵都在搜寻母鸡。任何别的什么事都比这件事靠谱。可不管我怎么反对这个主意，我也知道从一开始我就会跟从。科利亚是对的：列宁格勒没有鸡蛋，但这并不是跟从他的唯一原因。科利亚是个牛皮大王，是"万事通"，是"钓犹太人上钩的哥萨克人"，但他的自信是那么纯净，那么完整，以至于都不再是傲慢，而成了一个男人找寻自己英雄主义归宿的标志。这次行动并非我想象中的那种历险，因为现实从一开始就没顾得上搭理我自身的愿望。现实给了我一个只配在图书馆里砌书的身体，而在暴力的当下，那个身体却只会畏缩在楼梯间里。也许有一天，我的手臂、大腿上会长出厚实的肌肉，那么恐惧就会像洗澡时的污水一样被冲刷，退去。我期待这样的事情能够发生，可是没有。我被这样的悲观论诅咒了——俄罗斯人和犹太人是世上最忧郁的两个民族。不过回头一想，即使没有什么伟大的品质傍身，我还有天赋去发现别人的——甚至是最令人恼火的那些人身上的伟大品质。

我站起来，从地板上拎起外套，穿上，跟随科利亚走向前门，在那里，科利亚非常严肃又有礼貌地为我把住了门。

"等等，"他要跨出门槛之前说，"我们要上路了，应该坐一下。"

"我怎么不知道你还迷信啊？"

"我喜欢传统。"

敞着大门的房间里没有椅子，我们就坐在地板上。公寓里很安静，季莫费伊的鼾声从火炉那边传过来；窗户在框子里抖动着；电台广播还是那种无休无止的节拍器的声音——那是列宁格勒未被征服的信号。屋外有人在窗户木板上钉海报，榔头急促而有效率……我完全没办法想象那是在窗外钉海报而不是棺材铺的工匠用松木拼制一副棺材板儿。那画面如此强烈、震撼而又充满细节感——我甚至可以看见棺材铺匠人手掌上的茧子、浓密眉毛之间窜出的黑毛和汗迹斑斑的手臂上的碎木屑。

深吸一口气，我看着科利亚，他也在看着我。

"别担心，哥们儿，我不会让你死的。"

十七岁的我，很蠢，就这样相信了他。

11

铁路莫斯科线是在四个月前被阻断的,铁轨已经开始生锈了。大多数铁轨的枕木都被撬走用作柴火烧了,但这种用杂酚油处理过的木材燃烧后会很危险。科利亚像一个体操平衡木运动员似的走在单根铁轨上,手臂伸展开来保持平衡。

我步履艰难地尾随其后,走在两根铁轨之间。我可不愿意玩他那种游戏:一来是我还在生他的气;二来是我知道没他走得好。

铁路向东延伸,经过红砖公寓区、三层百货大楼区、科特利雅罗夫电车仓库、被遗弃的工厂区——战争期间,后者制造的东西没人能用也买不起。一队年轻姑娘穿着大外套,下边是一水儿的工装裤,在一名军队工程师的监督下,把一间邮局改造成防御工事。那座古老而坚固的大楼的一侧已经被推翻，为机枪掩体腾出一个位置。

"那妞儿身材不错。"科利亚指着一个戴着蓝头巾从卡车上搬运沙包的女人。

"你怎么能看出来？"

这简直荒谬滑稽，那个女人离我们少说也得有五十米远，外套的底衬很厚，下面又套着好几层……这样都能看出身材不错？

"我就是能看出来，她有舞者的体态。"

"啊？"

"别跟我啊啊啊的，我了解芭蕾舞女演员。相信我，等哪个晚上我带你去马林斯基剧院，带你去后台。这么说吧，我也是小有名气的。"

"你从来没停止过吹嘘自己的名气。"

"在这个世界上，没有多少东西能让我特别开心，其中一样就是芭蕾舞女演员的大腿，加林娜·乌兰诺娃①——"

"嘿，停停停。"

"什么啊？她可是我们国家的国宝，她的双腿应该被做成青铜雕塑呢。"

"你没和加林娜·乌兰诺娃睡过吧？"

他冲我笑了，浅浅的、藏有秘密的笑，那笑容的意思是科利亚其实知道很多事情，但不能一下子全说。

"我真残酷，"他承认，"老和你讲这些事情……无疑是虐待狂，正如和一个盲人讲委拉斯开兹②……那咱们换个话题好了。"

"你真不想在剩下的三十九公里再聊聊你还没睡过的那些芭蕾

---

① 加林娜·乌兰诺娃（1910—1998），苏联第一位首席芭蕾舞女舞蹈家。
② 委拉斯开兹（1599—1660），西班牙著名画家。

舞演员？"

"三个男孩去农场偷鸡，"科利亚开始用讲笑话的腔调接着聊，他讲笑话时会用另一种不同的口音，虽然我不知道那是哪里的口音，也不知道他为什么会认为用这种口音更好笑。

"农夫听见他们的动静，急匆匆地赶到农舍。三个男孩赶忙跳进土豆袋子里藏了起来。"

"这个笑话长不长啊？"

"农夫用脚踢着第一个袋子，里边的男孩说'喵'，假装是只猫。"

"哦，他装猫？"

"我才说过了。"科利亚回头看我，确认我没捣什么鬼。

"我知道他在装猫啊，喵的时候很明显就是在装猫嘛。"

"你又开始脾气暴躁了，是因为我和索尼娅睡觉了吗？你是不是爱上她了？你不是和那谁玩得挺开心吗？他叫什么名字来着……就是那个外科医生？他蜷在火炉旁的模样还挺可爱。"

"你说的是哪种口音啊？是不是乌克兰口音？"

"什么哪种口音？"

"你每次讲笑话时用的那种特别蠢的口音！"

"听着，列夫，我的小狮子，我很抱歉，这对你来说并非易事，整晚睡在那里，手里握着你的家伙，耳朵里听着她欢快地叫唤——"

"我看你还是接着讲你的蠢笑话吧。"

"但我敢向你保证，在你满十八岁之前——你生日几号啊？"

"我呸，你闭嘴吧。"

"我会帮你找个姑娘的——精心计算的怠慢和忽略！别忘了。"

这么长一段时间，科利亚一直走在铁轨上，一条腿一条腿往前挪，不用往下看，却走得比我还快，也从未失去过平衡。

"我讲到哪儿了?哦,那个农夫,他踢着第一只口袋,然后喵,然后……接着踢第二只袋子,里边的男孩说'汪',假装成——"

科利亚指着我要求我接上他的话。

"奶牛。"我没好气。

"狗!当他踢第三只袋子,里边的男孩说'土豆'。"

我们沉默着,埋头向前。

终于,科利亚开口了:"哎,有人觉得这很好笑。"

到了城市外围,成片的公寓区不再扎在一堆儿了。混凝土和砖被冻住的沼泽地弄破了。冰雪覆盖的土地上耸立着新建的楼房,因为战争都停了工。离城市中心越远,我们看见的平民就越少。装了防滑链条的军车轰隆隆地从身边开过;大卡车上的疲惫士兵正前往前线,他们的眼神中对我们没有一丝兴趣。

"你知道为什么那个地方叫姆加吗?"科利亚问。

"是谁的姓名的首字母吧?"

"她的名字叫玛丽亚·格列高列夫娜·阿普拉克辛[1]。《庭院猎犬》中的一个人物就是以她为原型的。她是好多人的继承人:陆军元帅、骗子和皇家舔屎人。她认为她丈夫想害死她,然后再跟她的妹妹结婚。"

"真是这样吗?"

"起初并没有。可她过于疑神疑鬼了,一直对这件事纠缠不休,之后她丈夫倒真的爱上了她妹妹,而且他还意识到原来生活里没有老婆会这么棒。这个丈夫后来就去找拉琴科,想让他给点儿家庭建议什么的,可有一点他被蒙在鼓里:拉琴科和那个小妹妹已经搞上好几

---

[1] 原文为Maria Gregorevna Apraksin,而姆加的原文为Mga。

年了。"

"他还写过其他东西吗？"

"嗯？"

"乌沙科夫，"我说，"他还写过其他的书吗？"

"《庭院猎犬》——就这一本，多有名的书啊。但这本书出版之后却惨遭失败，前前后后总共只有一篇书评，评论家们对它狂轰滥炸，说它粗俗卑劣⋯⋯此后就再没人读过它了。乌沙科夫花了十一年的时间写这本书，十一年，你能想象吗？而它消失了，如同石沉大海。但他没有放弃，从头开始写一部新的小说，看过那个新故事的朋友们都说是杰作。可惜后来乌沙科夫变得越来越成了宗教狂，大部分时间都和一位教会长老待在一起，而这位长老使他相信小说是撒旦的作品。在某个晚上，乌沙科夫深信自己要下地狱，完全疯魔了，恐慌至极——把手稿扔进火堆里，噗，啥都没了，灰飞烟灭。"

我好像在什么地方听到过这段经历，真是奇怪的感觉。

"这和发生在果戈理[①]身上的事一模一样。"

"这，不，不太一样，好多细节都不同，但他们之间那些有趣的地方是可以类比的——这一点我同意。"

铁轨这时已经偏离了公路，竖立着的白桦树苗因为太过纤细，所以没法当柴火烧。雪地上趴着五具白花花的尸体，全部脸朝下。冬天里死去的一家人：父亲仍然攥着母亲的手，他们的孩子则躺卧、散落在不远的地方。两只破烂不堪的皮箱在死尸旁敞开着，里边除了几个扭曲的相框之外，什么都没有了。

全家人的衣服和靴子都被扒光，屁股上的肉也被割走了——那

[①] 果戈理（1809—1852），俄国19世纪前半叶最优秀的讽刺作家。

部分肉最软，最适合做肉团子和腊肠。我无法搞清楚这家人是怎么死的：被枪杀？被刀砍？还是被炸弹炸死的？是德国炮兵干的还是食人兽？不知道。我也不想知道。他们死去很长一段时间了，至少一个星期，尸体已经变成了地形地貌的一部分。

我和科利亚继续朝东走，顺着沃洛格达铁路线。那天早晨，科利亚再没讲其他笑话。

临近中午时分，我们抵达了列宁格勒防御线的边缘：带刺的铁丝网、三米深的壕沟、龙牙耙钉、机枪掩体、防空高炮和盖着白色伪装网的苏KV–1重型坦克。之前是我们被沿途的士兵忽略，现在既已深入东部腹地，再没有什么平民百姓，我们俩也不太像是能被归入士兵里头。但是现在沿着铁路线行进时，一些正从6X6卡车上搬运篷布的年轻一等兵们便转过头来看着我们了。

一等兵的士官朝我们走过来，端着的卡宾枪没有直直地对着我们，也没有对着别的地方。他好似上辈子和这辈子一直都是军人，长着那样的身板、高高的颧骨和鞑靼人窄窄细细的眼睛。

"你们俩有证件吗？"

"有，"科利亚伸手到夹克中，"我们有很完美的证件。"

他把上校的信递过去，并冲着卡车点点头。

"那是新式的喀秋莎？"

篷布被风刮到地上，露出平行排列的发射架，直指天空，等待着装上火箭炮。据我们从电台听到的消息称，喀秋莎是德国人最惧怕的苏式武器。

士官看了看火箭炮发射筒，然后转头对着科利亚。

"别管那个东西。你是哪个部队的？"

"五十四。"

"五十四？那你应该在基里希啊。"

"是的。"科利亚投给士官一个高深莫测的微笑，然后冲着他手中的信点了下头，"可命令就是命令。"

士官展开信读起来。我和科利亚则看着那些一等兵为喀秋莎装上鱼翅状的炮弹。

"让他们今晚下地狱！"科利亚叫喊着。卡车上的士兵们只看了我们一眼，没说话。他们像是好多天都没合过眼似的，为了不把火箭炮摔在地上，必须集中起所有的注意力，再没有一丝精气神浪费在我们这两个疯子身上。

科利亚不愿意士兵们这样，竟放声高歌起来，他的男中音里带着坚强和自信：

喀秋莎站在峻峭的岸上，
歌声好像明媚的春光；
她在歌唱草原的雄鹰，
她在歌唱心爱的人儿……

士官看完信并重新折好。上校的书信内容想必让他印象深刻，现在他看向科利亚的目光中有着很真切的尊敬，还点着头附和科利亚歌声的节拍。

"是这么回事——我听过鲁斯兰诺娃本人在冬季战争期间唱过这首歌，当她走下舞台时，我伸手扶她，心里觉得她一定多贪了一杯。你猜她怎么对我说？'谢谢，士官，'她说，'你一看就是那种知道怎么运用自己双手的男人。'鲁斯兰诺娃向来就是那种没有章法、吵闹、具有毁灭性的人物，但那首歌可真是一首美妙的歌啊。"

士官用信拍打着科利亚的胸脯，笑着把信还给他。

"很抱歉我把你们拦下来了。你们也知道是怎么回事……据说列宁格勒城里有三百个搞破坏的人，这个数字每天还在增加。不过，现在我知道你们是干什么的了，受上校的差遣嘛……"

他冲科利亚眨了一下眼睛。

"我全明白，组织游击队……就是那么回事儿呗。让我们这些正规军在前线厮杀，而你们这些孩子在后方再给那些德国人来上一刀。到明年夏天，我们就可以在德国国会大厦上拉出热腾腾的大便了。"

科利亚在拿到那封信的当天大声朗读过信里的内容，里边并未提到党羽、嫡系，只写明在我们执行上校命令的过程中不得被羁押、骚扰。可报纸上充斥着其他故事：一个头脑简单的乡下人是如何接受NKVD特工的训练，并且如何成为战斗中可置人于死地的游击队员。

"你就让德国人一直在这儿伴着风琴声跳舞吧。"科利亚说，我不知道他是否故意在学那个士官说话的语气，"我们一定会确认他们再也不能从祖国拿到更多的点心和面卷。"

"说得没错，说得没错！切断他们的补给线，让他们在树林里饿死，那将是一八一二年重现。"

"可这回不会把厄尔巴岛给希特勒。"

"不，不，不给他，不给希特勒厄尔巴岛。"

我不太肯定士官知不知道到底什么是厄尔巴岛，但他就是那么强硬无比地认为希特勒得不到它。

"我们会在他的蛋上插把刺刀，但就是不给他厄尔巴岛。"

"该继续赶路了，"科利亚说，"我们必须在天黑前赶到姆加。"

士官吹了声口哨,"还有很远的路呢。走树林,听见了吗?德国人掌控着公路,可咱们苏联人根本就不用在路上走,对吧?你们有足够的面包吗?没有?我可以给你们找一些来。"

"伊凡!"士官朝卡车旁一个脏兮兮的年轻士兵喊道。

"去给这些男孩找点面包,他们要到防线后方去。"

12

列宁格勒外围的树依然长势良好,乌鸦在桦树枝头呱呱呱地叫着,松鼠在冷杉之间来回奔跑——它们看起来肥硕而又无辜,很容易成为人们捕杀的目标……在被占领的苏联,它们仍活着,个个都算幸运。

我们穿行在树林中,越过寒冷的、阳光照耀着的旷野,左边的火车轨道仍清晰可见。积雪已经冻得很坚硬了,上面零星散落着松针,走上去感觉还挺不错。现在这里已经是德国控制区了,却没有一个德国人的影子,没有一点儿战争的痕迹,怪异的是,我竟然为此开心起来——彼得城是我的家,可现在的彼得城就是一座坟墓,一座幽灵和食人兽的城市——走在乡下,身体也起了变化,就像在矿井下面滞留数月后第一次呼吸到纯净的氧气,纠结的内脏舒展开来,耳朵不再堵塞,就连我的脚,几个月以来也第一次充满了力量。

科利亚八成也受了同样的影响。他在刺目的雪地上眯起眼,张嘴吐出大口的热气,好像五岁孩子一样,为这种小把戏而欢欣鼓舞着。

一棵老桦树树干上挂着一张绿色纸片,科利亚弯腰拾了起来。它看起来就是一张很普通的十卢布纸币——上面印着列宁像,宽宽的光头下的眼睛目光炯炯——只不过别的十卢布纸币是灰色,而这张是绿色。

"假币?"我问。

科利亚点头,仔细端详着纸币,一根手指指着天上。

"德国人空投了很多很多蒲式耳[①]的假钞,假的越多,真的就越不值钱。"

"但钞票颜色不对啊。"

科利亚翻过那张纸币,大声读出上面印的文字——

"'食品和日常必需品大幅度涨价,苏联的黑市因此而繁荣。'顺便提一句,'繁荣'这个词拼写有误。'当你们在前线牺牲生命的时候,公务人员和犹太人等却私下做着黑色交易。''罪犯'是复数,却忘记加'S'了,真好啊,他们侵占了我们半个国家,却找不到一个能写好我们文法的人。'很快你们就会知道个中缘由,所以好好保存这十卢布吧,它会保证你在战后安全地返回自由的苏联。'"

"你做黑色交易吗?列夫·阿布拉莫维奇?"科利亚一边看着我一边笑着问。

"我倒想呢。"

[①] 蒲式耳,容量单位。

"他们以为这些东西就能让我们动摇吗?他们难道就不明白'宣传'这个东西是我们发明的吗?!这种策略真是他妈的太烂了——他们想要策反的人反而被这一招激怒。年轻人捡到这张纸,以为真是十卢布,可能会很高兴,没准儿还以为能多买一片香肠呢。但这不是钱啊,是一张拼写得很烂的投降折价券。"

他把那张纸条戳在一根树枝上,用打火机点燃。

"你把你战后回到自由苏联的机会烧掉了。"我对他说。

科利亚笑眯眯地看着那张纸条发黑,变蜷曲:"走吧,我们还有好多路要赶呢。"

在雪地上又跋涉了一个多钟头,科利亚戳了戳我的肩膀。

"犹太人相信来生吗?"

如果这个问题在头一天提出来,我一定会怒,但在此时听起来却挺好笑,完完全全是科利亚的风格——突如其来,却又充满真诚的好奇。

"那要看是什么犹太人。我父亲就是无神论者。"

"那你母亲呢?"

"我母亲不是犹太人。"

"啊,那你是杂交品种了……这当然没什么可耻的,我就总认为老祖宗传给我了吉卜赛血统。"

我抬眼看着他:爱斯基摩人一样的蓝眼睛,一缕金色的头发从黑色皮毛帽中滋出来。

"你没有吉卜赛血统。"

"什么,因为眼睛吗?世界上有很多蓝眼睛的吉卜赛人,我的朋友就是。总而言之,《新约》上对来生这事儿讲得清清楚楚。跟随耶稣就会抵达天堂,不跟随就下地狱。但《旧约》……我甚至不记得《旧约》

里有没有提到地狱。"

"阴间。"

"什么?"

"下面的世界叫做阴间。我父亲有一首诗就叫《阴间的酒吧》。"

谈我父亲和他的作品感觉很怪异,有关他的任何言辞本身都显得不那么安全,就像是一旦我承认了罪行,有关当局就很有可能听到一样。即使在这个地界,政治局没办法发挥威力了,可我还是担心被抓起来,担心政治局的人就潜伏在落叶松之间。如果我母亲在这附近,她一定会使个眼色叫我闭嘴。但是,能够谈谈父亲,感觉还是很好,能够用现在式而不是过去式提到他的诗歌,让我无比开心。

"那么阴间发生了些什么事呢?惩罚你的罪恶?"

"不是的。每个人都会去那里的,不论好与坏。那里很黑,很冷,除了我们自己的影子之外,什么都没有。"

"听起来还不错。"他捧起一把干净的雪,啃了一口,然后让它们在嘴里融化。"就在几周以前,我见过一个没有眼睑的士兵,他是个坦克手,在一个最不应该的时候,他的坦克抛了锚。等到他被发现时,坦克里的其他士兵都已经被冻死了,只有他没死,但身体有一半严重冻伤。他因此而失去了脚趾、手指、鼻子的一部分和眼睑。我是在医院里见到他的,当时的他眼睛大睁着,我还以为他死了——我不知道眼睛不能闭是不是也能叫做张开。人若是没有眼皮,那得如何保持神志清醒、不疯疯癫癫的?就这样——眼睛一次都闭不上的——度过余生?那我宁愿变成瞎子。"

我还从来没见过科利亚这般郁郁寡欢,他迅速转变的情绪让我焦虑不安。就在这时,我和科利亚几乎同时听见了一声哀号。回身转头,从弯弯曲曲的桦树道,看向发出声音来的那边。

"是只狗?"

他点点头。"听起来像。"

几秒钟之后,又是一声哀号。在一片孤寂中,这个声音听来带着种非常人性化的东西。我们必须继续赶路,必须在天黑前赶到姆加……但科利亚还是朝那只哀叫不已的狗走过去。没有争论和阻拦,我也跟了过去。

我们艰难地挪过齐大腿深的雪堆,这里的雪要比别处深得多。十分钟前,我还觉得精力充沛,现在却已经感到能量流失了。感觉累,特别累,每一步都得挣扎着才能走出去。科利亚放慢脚步,让我能跟上,至少他没有表现出不耐烦。

每一次往雪里下脚,我都要仔细低头查看——如果现在扭伤了脚踝,可不是闹着玩的,真会要了我的命。我拉拉科利亚的袖子让他站住,让他看前面有一串轮胎轧过的痕迹。我们身处在一大片空地的边缘,耀眼的阳光从难以计算出公顷数的雪地上折射过来,非常刺眼,我只能在眼睛上方以手搭着凉篷遮挡雪光。雪地大概被数十辆坦克轧过,留下许多纹路,像一整队装甲旅从这里穿过了一般。我对轮胎痕迹不如对发动机引擎那么了解,无法分辨出"突击虎"[①]和"T-34型坦克"。但我知道这不是我们的坦克——如果有这样的装甲装备,我们早就突破封锁线了。

雪地上散落着一堆堆灰灰暗暗、棕色的东西,开始我还以为是丢弃的外套,可之后又看见了一条尾巴,另外一个地方还有一只伸出来的爪子——原来是死掉的狗,至少有十来只。从哪里又传出一声悲鸣,最终,我们看见了叫声的主人——一只在原野上用前腿拖曳着自

---

① "突击虎",德国装甲战车。

己身体的黑白花牧羊犬，它的后腿完全指望不上了，松松垮垮地拖在后边。这只受了重伤的动物身后，拖出了一条百米长、洒满血的轨迹，犹如大红笔在画布上重重地涂抹了一道。

"快走。"科利亚说，在我能够阻止他之前，他已经走进了那片荒野。虽然坦克此刻都不见了，可它们不久前刚刚来过，印记都还没有被风雪掩埋，仍然清晰地留在雪地上。德国人离得并不远，他们还在行动。但科利亚根本不在意这些，他只顾奔向旷野，朝那只牧羊犬奔去。我疾步追赶上他，一如既往。

"别靠它们太近。"他说。不知道他为什么这样嘱咐我，是担心染上病吗？或者认为将死的狗还会咬人？

靠近牧羊犬时，我看到在它背上有个用皮链捆着的木箱子，箱子上直直地插着个木牌。往四周一看，所有的狗都捆着同样的箱子和木牌。

牧羊犬没看我们，它只是一心想到树林边缘、原野的尽头去——在那里一定能找到一个安全、舒服、安静的地方死去。血不住地从它屁股上的两个弹孔里滴下来，一定有子弹穿透了它的肚皮，一团湿湿的蜷曲的东西在它身子底下拖着，那是内脏，永远不该见到天日的内脏。牧羊犬喘着粗气，粉色的长舌头拖在嘴边，黑乎乎的嘴皮往回卷着，缩在黄黄的大牙后边。

"这些狗是咱们的。"科利亚说，"咱们先训练这些狗钻到坦克下觅食。然后不给它们吃，等装甲部队一来，就把它们放出去——轰隆！"

只可惜没有一只狗引爆坦克，更没有轰隆一声巨响——德国人非常清楚我们这一招，以此提醒过他们的枪手，而他们的枪手又都很棒——所以原野上散落的只有狗，而不是坦克。没有大头朝下的装甲车，没有爆炸，什么都没有。这就是苏联人设计精巧的手法，却与他们的所有其他手法一样,最终彻底失败了。我想象着饥饿的狗群飞奔着冲向装甲车的画面:四蹄飞扬,双目炯然,快乐地奔向数周以来的第一顿美餐。

"把你的刀给我。"科利亚说。

"小心。"

"给我。"

我拔出那把德国刀,递给科利亚。那只牧羊犬还在努力拖扯着内脏外翻的身体爬向树林,但它的前腿也最终没了力气。它发现科利亚在向它靠近,终于放弃了最后的努力。它已经作好了决定,爬这么远,够了。它卧在浸满鲜血的雪地上,用疲惫的棕色眼睛看着科利亚。插在狗背箱子上的那支高高耸起的木牌虽说很像航船的桅杆,可也脆弱得不堪一击,比鼓槌还细。

"你是我的乖小伙子。"科利亚跪在牧羊犬旁边,用左手牢牢地扶着狗的后脑勺,"你是我的好小伙子。"

科利亚提起刀,迅速划过狗的咽喉。它哆嗦了一下,鲜血涌出,血气升腾。科利亚轻柔地把它的头放在地上,看着它持续抽搐了几秒钟,爪子刨了刨,像一只沉浸在睡梦中的小狗,然后离开了。

我们沉默着,谁也不开腔,用沉默向这只英勇殉职的狗致敬。科利亚把刀在雪地上抹干净血迹,然后在他外套上蹭了蹭,递还给我。

"我们刚刚损失了四十分钟,现在得走快点儿!"

13

我们以双倍于此前的速度穿过了那片桦树林,铁道依然在我们左边,太阳迅速地从天空上往下栽。科利亚自走出那片死狗的原野之后再没说过一句话,我能感觉到他在担心时间,因为算错了我们的速度——我们在冰雪覆盖地带的行走速度。刚才的绕行已经毁掉了天黑前到达姆加的机会。温度降得很快,现在,寒冷比德国人更危险,若没有庇护歇息、遮风挡雪的地方,我们就死定了。

自从和鞑靼士官分手以后,再没见过一个人。我们刻意与废弃的科洛尼亚·雅尼诺火车站及杜布罗夫卡火车站保持距离,但即使隔着两百米,还是能看见杜布罗夫卡火车站倒塌的列宁像。混凝土墙体上还涂写着这样的德语标语:"斯大林死了!苏联死了!他们都死了!"

下午三点,就已日薄西山,头顶上笼罩着的灰色云层变成了橘红色。耳朵里又可以听见飞机引擎的声音。循声望去,四架梅塞施米特战斗机①正疾速飞向列宁格勒,它们像无害水果般在空中飞。我在想这又是要去炸平哪些建筑还是会被我们的地面战士或者空军击落呢。不管它们扔出什么样的炸弹,都不再会落到我头上。当我意识到这真的是我本人的想法时,一股巨大的罪恶感翻涌上来。我已经变成了一个多么自私的混球啊!

我们路过别列佐夫卡,我第一次听说这个地名还是在九月,红军和德国国防军在村子外的那场遭遇战。按照报纸上的说法,我们的战士凭借满腔英雄气概和运用得当的战术,总能智胜德国指挥官,使柏林战事指挥室里的追踪每场战役的希特勒灰心气馁。不过每个列宁格勒的人都知道应该如何解读报纸上的文章。苏联军队总是"冷静和坚定的",而德国人又总是会"被我们激烈的抵抗吓晕了"。这些语句是必须有的,最关键的信息会在每篇文章最下面的部分、藏在最后一个段落里。如果我们的军人"撤退并保存战斗实力",那就意味着我们输了;如果队伍"开心地击退了侵略者,牺牲了自己",则表示我们被集体屠杀了。

别列佐夫卡就是一场大屠杀。书上有这样的记载:这里的村庄以彼得大帝直接下令修建的教堂和普希金与其情敌决斗的那座桥而闻名,现在这些地标建筑全被毁了,别列佐夫卡被毁了。雪地上只残留着几处被大火熏黑了的墙体,如果连这几处墙体都没有了,这个村子就没有任何标志证明它曾经存在过了。

---

① 梅塞施米特战斗机是德国空军使用的战斗机。

"他们是傻瓜。"当我们绕着村庄经过那些被烧毁的残骸时,科利亚这样说。我抬头看看他,有些搞不清他这话是什么意思。

"那些德国人,他们认为自己特别有效率,是有史以来最伟大的战争机器。可你翻开历史读读那些书就能知道,最伟大的征服者总是会给他们的敌人留条退路。你可以和成吉思汗斗,要么头被砍掉,要么屈服于他、给他进贡。这是一个很容易的选择。但和德国人斗呢,你斗是死,投降也是死。他们可以让这一半国家的人和另外一半国家的人相互为敌,但他们并不精明。他们不懂苏联人的心理,他们只是把一切都焚毁掉。"

科利亚的这番话是非常正确的,可对我来说,纳粹只是没有兴趣推进缓慢侵略的攻势罢了。他们原本就不想去改变别人的心理和内心,至少对劣等民族没有兴趣。对他们而言,俄罗斯人根本就不应该存在。德国人相信达尔文和嘲鸫的那套理论①:适者生存。他们适应了残酷的现实,而生长在俄罗斯大草原上的我们却没有。我们注定要死,德国人只是在人类进化史上扮演了一个法定角色而已。

上面这些话并不是我说的。我所说的只是:"他们给了法国人一条出路。"

"一八一二年,每个有种的法国男人都死在了从莫斯科回家的路上。你认为我在开玩笑?听着,一百三十年前,他们有世界上最好的军队,而现在他们……。我说错了吗?想一想,到底发生了些什么呢?波罗金诺、滑铁卢、莱比锡②,想想吧。他们基因里的勇气已经被炸飞了,那个天才的矮子拿破仑阉割了他们整个国家。"

---

① 是嘲鸫让达尔文灵光一现,发现进化论。
② 波罗金诺、滑铁卢和莱比锡均为拿破仑指挥过战役的地方。

"我们快没太阳了。"

科利亚抬头看看天,点点头。"如果真到那个时候,我们可以挖个坑,撑到明天早上。"

他走得更快了,我们本来就已经很迅疾的步伐又加快了些。我知道照这样下去我可坚持不了多久。昨晚的鸡汤是美味的记忆;士官给的配给面包早在中午就已消耗殆尽;靴子如同灌了铅一样沉,现在的每一步都特别费力。

很冷,我的牙齿能感觉出来。温度一旦下降,堵住我虫牙洞的廉价填充材料就会缩小。尽管戴着厚厚的羊毛手套,而且插在外套口袋里,我还是感觉不到指尖在哪儿,鼻子尖也没了知觉。这真是一个好笑话——整个少年时代,我都期望有个小鼻子,现在树林中的我,再过上几个小时,鼻子就会没了。

"我们得挖个坑?用什么挖?你带了铁锹?"

"你还有手,不是吗?和那把刀。"

"我们应该找个能栖身的地方,屋里。"

科利亚夸张地对漆黑的树林扫视,找寻某扇可能藏在某棵高大松树后的门。

"这里可没有'屋里'。"他说,"你现在是战士,我征召你入伍了,战士只要闭上眼睛,就能在任何地方睡觉。"

"那敢情好……但我们还是得进入屋子里。"

科利亚把他的手放在我的胸口上,有那么一秒钟,我以为他生我气了——我不愿面对在冬天野外过夜的挑战的这种胆怯一定侮辱了他——但他没有责备我,只是让我站稳,然后下巴朝着和火车道平行的一条便道努了努。那里黑影幢幢,借着微弱的光线,我看见一个苏联士兵正背对着我们,站在那儿,肩头挂着一把步枪。

"游击队员。"我小声说。

"不对,他是正规军。"

"也许我们又收回别列佐夫卡了,一场反击战?"

"也许。"科利亚悄声应着。我们小心翼翼地溜到离那个哨兵近些的地方——我们根本就不知道通关暗号,也相信没有一个端着枪的人会傻乎乎地戳在那儿,有耐心地等着对暗号,好检验我们是不是真正的俄国人,而不是一枪就把我们崩了。

"同志!"在我们离他还有五十米远的地方,科利亚双手举过头顶,高声喊道。我的手也举起来喊:"别开枪!我们有特殊任务!"

哨兵并未转过身来。过去几个月的时间里,炸弹震裂了成千上万的耳膜,好多士兵都失去了听力。我和科利亚交换了一下眼色,继续朝他靠近。那个士兵站在齐膝深的雪里,纹丝不动……没有哪个活人能在这么酷寒的天气条件下像一尊雕像般立着。我环顾树林,打赌这是个陷阱。除了风中的桦树枝,什么动静都没有。

到了那士兵近前,我们发现他已经死了好几天。他活着时一定像头野兽,突出的眉骨和如同斧头木柄般厚实的手腕……可现在他惨白的皮肤像白纸一样紧紧裹在头骨上,看上去马上就要裂开了;左眼下,颧骨那里,有一个小小的、边缘整齐的弹孔,弹孔上环着一圈冻住的血;他的脖子上有一块用电线吊着的木头牌子,上边用黑笔写着:

"PROLETARIER ALLER LANDER, VEREINIGT EUCH!"我不会说德语,但是我知道这句话,每个苏联男孩女孩都知道,这句话就是从那些永无尽头的辩证唯物主义课中学到的——"全世界工人阶级团结起来!"

我从死去士兵的脖子上取下那块牌子,扔在地上,小心不让冰冷的电线擦到他的脸。科利亚解下他的步枪带,检查着这把武器:莫辛步枪①，枪栓都弯了。科利亚试了好几次也不灵，只好摇摇头扔了。还有一把托卡列夫手枪，枪柄那儿有个小孔，一条皮带穿过去，把枪固定在士兵屁股后方的枪套里。他还是军官呢，是能挥舞托卡列夫手枪的人——托卡列夫手枪不是用来打德国人的，而是用来处置那些不愿前进、临阵脱逃的苏联士兵。

科利亚解开手枪皮套，掏出那把自动手枪。一看枪把儿，发现弹匣已经被取掉了，军官皮带上的子弹夹也是空的。科利亚解开军官的大衣，终于找到了他想要的东西：一个用钢扣皮带系着的粗麻布小袋子。

"我们有时候会在夜里把这东西藏在这儿，"他打开那个袋子，摸出三发子弹，"上边的钢扣太亮了，会反射月光。"

他把一发子弹推入枪膛，试了试，确定手枪没问题，又把其余的子弹塞进自己的外套口袋里。

我们曾努力想把军官拖出雪地，但他像扎了根的树，被冻在地上动弹不得。黄昏把所有的颜色都投洒进树林，黑夜马上就要降临，我们不敢再把时间花在一具死尸上。

急速向东，这次离铁路更近了。如果这时候有德国人，真希望他们穿过冰封的森林时开着车，这样我们可以及早地在远处就听见动静。乌鸦不再呱呱叫，风也停了。唯一的声响就是靴子踏上雪原的声音和远处彼得城传来的无节奏的迫击炮声。我把脸藏进羊毛围巾和大衣领口内，试图用自己呼出的热气温暖两颊。科利亚搓着双手，他的黑皮帽压得很低，几乎遮住了眼。

---

① 莫辛步枪是沙俄政府于十九世纪八九十年代研制的步枪。

在别列佐夫卡以东几公里的一个大农场边上,绵延起伏的雪原被矮石墙分隔出界线来,巨大如冰屋般的干草垛被胡乱扔在土地上。丰收时节被迫中断,农夫们不是都逃到东部去了,就是都死掉了。农场最边上有一座石砌的农舍,一棵足有五十米高的落叶松,像巨大灌木似的,阻挡着北风。丝丝火光从农舍窗户的竖框间透出来,温暖滑润如黄油,四散在房前的雪地上。黑烟从烟囱里袅袅升起,就像一道几乎看不见的弯曲的污渍,印在黑色的天空。那是一座看起来很诱人的房子——皇帝最宠信的将军的乡下别墅——里边暖气很充足,为圣诞预备的、人人都爱的熏肉和馅饼皮子也很充足。

刚刚跋涉过雪地,我抬头看着科利亚,他摇摇头,却没把眼睛从农舍挪开。我能看出他眼中的渴望。

"这个主意很糟。"他说。

"比冻死在去姆加的路上好。"

"你觉得房子里住的是什么人?一位乡绅坐在火炉边逗他的狗玩?你以为我们是他妈屠格涅夫故事里的人物呀?镇上的每处房子都被火烧了,唯有这处残存。发生了什么?他们运气好?里边是德国人,也许是当官的德国人!咱们难道打算就这么带着枪和刀冲进去?"

"如果我们继续往前走,只有死。如果我们闯进屋里,德国人在,也是死。可万一不是德国人呢——"

"那我们姑且说是苏联人好了,"他说,"那也是德国人让他们留在那里的,是为德国人做事的,这也就是说,他们是我们的敌人。"

"那么我们可以从敌人手中把食物抢过来,对吧?再抢占一张床。"

"听着,列夫,我知道你很累,也很冷。但是,相信我,相信一名战士，你的这个办法行不通。"

"我不想再往前赶路了，我宁愿在这个农舍碰碰运气。"

"也许在下个镇子就会有那么一处地方……"

"你怎么知道会有下一个镇子？上一个镇子就全是灰烬。离姆加还有多远，十五公里？也许你能撑到那时候，我是不行了。"

科利亚叹了口气，用手套搓着脸，努力使血液循环畅通起来。

"我承认我们没法赶到姆加，但这已经不是问题所在……早几个小时前，我就知道了。"

"你都没打算告诉我？到底还有多远？"

"很远。还有一个坏消息是：我们走错路了。"

"什么意思？"

科利亚的眼睛仍盯着农舍，我不得不推推他："你说我们走错路了，是什么意思？"

"我们几小时前就应该穿过涅瓦河，我觉得别列佐夫卡不应该在去姆加方向的铁路线上。"

"你觉得？你觉得什么你觉得？！干吗连屁都不放一个？"

"我不想让你慌张。"

天太黑，我看不清哥萨克人脸上愚蠢的表情。

"你告诉我姆加就在去莫斯科的铁路线上？"

"没错，它是在铁路线上。"

"是你告诉我，我们只要顺着莫斯科铁路线往前走，就能到达姆加？"

"是的，没错。"

"那咱们现在他妈的到底在哪儿啊？"

"别列佐夫卡。"

我深吸一口气,多盼望能有一双铁拳头把他脑袋打出肉酱。

"那好消息是什么?"

"什么?"

"你说我们走错路是坏消息。"

"没有好消息,有坏消息并不代表一定有好消息。"

这下子真没什么好说的了,我径直朝农舍走过去。月亮挂在树梢上,脚下的冰面被我踩得吱嘎作响。如果这时候德国狙击手正对着我的脑袋瞄准,我希望他瞄得特别准。我很饿,但我知道如何应对这种饿。我们现在都是对付饥饿的专家。寒冷是残酷的,但我已经习惯它了……此刻我的脚完全走不动——战前,它们就很弱,任何脚应该能做的事,跑啊跳啊之类的,它们样样都不太能擅长。大围城把它们削成了扫帚把儿。即使我们走对了去姆加的路,我也相信自己永远无法抵达——仅仅这短短五分钟的路,我都走不动。

离农舍还有一半路的时候,科利亚追了上来,把托卡列夫手枪握在手里。

"如果真要这么做,也不能闷头蠢干。"他说。

他带我来到房子后头,让我在堆满柴火的后走廊檐口底下等着,那里安全而干燥。在这种时候,纵使是三千克鲟鱼鱼子酱也不如这些纵横交错、整齐堆放着的、比我还高的柴火来得更奢侈。

科利亚摸到被霜冰封住的窗户底往里偷看。他那毛色光亮、黑色的阿斯特拉罕兽皮帽子在火光下微微泛着光。屋子里的留声机播放着爵士钢琴曲,听着很有美式感觉。

"里边是什么人啊?"我低声问他。他举起手示意我安静,似乎被看见的东西惊呆了。是不是我们在这冰天雪地的乡下又遇到食人兽了?或者是曾经住在这里的那户人家留下了支离破碎的尸体?

科利亚以前和食人兽干过，而且没少见过尸体，不至于呀，所以这回一定是什么新鲜玩意儿，是意料之外的东西。又等了三十秒，我终于忍不住了。违背他的命令，也凑到窗前去，小心翼翼地不碰到窗棂上的冰柱，蹲在他旁边，从玻璃窗下方看向屋里。

两个穿着睡衣的女孩正在随着爵士乐跳舞，一个金发女孩和一个深褐色头发的。她们又可爱又年轻，年纪不会比我大。金发女孩面色苍白，颈部和双颊都长满了雀斑，眉毛和眼睫毛的颜色又非常淡，从侧面的某个角度不仔细看几乎注意不到。深褐色头发的那位矮小一些，也显得比较笨拙，一到切分音，她就抓不准节拍了。她的牙齿相较于嘴来说有点儿过大了，手臂胖胖的，手腕上净是婴儿肥的小褶皱。若在和平时期，她走在涅瓦大街上，一定不会被人注意的，可眼下……一个丰满的女孩拥有着能够让人疯狂的吸引力。

我被这两个跳舞的女孩弄得眼花缭乱，有那么一小会儿，我根本忘了除了她们俩还有别人。实际上房间里还有另外两个女孩，趴在壁炉前一块黑色的熊皮毯子上，手肘撑在上面，双手支着下巴，看跳舞时的表情非常严肃。其中一个看起来像是车臣人，两道黑眉毛几乎在眉心那里连起来了，嘴唇涂得鲜红，头发用一块毛巾裹在头顶上，大约刚洗完澡。另外一个有着芭蕾舞演员般修长、优美的脖子和轮廓完美的鼻子，棕色头发束在脑后，紧紧地扎了个马尾。

农舍里看起来更像一间猎人小屋，大厅墙壁上挂满了各式各样的动物头颅：棕熊的、野猪的、野山羊的——上头还有两个巨大的弯曲的羊角和几撇邋里邋遢的山羊胡子。壁炉两侧则卧伏着填充好的狼和山猫标本，它们仿佛正在觅食般大张着嘴，獠牙白得耀眼。蜡烛在挂壁式烛台里跳动着。

科利亚和我蹲在窗户外，看着屋内这些画面，直到音乐停止。那个车臣长相的女孩站起身换了一张唱片。

"再把刚才那支曲子放一遍吧。"金头发说。她的声音隔着玻璃显得瓮声瓮气的,但还是很容易听清。

"请你别再放了,"她的舞伴说,"放点儿我知道的曲子吧……爱迪·罗斯纳怎么样?"

我回头看了科利亚一眼,以为能看见他为雪地荒原中出现这番离奇景象而狂喜大笑,但他很严肃,嘴巴紧闭着,眼睛里有愤怒的神色。

"走,"他站起身来,领着我绕回屋前。一首新的曲子已经响起来了,小号乐手欢快地引导着整个乐队,爵士味儿更浓了。

"现在进去?我想她们会有食物,我都看见了……"

"我敢断定她们有充足的食物。"

他敲打着前门,音乐停了。过了几秒钟,金头发出现在窗口。她瞪着我们,好长时间没吭声,也没往门口走过来。

"我们是苏联人,"科利亚说,"把门打开。"

她摇头:"你们不该到这里来。"

"我知道,"科利亚说道,把手枪举得更高一些,好让那姑娘看清楚,"但我们现在已经在这里了,所以你他妈的把门打开。"

金头发回头向大厅那边看去,好像对我们看不见的什么人低语了几句,并仔细听着对方的回答,然后点点头,再转身朝着我们。她深吸一口气,把门打开。

进入农舍里,就如同进入了鲸鱼的肚皮里,这是我几个月来身处的最温暖的地方。我们跟着金头发进入屋内,她的三位朋友局促不安地站成一排,手指不停摩挲着睡衣的缝边。那个小个子、深色头发、有肥手臂的女孩看样子马上就要哭出来了,双眼紧紧盯着科利亚手中的枪,下嘴唇抖个不停。

"这里还有其他人吗?"科利亚问。

金头发摇摇头。

"他们什么时候回来?"他问。

姑娘们互相交换了一下眼色。

"谁?"那个长得像车臣人的女孩问。

"别跟我们耍什么把戏。我是红军军官,正在执行特殊任务——"

"那他也是军官吗?"金头发看看我,冲科利亚发问。她没笑,非常安静,但我能看出她眼里的调戏。

"不,他不是军官,是刚被征募的士兵——"

"刚被征募的?真的吗?你多大,小甜心?"

所有姑娘都看着我。在这么温暖的屋子里,在她们的重重凝视下,我的血哗的一下全涌到脸上。

"十九岁,"我站得笔直,"四月份就二十岁了。"

"切,那你看着可比十九岁小。"车臣女说。

"依我看顶多十五岁。"金头发说。

科利亚扳弄着手枪扳机,把枪膛弄得咔咔响,这声音在安静的房间里显得非常惊心动魄——他这样的动作,即使在我看来都太过戏剧化,不过科利亚本来就很会玩这一套,他能耍出各种各样的戏剧性动作来。他把手枪枪口对着地板,慢慢地挨个儿看着姑娘们的脸。

"我们走了很远的路,"他说,"我这个朋友累了,我也累了。所以我再问一次,最后一次,他们到底什么时候回来?"

"通常半夜才会回来。"深色头发的小胖妞说。

其他姑娘瞪着她,但谁也没出声。

"在他们投完弹之后。"

"是这样吗?德国人向彼得城投完炸弹,倦了,烦了,晚上就会回到这里……然后你们就伺候他们?"

在某些方面,我非常蠢非常蠢,这样说并不是出于谦虚。我相信我比一般人要聪慧,虽然聪慧并不能用某种仪表来测量,不能仅仅用测速表来量,而应该用一系列的仪表:转速表、里程表、高度表,还有所有其他仪表。在我只有四岁的时候,我父亲就教会了我认字读书,为此还常常在朋友们面前吹嘘。但我学不会法文也记不住苏沃罗夫元帅的胜利战役这两件事让他深受打击和折磨。父亲是真正的博学者,他可以背诵出《叶甫盖尼·奥涅金》中的任何一小节,还会说流利的法文和英文,理论物理方面他也很不错,以至于他的教授们都认为他对诗歌的背离是一个小小的悲剧。我甚至奢望他的那些教授在那时候能有更多的人格魅力,把物理学带给人类的慰藉传递给父亲,向这个明星学生解释为什么宇宙的形状和光的重量比没有韵律和内容、只有关于列宁格勒的骗子和非法为人堕胎者的那些破诗更重要。

我父亲如果此时在场,哪怕他只有十七岁,也一定能在看见这屋里情形的一瞬间就瞧出其中的蹊跷。我觉得自己简直是个白痴,特别是在知晓了为什么这些女孩子会在这里、谁在为她们提供食物和屋檐下堆积如山的柴火之后依然似懂非懂。

金头发瞪着科利亚,鼻孔歙动着,雀斑下的皮肤泛红了。

"你——"有那么一会儿,她什么都说不出来,愤怒得连口齿都不清楚了,"你跑到这儿来指责我们吗?红军英雄?你算什么东西啊?!还有你的军队……都是干什么吃的?德国人来了,见什么烧什么,那时候你的部队在哪儿?他们打死了我弟弟、我爸爸、我爷爷……

打死了镇上的每一个男人,而那时候你和你的朋友畏畏缩缩地躲在什么地方?你现在居然跑到这里来,还敢用枪指着我?"

"我没拿枪指着谁。"科利亚说。这句话从他嘴里说出来,听着倒很温顺,这真奇怪。我知道此时他已经输掉了这场对抗。

"我愿意做任何事来保护我妹妹,"她对深色头发的小胖妞点了下头,"任何事情。你们应该是来保护我们的,光荣的红军战士,人民的卫士!可你们跑去哪里了呢?"

"我们一直在跟他们打仗……"

"你们谁也保护不了,你们抛弃了我们。我们不住在城里,所以我们不重要,对不对?就让德国人去杀那些农民吧,是不是?"

"我们组的一半战士都在战斗中牺牲了……"

"一半?如果我是将军,我会在任何一个纳粹进入我们的国家之前,让我所有的士兵都牺牲。"

"好吧,"科利亚有几秒钟没有说话,然后他边把手枪放回口袋边说,"我很高兴你不是将军。"

14

虽然我们和姑娘们没有一个愉快的开始,但没花太长时间就相处融洽了。我们需要彼此。她们已经有两个月没和其他苏联人说过话了,又没有收音机可听,所以特别渴望知道关于战争的任何消息。她们听到在莫斯科外围的那些胜利的战役时,加琳娜,那个深色头发的年轻姑娘便冲她妹妹笑笑,点点头,似乎在说看吧,我早就预见到了这些胜利。姑娘们接着询问有关列宁格勒的情况,但她们并不关心在十二月里死了多少人,或者现在每月配给的面包是多少分量。她们自家的小村庄所遭受的苦难远远超过彼得城,所以那座尚未被攻陷的城市的悲惨只会让她们厌倦。她们想知道的是:冬宫是否还矗立着

(对,还没被炸毁);青铜骑士像①有没有被挪到别的地方(没有);或者涅瓦大街上她们去过的那家闻名全国、最好的鞋店是否幸存于炮火之中(科利亚和我都不知道,我们俩谁也不关心这个)。

我们没有再问姑娘们问题,因为不必去知道细节了。我们已经很清楚发生了什么事——她们镇上的男人都被屠杀了,很多年轻女人被发往西部,在德国工厂里做奴隶。剩下的则往东部逃,带着她们的婴孩和象征着家庭的物件跋涉成百上千公里,指望逃亡的步伐能比德国国防军的更快。而最漂亮的姑娘连跟随她们的姐妹逃亡的机会都没有,因为她们是为侵略者的欢愉专门预备的。

我们都坐在靠近壁炉的地板上,袜子和手套挂在壁炉台上,被烘得暖暖的,干干爽爽。为了交换信息,姑娘们给我们一杯杯滚烫的热茶,一片片黑面包,还有两个烤土豆——土豆已经剖开为我们分派好了。科利亚咬一口,看看我;我咬一口,看着加琳娜——那个有着小肥胳膊和甜美面庞的姑娘。她靠坐在突出的石头壁炉台边,手压在裸露的大腿下。

"这是黄油吧?"我问她。

她点点头。这些土豆尝起来像真正的土豆,不是我们在彼得城吃的那种发了芽、干瘪苦涩的砣砣。在干草市场那里,一个好的、加了黄油和盐的土豆可以换三个手榴弹或一双皮靴。

"他们有没有带鸡蛋来?"科利亚问。

"只有一次,"加琳娜说,"我们做了一个煎蛋卷。"

听到加琳娜这么说,科利亚试图和我对对眼色,但我只在乎那个黄油土豆。

---

① 彼得大帝青铜骑士像,是圣彼得堡市标志性雕塑,位于十二月党人广场。

"他们在这儿附近有基地?"

"军官们住在靠湖边的一栋房子里。"那个长得像车臣人但实际上只是有一半西班牙血统的女孩拉拉说,"在新科什基诺。"

"是个镇子?"

"对,是我住的小镇。"

"军官们百分之百有鸡蛋?"

这时候我抬头看了看科利亚,边细细咀嚼着土豆,边观察着他脸上可能出现的任何愚蠢企图的迹象。我心里暗暗决定,嚼土豆要嚼得特别慢,这样,这份感受就能够长久地绵延下去。我们非常幸运,已经连着两个晚上吃到了晚餐——"宝宝鸡汤"和现在正往嘴里送着的土豆。而这样的幸运,我并不期望能持续到第三个晚上。

"我不知道他们现在还有没有那东西了,"拉拉一边轻笑一边说,"你那么饿?非得吃鸡蛋?"

"是的,"科利亚笑望着她,酒窝都挤出来了——他是最懂得如何在最适当的时刻炫耀他的酒窝的人,"我从六月开始就特别想吃鸡蛋。你以为我们出来是干吗的呀?我们出来就是找鸡蛋的。"

姑娘们都被这个奇怪的笑话逗乐了。

"你们是来组织游击队队员的吗?"拉拉问。

"可不能在这儿讨论我们的任务,"科利亚说,"姑且让我这样说吧,对德国人而言,这将是一个漫长的冬天。"

姑娘们相互对视几眼,对科利亚虚张声势的说法不以为然。她们比我们更近距离地接触过国防军,对哪方会赢得这场战争有着自己独到的见解。

"新科什基诺离这儿有多远?"科利亚问。

拉拉耸耸肩膀:"不远,大约六七公里吧。"

"也许这是一个好目标。"科利亚嚼着一片黑面包,刻意装成对此漠不关心的样子说,"我们抓几个国防军的军官,让他们的团没有头儿。"

"他们不是国防军……"尼娜开口了——她的语气中流露出的某种东西让我禁不住抬头看她——她不是一个胆小怕事的女孩,但所说的话让我着实吓了一跳。她的妹妹,加琳娜,盯着壁炉,咬着下嘴唇也搭了腔:"他们是特别行动队①。"

从六月份开始,苏联人都上过那样的一堂速成课,一夜之间,十几个词语进入了我们的日常生活:装甲和容克,德国国防军和空军,闪电战和盖世太保②,还有所有其他的、需要大写字母的名词。当我第一次听到"特别行动队"这个词时并没有感觉到特别不祥的气息,它听起来就像是一出难看的十六世纪舞台喜剧里苛刻的会计师的名字。但在我读过文章、听过电台、偷听到别人的谈话之后,这个词就再也没让我觉得可笑了。"特别行动队"是纳粹的敢死队,是从常规军、武装党卫军和盖世太保中层层挑选出来的,挑选的标准就是残忍的个性、效率和纯种的雅利安人血统。德国侵略一个国家时,特别行动队会尾随在战斗部队之后,等占领区稳定下来,他们就会猎捕那些已经选择好的目标:共产党人、吉卜赛人、知识分子……当然还有犹太人。每周的《真理报》和《红星报》都会刊载大量被杀害的苏联人填满壕沟的图片,那些人挖掘完他们自己公社的坟墓之后,被德国人一枪打在脑后,登时毙命。

报社编辑室内关于是否要刊登这些可能挫败士气的照片想必发生过激烈的辩论,虽然这些图片看起来那么病态,却可以使事情变

---

① 特别行动队又名突击队、行刑队。
② 盖世太保,纳粹秘密警察。

得明朗直观：如果我们输掉这场战争，那么眼前的这些就是我们的命运。这就是其中的利害关系。

"你是说每晚来这里的都是特别行动队的军官？"我问。

"是的。"尼娜说。

"他们居然还需要做投炮弹这种事。"我说。

"通常是不用他们做的，这只是他们玩的一种游戏。他们打赌，在城市中预先设置不同的目标，然后让轰炸机飞行员告诉他们到底击中了什么目标。这也是为什么我们要打听冬宫的消息——那是他们每个人都想击中的目标。"

我想到了被炸塌的基洛夫，想到了维拉·奥西波夫娜，还有安托科利亚斯基家的双胞胎。他们到底有没有被倒塌的墙体压扁？或者没有马上毙命，而是被压在巨大的混凝土预制板下，在碎石中的烟雾和气体让他们喘不过气来时，呼喊着救命，慢慢地死去？他们的死或许就是因为森林中的某个德国人喝着传过来的小酒瓶里装着的杜松子酒，和旁边的军官开着玩笑给年轻的炮手一个错误的坐标而造成的。本来应该炸毁冬宫的炮弹却落在了我那座灰色老旧的楼房上。

"他们会来多少人？"

尼娜瞟了一眼其他女孩，没人回应她。加琳娜正抠着她脑后一块看不见的痂；一块烧红的木头从铁制柴架上滚下来，又被拉拉用拨火棍夹回去；奥列霞，就是那个扎着马尾辫、自从我们进屋就没讲过一句话的女孩，收拾好空盘子和茶杯，端出房间去了。我之后也再没机会搞清她是因为害羞还是因为生来就是哑巴，或者特别行动队从她嘴里把舌头拿掉了才让她这么一声不吭。

"每天晚上都不一定，得看具体情况，"尼娜答道。她的语气那么随意,像谈论一场扑克牌游戏似的,"有时候根本没人来,有时候来两个或者四个,有时候更多。"

"他们开车吗?"

"是,是的,当然。"

"他们过夜吗?"

"有时候,但不经常。"

"他们白天从不来?"

"一次或两次。"

"原谅我这么问啊……你们为什么不逃走呢?"

"你认为那很容易做到吗?"尼娜被这个问题及其蕴含的意思惹恼了。

"不容易。"科利亚说,"但列夫和我,我们黎明出发,现在已经来到这里了。"

"跟你们打仗的那些德国人,已经占领了我们半个国家的那些德国人,你认为他们很蠢吗?如果我们能够打开门大大方方地走到彼得城,你认为他们放心会把我们这么随随便便地扔在这里?"

"但为什么不可以呢?为什么不能呢?"

我看到科利亚的问题在姑娘们身上起到的效果:尼娜眼中的愤怒、加琳娜盯着她的白皙手臂时的耻辱感。以我这几天对科利亚的了解来说,我知道他问这些真的是纯属好奇而不是故意要对姑娘们狂轰滥炸般的进行审判——可惜,尽管如此,我还是希望他能尽快闭上臭嘴。

"告诉他们卓娅的事儿。"拉拉说。

尼娜好像被这个提议激怒了,耸耸肩,什么都没说。

"他们认为我们是胆小鬼。"拉拉继续说。

"我可不在乎他们怎么想。"尼娜说。

"好吧,我来告诉他们吧……这儿曾经有个姑娘——卓娅。"

加琳娜站起身拂了拂睡衣,走出了大厅。拉拉没注意她。

"德国人很爱她。如果说他们中有一个人到这里来是来找我,那就有六个是找来她的。"

拉拉毫不含糊的解释让我们每个人都不舒服起来。尼娜本来也想像加琳娜那样离开大厅,但她最终没有动,而是眼睛来回巡视着房间里除了科利亚和我以外的每件东西。

"她十四岁。她的父母都是党员——我不知道他们做了什么,但我猜一定是什么重要的事——特别行动队找到她的父母并在大街上开枪打死了他们,还把尸体挂在电线杆子上杀一儆百,这样一来,镇上的每个人就都知道当共产党是什么下场了。他们把卓娅带到这里,与我们来的时间刚好一致,都在十一月底。在这之前还有其他女孩。你看着吧,过几个月,他们就会玩腻了我们。但是,卓娅一直是他们的最爱,她那么小,又那么害怕他们——我想他们正是喜欢她这一点。他们会对她说'别担心,我不会弄伤你,也不会让别人弄伤你'之类的话吧。但她总是能看见她父母在路灯柱子上吊着的样子。任何一个碰她的家伙可能就是枪杀她母亲和父亲的那个人,要不就是下令开枪的那个人。"

"我们都有故事,"尼娜说,"但她是真被吓坏了,惊惶失措。"

"是的,她吓坏了。她只有十四岁,她慌了。这对你来说可不一样,你还有你妹妹,你不是一个人。"

"她有我们大家啊。"

"不是的,"拉拉说,"这可不一样。每天晚上,他们离开后,她总是哭,几小时几小时地哭。我的意思是,她会一直哭到睡着,或者她根本就睡不着。才来的头一周，我们还试着帮助她，会握着她的手，和她坐在一起，给她讲故事，做任何可以让她停止哭泣的事。可是，没有办法。你曾经试过哄一个又发烧又哭泣的婴儿吗？你试遍了每一样努力：把她抱在怀里，轻轻摇撼，唱歌给她听，让她喝些凉点儿的东西……不管用，没有一样管用的。卓娅从没有停止过哭泣。这样过了一星期，我们都不再为她感到难过了，而是觉得生气。尼娜说得没错，我们都有故事。我们都失去了家庭。卓娅老这么哭，没人能睡着。第二个星期，我们就装作看不见她了，如果她在这个房间，我们就去另外一间。她知道我们生气了——她什么都没说，但她心里知道。从那以后，哭泣就止住了，突然一下子就止住了，好像她决定了这一切到此为止就够了，全够了。有那么三天，她很安静，没有哭泣，把所有事情都藏在自己心里。到了第四天早晨，她跑了。我们是在那些军官又来找乐子的时候才知道这件事的。他们跳着华尔兹，醉醺醺的，唱着她的名字。我想他们之前都是下赌注的，谁赢了，谁就可以首先要卓娅。他们会把其他部队的人带来看她，为她拍照。可她跑了……当然那些军官不会相信我们的话，我们告诉他们，我们什么都不知道，其实就算退一万步来讲，我也会称自己为撒谎的人。我倒希望我们撒谎了，如果我们事先就知道的话。我希望我们曾经为她那样做……我不知道会不会那么做。"

"我们当然会。"尼娜说。

"我不知道，不过没关系了。他们出去找她，阿本德罗司还有别人，都去找。他是他们的……嗯，我不知道他的军衔……少校？"她看了一眼尼娜，尼娜只是耸了耸肩，"我认为是少校。他不是最年长的，但他是发号施令的那一个。他一定在他所在的领域里很强。他总是第一个要她，每一次他来，哪怕从其他地方带个上校来，他还是会把她抢先占为己有。每次完事后，他都会坐在壁炉边，喝着李子味的杜松子酒……他总是喝李子味的杜松子酒。他的俄语说得非常完美，还有法语——他在巴黎待过两年。"

"抓捕抵抗势力的头头，"尼娜接口说，"他们中的一个人是这样告诉我的。他在这方面很强，所以被提拔成了特别行动队中最年轻的少校。"

"他喜欢和我下象棋，"拉拉说，"我下得不错。阿本德罗司有时候会盯上我的后和卒，但我从未输掉过二十步，就算是在他喝醉了的时候。他通常都是醉的。如果我——如果我在'忙'，他就会自己把棋摆好，然后一个人下两边。"

"他是他们中最坏的。"尼娜说。

"是的。一开始我还不知道，但在卓娅之后，是的，他是他们中最毒辣的一个。那天他们带上狗，顺着她的足迹到林子里去找她，只用了几个小时就找到了。她没走出多远，她太虚弱了……她本来就瘦小，而且自打来到这里之后就没怎么吃过东西。他们把她全身的衣服都扒光了。她看起来就像一个野生动物，肮脏，头发里全是枯萎的树叶，全身上下被打得净是瘀伤。他们把她的手腕、脚腕都捆起来。阿本德罗司命令我从外面的柴堆那儿找来一把锯子。卓娅逃跑前拿走了我的外套和靴子，所以他们认为我是帮凶。他叫我去拿锯子。我不知道我当时在想什么，但我没想到……或许我认为是用它锯绳子吧，他们不会伤害她，因为他们都那么喜欢她。"

这时我听见一声压抑的哭声，转头看见尼娜用手抓着前额，手掌捂住眼睛，双唇闭紧，强迫自己不哭出声来。

"四个人分别按着她的手和脚——在那一刻她完全没有抵抗，她怎么反抗？体重才四十公斤的她——她认为他们会杀了她，而她一点也不在乎这个，她期待这个，这是她一直等待的。但是他们没有杀她。阿本德罗司命令我递给他那把锯子。他没有从我手里拿走它，而是让我放在他的手上，他想让我知道——是我主动递给他的。我们都在这个房间里，尼娜、加琳娜、奥列霞和我。他们让我们在屋里待着，让我们眼睁睁看着，以此作为对我们的惩罚。我们帮助这个女孩子逃跑，现在我们就必须看着。所有的德国人都在抽烟——他们刚才出去找她，现在全都在这儿抽烟——整个房间里全是烟。卓娅看起来很平静，好像在微笑。她完全超越了他们，他们不能拿她怎么样。但她错了。阿本德罗司凑近她，在她耳朵边说了些什么。我不知道他说了什么。他拿起锯子，把锯齿贴在她的脚踝，开始锯……卓娅……也许我会活很久吧，尽管我怀疑这一点，但也许确实会活很久，但我永远不能把那个叫声从我的脑海里清除。四个强壮的大男人按着她，她除了骨头以外什么都没有了，但她开始反抗。在她开始反抗时，看得出来他们都得使劲才能按住她。他锯掉了她的一只脚，又挪到另一只上面。其中有个德国人从房间里跑掉了……你还记得吗，尼娜？我忘了他叫什么名字了，他再也没来过。阿本德罗司锯掉了另一只脚，卓娅一直不停地惨叫……我当时想这该够了吧，看见这么一幕之后不疯了才怪，简直让人无法承受，太惨了。他站起身来，制服上全是她的血——她的血沾满他的双手和脸——他对我们微微鞠了一躬。他说'逃跑的小姑娘就是这个下场'，然后他们全都走掉了。一切都结束了。留给我们的是满屋子的烟和地板上不断呻吟的卓娅。我们试图包扎她的双腿，试着止血，但是，血太多了。"

拉拉中止了讲述，屋子里一片安静。尼娜慢慢淌着泪，用手背擦拭着。壁炉里的一个树瘤爆开，一串火星迸进烟囱里。落叶松的树枝刮着木瓦屋顶。西方遥远的地方传来爆炸声，声响并没有多大，更多的是震动，窗户在抖，水杯在抖。

"他们都是半夜才来吗？"科利亚问到。

"多数时候在晚上。"

照壁炉台上的瓷器钟来看，我们还有六个小时。我的身体在白天的行进中已经完全散了架，但我知道我不可能睡得着觉。听完卓娅的故事，知道特别行动队很快就要来了之后，我一定睡不着觉。

"明天一早，"科利亚告诉拉拉和尼娜，"我希望你们往城市方向跑，我会给你们一个地址，你们可以在那里栖身。"

"我们在这儿比在城里更安全。"尼娜说。

"过了今晚，这儿就不再安全了。"

15

拉拉把我们带到屋后的一间小卧室,我完全可以想象得出这在帝国时代是给仆从们睡觉的地方,她擎着一支铜铸的枝形烛台,上面点着两支蜡烛,放在一个小小的写字台上。松木板墙未经装饰,上下铺也没有床单等卧具,我还险些被一块翘起的地板绊一跟头,即使这样,这个小房间还是相当暖和的。透过房间内的狭小窗户望出去,可以看到雪地上月光掩映下的工具房和小推车。

我坐在下铺的床垫上,手指抚过刻在墙上的一个名字:阿尔卡季。我寻思着这个阿尔卡季多久前住过这个房子,现在又在哪里,会不会是个老头儿,这会儿正在什么地方瑟瑟发着抖,又或者……已经成了某个教堂院子里的一把骨头。他一定很会使刀子,因为"阿尔卡季"

这几个字母在黑木上被刻成很精美的细笔画，还是花体字，并且在字母底下用力加上了一道蜷曲的斜杠。

关于后半夜来的德国鬼子总共会有多少人，拉拉和科利亚想出了这么一个传递信号的方式：用给大家分菜的勺儿敲打盆子，敲几下就说明有几个人。她离开后，科利亚掏出手枪，小心地把一个个部件拆卸开来，整齐地排放在写字台上。他仔细检查了这把枪有没有什么损坏和不中用的地方，然后拿自己的衬衫袖口挨着擦了一遍，鼓捣完毕又重新装配好。

"你曾经开枪打死过人吗？"

"据我所知……还没有。"

"这是什么意思？"

"这意思就是说，我开过上百次枪，说不定哪颗子弹就打着谁了，但我不知道。"他说话间喀啦一下把弹夹推进枪膛，"当我枪击阿本德罗司的时候，我就知道了。"

"也许……我们应该上路了吧？"

"是你说要进来的。"

"是你说要休息要食物的……我现在感觉好多了。"

他转过头看着我，而我坐在床上，手压在腿下，外套摊在身后。

"他们万一会有八个人呢？"我说，"我们只有一把枪。"

"和一把刀。"

"我没办法不去想卓娅。"

"好，你继续想她，把刀插进阿本德罗司的心脏吧。"

科利亚先把外套扔到上铺，然后麻利地爬上去，盘腿坐在那里。他又摸出他的小本子和已经缩成指甲盖大小的铅笔头，像以往那样写日记了。

默不作声好久，我忍不住开口道："我可不觉得我能把刀子插进别人的身体里去。"

"那么只有让我去把他们都干掉了……多少天了？我恐怕十一天没拉屎了……你觉得多少天不拉屎能创造最高纪录？"

"会比你现在已经保持的久得多。"

"我特想知道真能拉出来的那天会是什么感觉。"

"科利亚……咱们干吗不带着姑娘们跑呢？上彼得城去，咱们一定能行的。她们这里有足够的粮食可以让我们带上……有了食物，血液就会流通起来的，再多带几条毯子——"

"听我说，我知道你害怕，害怕是对的，只有白痴才会明知道特别行动队要来还能冷静地坐在这间屋子里——但这一切都是你所等待的啊，就在今晚。他们一直想要烧光我们的城市，要饿死我们。但我们俩是这座城市里的两块砖头，再怎么着，也不可能烧死一块砖头、饿死一块砖头。"

我盯着蜡烛油流进烛台里，看着烛光的影子在天花板上跳舞。

"你从哪儿听说的这些话？"后来我问。

"哪部分？砖头吗？从我们部队的一个尉官那里。干吗这么问？你不觉得这话很鼓舞人心吗？"

"到那里为止，确实不赖。"

"我喜欢砖头的比喻。'不可能烧死一块砖头、饿死一块砖头。'这句子真棒，说着都押韵。"

"是那个踩地雷死掉的尉官说的？"

"是啊，可怜的。行了，别提砖头了。我答应你，小狮子，我们不会死在这儿。我们要去干掉几个纳粹，然后接着去找我们的鸡蛋。我身上有点儿吉卜赛血统，能预知未来。"

"我仍坚持认为上校会邀请我们去参加他女儿的婚礼。"

"哈哈,你爱她。"

"没错。我确信我是爱上那个女孩了,尽管她是那么一个结结实实的傻蛋婊子,可我还是爱她。我想娶她,她什么都不用做,她不用给我煮饭做菜,也不用替我生孩子。她只管光着身子在涅瓦河上打几个转儿,让我流着哈喇子看就行了——这就是我想要的一切。"

有那么一小会儿,科利亚让我忘记了恐惧,可是没多久,恐惧就又回来了。我记不得最后一次不害怕是在什么时候了,我只知道在那个夜里,恐惧感比以往任何时候都来得更强烈。有那么多可能性叫我害怕——可能会羞耻;可能科利亚跟德国人拼命时我又一次临战畏缩——跟以前的唯一不同是,这一次我知道他必死无疑;可能会疼痛;可能得经受卓娅经受过的那种折磨——眼看着锯齿锯穿我的皮肤、肌肉、骨头……还有极大可能会死。我永远都不懂那些说自己最大的恐惧是当众发言、瞅见蜘蛛爬或者其他小破事儿的人。你怎么可能会怕其他东西比怕死更厉害?其他任何东西都会给人一线生机:瘫痪在床的人能读狄更斯,痴呆的人也会闪现出最荒诞、最美丽的一瞬间。

我听到弹簧的吱吱嘎嘎声,往上一看,只见科利亚俯趴在床垫上,大头朝下正盯着我,垂下来的金发已经脏得打结了。他看起来很担心我,在那一瞬间,我特别想哭。他是唯一活着的、知道我有多害怕的人,是唯一知道我现在还活着但没准儿晚上就会死的那个人,他是我才认识三天的、热爱自吹自擂的人,是一个陌生人,是哥萨克人的儿子,是我最后的朋友。

"这个东西可能会让你高兴起来。"他说,扔了叠卡片到我的膝上。

它们看上去就是通常玩的那种纸牌，直到我把它们翻过来才知道不是。每一张都是不同女人的照片，有的光着身子，有的穿着吊袜带和带蕾丝的紧身胸衣，她们用握成杯形的手挤捏着沉甸甸的大胸，嘴唇冲着相机镜头挑逗般地微张着。

"我还以为得下象棋赢了你才能得到这些。"

"小心点儿小心点儿，别把角弄折了，它们都是我好不容易从马赛搞来的。"

我挨个儿看着那些裸体女人的照片，当他看到我特别留意到某些模特时，笑了。

"这儿的姑娘怎么样？嗯？四个大美人？过了今天晚上，我们就成了英雄，你也意识到这一点了，对吧？她们必定悉数跪倒在我们脚下……你想要哪个？"

"过了今天晚上，我们就死了。"

"真的真的，哥们儿，你能不能别再讲这种话了？"

"我猜我喜欢那个长着圆圆肥肥胳膊的小姑娘。"

"加琳娜？好吧，她看起来跟个小牛犊子似的。不过好吧，我明白了。"

科利亚安静了一小会儿，与此同时，我正研究着一个没穿上装的女人，她穿着马裤，举着皮鞭。

"听着，列夫，今天晚上等一切都消停了，你得答应我，你会跟你的小牛犊子讲话。别又像以前似的，害羞得就知道躲。我跟你说真的。她喜欢你，我瞧见她看你来着。"

我知道事实上加琳娜根本就没看我，她一直看向科利亚，其他姑娘也是。科利亚对此很清楚。

"精心计算的怠慢和忽略能有什么用呀？你说这是出自《庭院猎

犬》,说这是赢得女人芳心的秘诀——"

"忽略女人和诱惑女人是不同的。你得用故弄玄虚来诱惑她。她越想让你追随在她身边,你就越绕圈子不靠近她。这跟做爱是一码事儿。十分业余的愣头青们才一把猛拽下裤子,挺起家伙就上人家,好像用渔叉叉鱼似的。真正有天分的男人才知道要逗她开心,围着她打转,眼看着离得越来越近,越来越近,却又一下子闪开了。"

"这张可真不错。"我说,拿着一张照片,上面是一个女人摆出斗牛士的姿势,手拿红布,除了一顶黑色斗牛士帽子之外什么都没穿。

"那是我最爱的一张。我在你这个年纪的时候,一定会盯着她看,再打飞机打上二十双袜子。"

"《共青团真理报》上说手淫会击垮革命者的精神,粉碎革命者的意志。"

"毋庸置疑啊,这简直就和蒲鲁东①说的一样——"

这时传来了两下铜勺敲打铜盘子的声音,打断了科利亚的话头,我俩从各自的床上坐起来。我便再没机会知道那个蒲鲁东说过些什么了。

"今天他们来早了。"科利亚压低声音说。

"只来了两个。"

"来这么少的人,德国人挑错时辰了。"这些话还在空气中盘旋呢,又传来了敲盘子的声音——一次,二次,三次,四次。

"一共六个。"我悄声说道。

科利亚先把腿慢慢探到床垫边缘,再小心地把身体伏到地板上,手里握着枪。他吹熄了蜡烛,眯缝着眼看向窗外,但由于我们埋伏在

---

① 蒲鲁东(1809—1865),法国社会学家、作家。

农舍这边,什么也看不到,只听到汽车车门猛地关上。

"我们要这么干,"他对我说,声音既低沉又冷静,"我们得等着。先让他们放松放松,暖和过劲儿来,再喝上两杯。他们会脱掉衣服的,幸运的话……他们不会离枪太近,记着,他们来这儿可不为打仗。他们是来找乐子、享受这些姑娘们的。听见没有?我们在这里占着优势呢。"

我点点头。不管他怎么说,单从敌我双方的人数上看,对我们就不利——德国人VS科利亚和我。那些姑娘会帮我们吗?她们都没有帮助卓娅……她们又能帮到卓娅什么呢?有六个德国人,我们只有八颗托卡列夫手枪的子弹。我真希望科利亚是个百发百中的神枪手。恐惧感再一次慢慢侵袭了我,电击一般让我肌肉紧张,嘴唇发干。我一下子清醒过来,比之前还清醒,就好像我的整个一生在这些事情降临之前都在断断续续地睡大觉,只有在别列佐夫卡农舍外的这一刻才是真正的清醒一刻。我的所有感官机能全部放大,灵动异常地找寻着危险来临时我所需要的全部信息。我能听见长筒军靴踩踏雪地的嘎吱嘎吱的声音,我能闻见壁炉里松针燃烧的味道——是那种让整个屋子都弥漫着松木香的老法子。

一声来复枪响把我们都惊着了。我们静静地在黑暗中站起身,想试着了解到底发生了什么事。过了几秒钟,又有更多的枪声响起。我们听见德国人对彼此叫嚷,慌慌张张地,四下里重重叠叠的全是他们的声音。

科利亚向门边窜过去。我很想跟他说"等一下等一下",因为我们在这之前有一个静观其变的等待计划,但是我又很不想一个人待在这里,尤其是在外头枪声四起、德国人又大骂着脏话的时候。

我们跑到客厅去,一颗子弹呼啸着穿透窗户,吓得我们赶紧伏在地板上。那四个女孩子已经肚皮紧紧贴着地板趴下了,她们抬起手护住面颊,以防四处乱飞的碎玻璃把自己划伤。

我已经身处战争之中差不多半年了,可从来也没距离枪战现场如此之近,也不知道到底是谁跟谁在打。我听见屋子外头的机关枪咔咔咔开着火,而来复枪枪声听起来稍远一些,可能是在树林边上吧。子弹飞过来,"当当当"地砸在农舍的石头墙上。

科利亚爬到拉拉那里推推她。

"他们在打谁?"

"我也不知道。"

我们听见外头汽车引擎发动起来的声音,车门被猛地甩上,汽车开始加速,能听见车胎在雪地上碾轧旋转的声响。来复枪的火力更猛了,一下紧挨一下,子弹穿透铁皮的声音——听起来与射在石墙上很不一样。

科利亚微微欠起身,缓慢地爬向前门,一路小心地让自己的头保持在窗线以下。我也跟上了。我们跪着用后背抵着门,科利亚最后一次检查了手枪。我也把德国刀从脚踝上的刀鞘中拔了出来,握在手里。我知道自己当时拿着它的样子看起来很蠢,就像哪个毛头小子拿着他老爸的刮胡子刀似的。科利亚笑望着我,好像马上就要笑出声来了。我想,这一切可太他妈奇怪了——我身陷激战中,居然还有闲工夫去意识到自己的想法,在别人正跟机关枪、来复枪拼命的时候,我还在担心自己捏着这么把破刀看起来会不会很傻。我意识到自己还有意识。即使是现在,就算子弹像大黄蜂发火一般在空中嗡嗡作响,我还是走着神儿,跟自己的大脑喋喋不休地聊着闲话。

科利亚把手搭在门把手上，慢慢转动它。

"等一下，"我说，又一动不动地呆了几秒，"现在安静了。"

枪声戛然而止。汽车没熄火，但听不到车轮转动的声音了。德国人的叫嚷声也跟枪声一样说停就停了。科利亚扫了我一眼，慢慢把门拉开一道仅够观察的窄缝儿。月亮高高地挂着，照亮了一幅残忍的画面：特别行动队队员穿着白色伪装服，四肢岔开、脸朝下趴在雪地里，而德国人的一辆桶车①正慢慢朝没有铲过雪的行车道滑下去，车窗玻璃被打飞了，引擎盖子冒着烟。副驾驶座上的死人有半个身子垂挂在车门侧窗外，他的手指仍紧紧抓着手提机关枪。另一辆歪斜着停在农舍旁边的桶车压根儿就没挪过窝。两个德国兵倒在车和农舍之间的路上，脑浆迸流，黑乎乎地洒在雪地上。我刚有一丁点儿工夫去记录下这精准的射击和狙击手的绝活，就有一颗子弹嗖的一下从我和科利亚的脑袋之间飞过去，"砰"的一声如同拨弦的响声。

我们俩连滚带爬往回撤，科利亚顺道一脚把门给踹上。他把手拢在嘴前作成喇叭状，对着前门震碎的玻璃窗向外边大喊：

"我们是苏联人！嘿！嘿！我们是苏联人！！！"

过了一小会儿，有个声音从远处回应他："你他妈看着就像个德国佬。"

科利亚闻声笑了，开心地冲着我的肩膀捶了一拳。

"我叫尼古拉·亚历山大罗维奇·符拉索夫！"他又朝窗外喊了，"从恩格斯大街来！"

---

① 桶车，"二战"中德军装备的一种著名车型。

"听着是个标准的地名,任何一个在苏联混过几年的纳粹都能编出这个口音来!"

"恩格斯大街!"另一个声音也大喊着,"这个国家随便哪个镇子都他妈叫恩格斯大街!"

科利亚还在笑,他用力揪着我的外套摇晃我,这一举动除了因为血液中的肾上腺素分泌过多之外再不会是因为别的。他活着,他高兴,他就是需要找个东西乱摇一通。科利亚匍匐着爬向破窗户,绕开地板上那些碎玻璃碴子。

"你妈生得奇形怪状。"他喊,"还是我一通狂舔,满足她里面的需要啊。"

这话说过以后,便是好一阵静寂,但是科利亚好像并不担心这静寂,他觉得自己的笑话很好笑,咯咯地笑出声来,还像个土耳其战争中在浴室里跟兄弟们互相挖苦的老兵油子一样冲我挤眼睛。

"这番话怎么样?"他放声大喊,"你现在觉得哪个学了几年俄语的德国佬会讲那些词儿?"

"我们中的哪个人的妈像你刚才说的那样啊?"现在这个声音听起来更近了。

"反正不是打枪打得特别好的那个。你们中有个人是使来复枪的天才啊。"

"你手里有枪?"外面的声音问道。

"一把托卡列夫手枪。"

"你的小朋友呢?"

"他有一把刀。"

"你们俩都站到外边来,高高举起双手,否则我的朋友会把你们的蛋打飞。"

拉拉和尼娜在我们对话间也已爬到过道上来了,她们的睡衣上挂着些炸烂的亮晶晶的细碎玻璃。

"他们把德国人都打死了?"尼娜小声问。

"六个,一个不剩。"我告诉她。我以为姑娘们听到这个消息会很高兴,没承想她们却相互交换了一个分外担心的眼神。姑娘们过去几个月的生活到此结束,现在她们将不得不在三餐不继且不知道睡在哪儿的情况下逃亡了——当然,成百上万的苏联人都会这样说,但是对这几个姑娘而言,情形却要糟糕得多:如果德国人再一次把她们逮住,她们将会遭受到比卓娅更严酷的惩罚。

科利亚快要摸到门把手了,拉拉伸手按在他的腿上,示意他再等等。

"先别开门,"她说,"他们不会相信你。"

"他们为什么不相信我?我是一名苏联红军战士啊。"

"你是红军战士,可他们不信。方圆三十公里之内没有一支红军队伍,他们会认为你是个逃兵……"

科利亚笑着把手搭在拉拉手上。

"我在你的眼里像个逃兵吗?别担心了,我这里有证明信。"

可是证明信根本打动不了拉拉,所以当科利亚再次把手伸向门把手时,她朝着破窗户爬近了些。

"谢谢你救了我们,同志!"她靠近破窗子朝外喊,"这里的两个人是我们的朋友,请别开枪!"

"你以为我如果真开枪的话会打不中那个金发肥脑袋吗?让那个讲笑话的赶紧出来。"

于是科利亚打开门,走出去了,双手高举在半空中。他又眯缝着眼看向雪地那边,可还是看不见那些隐匿的枪手。

"让那个小家伙也站出来。"

拉拉、尼娜她们看起来很是替我捏着把汗,但拉拉还是冲我点了点头,她这个点头,像是给我的鼓励和勇气,像是在说没事没事。我明显地感觉出胸中有一股对她们的怒气在升腾:为什么不是她站出去?为什么她们能在这里待着?如果这农舍本来就空无一人,我跟科利亚大可以在这里晚上睡一觉,天亮了离开,休息得好,人也干干爽爽的。可这念头只在我的脑袋里转了一下子,立刻就被"竟然会有这么荒谬的想法"的罪恶感打消了。

尼娜挤捏着我的手对我笑,她绝对是冲我笑过的女孩子里长得最好看的一位。我在想象中对奥列格·安托科利亚斯基如此描绘着这番情景:尼娜用她的小白手紧紧握着我的,她看着我时,淡淡的眼睫毛扑闪扑闪的,认真地担心着我的安全——直到那幅场景结束了,我仍在起劲地跟我的朋友叙述着那幅画面,有那么一刻,我竟然忘记了奥列格可能永远都听不到这故事,他极有可能已经被掩埋在沃伊诺夫大街的那些粗砖瓦砾底下了。

我尝试着也冲尼娜笑一笑,可是失败了,只得高举双手走到屋外。自打开战以后,我读过数以百计的英雄事迹,发现几乎所有的英雄在当时都不知道自己是英雄。他们都是诚实的市民,只是在保卫祖国不被法西斯侵略者蹂躏。当他们在访谈中被问及为什么会冲向弹药箱或爬上敌人的坦克揭开坦克盖子往里扔下颗手榴弹时,所有的回答都是他们根本就没想到为什么,他们只是做了其他好公民都会做的事情罢了。

英雄们和快速入睡者,好吧,他们都能在必要的时候把思想打开或关上;像我这号的胆小鬼和失眠者,却总是会被脑袋瓜子里的嘈杂声困扰、折磨。站到门外时我仍想着这些,我就站在别列佐夫卡农舍前院外，游击队正用来复枪瞄着我的头。

从科利亚脸上露出的一个大大的微笑来看，他的脑子里其实什么都没想。我们肩并肩站着，让看不见的审讯者打量个够。我们把大衣都落在农舍里了，所以在入夜的寒风中不断打着哆嗦，那份寒冷已经深深渗进我们的骨头里去了。

"来证明给我们看，你们跟我们是一伙的。"声音好像来自旁边一个被大雪覆盖的干草垛里，一旦双眼慢慢适应了夜晚的光亮，我就看见有个人跪在阴影里，一把来复枪架在他的肩上。"你们在每个德国人的头上都补上一枪。"

"这算哪门子考验呀？"科利亚说，"德国鬼子都已经死了。"

这个小兔崽子确实有"把本来就很糟的事情搞得更糟"的本事——他这么做已经不再让我吃惊了，或许英雄就是不把自己的脆弱真的当回事儿的人，可这能算得上是勇气吗？如果能算的话，那也太缺心眼了吧，居然认为自己能不死？

"我们之所以还活着，"黑影里的游击队员说，"就是因为尽管我们认为他们已经死了，可还是要再补枪。"

科利亚点头，越过那辆总算停下来、抛了锚的桶车，它的车轮子已经陷在一米深的积雪里。

"我们都看着你呢，"游击队员在给他忠告，"一人头上来一枪。"

科利亚朝已经死得不能再死的司机和副驾驶座上的人开了两枪，枪口发出的火光像暗夜里摄影师的照相机。他转身穿过雪地，停下步子，又对着雪地上摆出古怪姿势的死德国兵开了一枪。

到第六个人那儿，科利亚正准备向行动队员的头盖骨扣动扳机时，他好像听见了什么，蹲下去凝神倾听半刻，然后站起身大喊道：

"这个还活着。"

"所以让你再打一枪。"

"也许他知道一些对咱们有用的东西。"

"他看起来像是能说话吗？"

科利亚把那个德国人翻个身，这个人轻轻地呻吟着，粉红色的血沫从他嘴里溢出来。

"说不了。"科利亚说。

"那是因为我们把他的肺打穿了。现在帮他一个忙，解决了他吧。"

科利亚站着，瞄准，一枪打在这个还没死透的德国人的前额上。

"把你的枪入套。"

科利亚依言照办。游击队员们从干草垛后头走出来，终于现身了，他们攀过用来分隔农田的矮石墙，再艰难地跋涉过树林边缘的雪地。那是十二个身着长大衣的男人，个个手握来复枪，他们离农舍越来越近了，近到可以看见从他们嘴里呵出的热气。

他们中的绝大多数看起来都像农民，镶着毛边的帽子压低到眉毛那儿，个个都长着一张不友善的大饼脸。他们并没有穿着统一的制服：一些人穿着红军的皮靴，另一些人穿灰靴子；一些人穿着棕褐色的大衣，另一些人则穿灰的；还有一位裹得像是芬兰滑雪队的那种冬季白色队服。我认为走在最前方的是他们的头儿，铁青的下巴至少一个星期没刮过胡子了，肩上背着一把老旧猎枪。在那一夜的晚些时候，我们知道他的名字叫科尔萨科夫，也许他有个什么姓或者父称，但没人提过。科尔萨科夫也许并不是他的真名，不管了——反正游击队员在对待自己身份的问题上向来都是很恐慌的，此事远近皆知，当然他们的恐慌也不是毫无来由的——特别行动队对付当地抵抗组织的办法是公开处决他们所知晓的抵抗人员的所有家属。

科尔萨科夫和他们的两个同志走近我们，其他游击队员则去检查那几个死了的德国人，缴了他们的机关枪和弹药、信件、小酒瓶子和腕表。穿着白色滑雪服的那个男人蹲在一具尸体旁边，正试着往下撸死人手指上的金戒指，没撸下来，他就把那根手指放进自己嘴里含着。他发现我盯着他看，便冲我眨眨眼，接着从嘴里吐出那根湿漉漉的手指头，金戒指便很容易退下来了。

"别管他们，"科尔萨科夫注意到我在看，便说，"管管你们，你们俩怎么会在这里？"

"他们来这儿是为了组织游击队，"尼娜突然开口说，她跟拉拉早已光着脚站到农舍外头来了，用双臂环抱住自己，寒风吹起她们的秀发。

"是这样吗？我看不像有组织的？"

"他们是朋友。如果你们不出现，他们打算杀掉那些德国人。"

"就凭他们？真不错呀。"说完他背过身去，对正在检查车内的德国人的游击队员喊了一嗓子，"找着什么了？"

"都是小鱼，"一名留着胡须的队员大叫着回应，手里拿着他从德国军官领口上扯下来的徽章，"少尉和中尉。"

科尔萨科夫闻言耸耸肩，又转回头看着尼娜，研究她苍白的小腿肚子和睡衣下屁股的轮廓。

"快进屋里去，"他对尼娜说，"穿上点儿衣服。德国人死了，你再也不用做鸡了。"

"你怎么这样叫我？"

"我想怎么叫你就怎么叫。进屋去。"

拉拉拉着尼娜的手，拖着她回农舍去了。科利亚看着她们进去之后，才转头对着那个头儿说：

"你这么说话可不好啊，同志。"

"我不是你的同志。再说了，要不是我，她们刚才正被德国人干到半道呢。"

"都一样——"

"闭上你的嘴。你穿着军人制服，但你没跟队伍在一起。这么说你是逃兵？"

"我们奉命前来这里。我的大衣兜里有一封证明信，在屋子里。"

"我见过的任何一个通敌者都有一封证明信。"

"我有一封NKVD的格列奇科上校给的信，是他命令我们到这里来的。"

科尔萨科夫闻言，笑着转向他的队员们。

"格列奇科上校，他在这儿以外的地方发号施令？我真爱城里的那些警察先生，大老远地给我们下命令呢。"

那些队员中一个两只眼离得特别近的家伙紧挨着他站着，听科尔萨科夫这么说，便大笑起来，对我们露出一口烂牙。另一位倒是没笑，他穿着一件套的冬季伪装防护服，上面布满用错视画法画就的棕色和白色的枯叶涡纹，他的眼睛藏在兔毛帽的帽檐底下，小心地看过来。他挺矮，比我更矮、更年轻，粉嫩粉嫩的面颊上还根本没有长胡子的迹象。他的特征非常明显，脸部轮廓清晰，回望我的时候，饱满的双唇挤出一个几近傻傻的微笑。

"你瞧见奇怪的事了？"他问，与此同时，我注意到这可不是男人的声音。

"你是女人！"科利亚冲口而出，盯着她看。这回我觉得我们俩都挺蠢的。

"别这么震惊好不好?"科尔萨科夫说,"她可是我们最棒的射手,那些只剩下半个头的德国人都是被她打死的。"

科利亚吹了声口哨,眼睛绕着她和农场树丛边死掉的德国人扫视了一圈。

"从那么远的地方?那什么,有四百米?能瞄准移动目标?"

女孩耸耸肩:"他们在雪地里跑的时候,我不需要费劲预先留好那么多射程。"

"维卡还没打破柳德米拉·帕夫里琴科①的记录,"一个牙齿地包天的男人说,"她想做第一女狙击手。"

"米拉到现在为止击毙多少个了?"科利亚问。

"《红星报》上说两百,"维卡转转眼珠回应道,"每次她一擤鼻子,军队就确认她又撂倒一位。"

"那是德式来复枪,是不是?"

"K98,"她说,掌心把枪筒拍得啪啪响,"世界上最好的来复枪。"

科利亚眉毛一挑,向我示意,又压低嗓音悄声说:"我都有点儿硬了。"

"你说什么?"科尔萨科夫问。

"我是说,如果我们这么站在外头再久一点儿,我的鸟儿就要冻掉了——请原谅我的用词。"他先对着维卡很老派地鞠躬致歉,又走向科尔萨科夫说,"你想看我的信,那就进屋看信去吧;你要是想在雪地里打死你的同胞,那好吧,请便,打死我们得了。无论怎样,我都不在这大冷天里站着了。我站够了。"

---

① 柳德米拉·帕夫里琴科(1916—1974),苏联女狙击手,在"二战"中击毙三百零九个希特勒匪徒。

游击队头头显然更愿意把科利亚打死而不是看他的破证明信，但是打死一个军人可不是件小事情，特别是还有这么多目击者在场看着。当然，他也不打算太快屈服，在手下面前跌面子。于是，那两位又面面相觑了十几二十秒，在这会儿工夫里，我拼命咬紧下嘴唇，克制着不让上下牙齿磕磕碰碰地老撞到一块儿去。

还是维卡打破了僵局。"这二位坠入爱河了，"她说，"看看他们！他们无法决定是互相厮打还是光着身子在雪地上滚。"

其他游击队员都笑起来了。维卡朝农舍走去，毫不理会科尔萨科夫的怒视。

"我饿了，"维卡说，"这里的姑娘们看起来就像是一整个冬天都在吃猪肉。"

男人们跟着她，扛着他们的战利品，渴望赶紧走出寒冷，进入暖和的屋子里。我见维卡在门前重重跺了跺她的靴子，清除掉靴底的积雪，想知道在层层伪装防护服之下她的身体是什么样的，在毛衣底下，在手指触摸之下。

等维卡进入农舍之后，科利亚问科尔萨科夫："她是你的人？"

"你开什么玩笑呢？那位可是个假小子。"

"那就好，"科利亚捶了一下我的胳膊，"因为我觉得我的朋友现在有点儿小状况了。"

科尔萨科夫看着我笑开了花。我一直痛恨人们跟我开玩笑，但这回倒是很享受。我知道他不打算杀我们了。

"小子，祝你好运。但是记着，她能在五百米开外把你的眼珠子打爆了。"

16

科尔萨科夫给游击队员们一个钟头时间暖暖身子,喂饱肚子。现在他们四脚摊开,懒洋洋地躺在大屋里了,袜子挂在壁炉架上,大衣和外套随便往地板上一扔。维卡仰靠在野山羊头标本下的马棕沙发上,脚踝交叉,手指一下一下地玩着盖在胸前的那块兔毛小毯子。她棕红色的头发剪得像男孩子一样短,但是太脏了,还一簇一簇粘成块,乱蓬蓬的。她凝视着野山羊的玻璃眼睛,简直对这头被谋杀的动物着了迷——她一定对狩猎的过程感到好奇,我猜,她想知道猎人开枪时的情形,是一枪就解决了还是让受伤的野兽跑了几里地,不理解死亡已经侵入了它的肉与骨,带着一颗歪歪斜斜的无法逃脱的子弹。

我坐在窗台上看她,试着让自己相信她并不知道我在看她。她脱掉外套，想让它尽快干爽起来。她里头穿着件伐木工人的羊毛衬衫，这衬衫一定曾经是某个男人的，因为尺寸少说能装下两个她，还有两条肥大的衬裤。与其他所有红头发的人不同的是，维卡没有一颗雀斑。不过下边一排长歪了的小牙齿一定让她很烦心。我一直盯着她看，停不下来。她并不是男人理想中的惹火女郎——一副营养不良的样子、看起来像是此前一周一直睡在丛林里——但我就是想看她光着身子的样子。我想冲过去解开她的伐木工人衬衫的纽扣，胡乱扔到一边，然后好好舔她的肚子，再剥掉她的大长衬裤，亲她细瘦的大腿。

这场活灵活现的白日梦到底还是离我远去了。会不会是科利亚那些色情纸牌害我浮想联翩的？通常情况下，我的性幻想对象都是圣洁的，或与过去的事或人有关——比如对维拉·奥西波夫娜的想象就是我和她单独待在她的卧室里，她穿得齐齐整整的，给我拉一段大提琴。我呢？口若悬河、滔滔不绝地炫耀只有音乐家才会使用的词汇。这段幻想通常都是以我狠狠亲她作为结束：维拉叉开的大腿碰得钢琴架呼呼响，她的脸又热又红，而我这时却只抛给她神秘的一笑，剩下她自个儿站在那里，领口歪斜着，衬衫扣子有一个没扣。

我的想象一般在性事开始之前就结束了，因为我怕。我完全不知道"爱"要怎么"做"，连假装知道怎么做都不知道。我晓得一些解剖学常识，但实战中的几何学却常常叫我晕了菜。没有父兄和亲密的朋友来授业解惑，我身边连一个能问的人都没有。

但我对维卡的渴望毫无圣洁可言。我真想跳到她身上去，裤子退到脚面上。她可以告诉我哪里是哪里，一旦搞清楚了一切，她可以用她指甲缝里净是泥的手指触摸我的肩膀，把头侧过来让修长又白皙的脖子暴露在我的眼前，我能看见她下巴上脉搏的颤动，她沉重的眼皮一定大大抬起,瞳仁会瞬间收缩进她湛蓝双眸的深处,直到变成字母"i"上的那个点。

这屋子里所有的女人们——尼娜、加琳娜、拉拉和奥丽娅——第一眼看上去都比维卡悦目。她们都是长头发并且梳洗过;她们的手背上都没有干泥巴;她们甚至都还涂了点儿口红。这时候她们正忙着进进出出这间客厅,端着剥了壳的胡桃和盐渍萝卜。现在这里有了新的一拨全副武装的男人要取悦了——乡野村夫们,对,但他们仍然危险,叫人吃不准会干出些什么事儿来。此时,他们中的一位正盘腿坐在火炉前,当加琳娜俯身给他倒酒时,那男人一把抓住了她的小胖手腕。

"刚才你到外头去看了吗?地上躺的哪一个是你男朋友?"

有个男的在他身边站着发笑,在此番怂恿下,这名游击队员一把把加琳娜拽到怀里,让她坐到他的膝上。加琳娜已经习惯被粗暴对待了,她没喊也没叫,甚至连一滴伏特加也没弄洒。

"他们给了你很多好吃的吧?一定的,嗯,瞧这小脸儿嫩的。"他边说边用长满硬茧的大拇指摩挲她柔软粉嫩的面颊,"你为他们做什么?任何他们想做的事?对吗?他们唱《旗帜高扬》[①]时,你光着身子跳舞?他们喝杜松子酒时,你替人家吹箫?""放开她!"维卡说。仍还像刚才那样躺着,仍在研究那颗野山羊头,包裹在厚羊毛袜里的脚摆动着,在给一首我们听不见的歌打拍子。她的声音没有丝毫变调——假使她真的动怒了,也让人听不出来。她话音刚起时,我就暗想:怎么这话不是我先冲那帮糙老爷们说的?这多少是个勇敢的姿态啊,虽然有可能是自取毁灭,但是加琳娜对我一直很好,我应该跳起来卫护她才对——此举并非出于我的高贵本性,而是一旦这么做了,

---

① 《旗帜高扬》又称《霍斯特·威塞尔之歌》,是"二战"时德国最著名的军歌。

没准儿会让维卡对我印象深刻。可惜，该我出头说话的时候，我却石化在那里了——这是可以花上很多年去反省的另一个懦弱的表现。若是科利亚在场，他一定会毫不犹豫地挺身而出，但他不在，他正跟科尔萨科夫在后面的卧室里看上校那封通关证明信。

听到维卡那么说，攥着加琳娜手腕的游击队员有点儿犹豫。我知道他害怕了——我担惊受怕这么久了，所以一眼就能看穿别人是不是在胆怯，即使他们本人还没有意识到——我还知道他会顶两句嘴，说两句狠话，向其他同志证明他并不怕维卡，尽管谁都知道他怕。

"有什么大不了的呀？"他强词夺理，"难不成你自己想要她？"

他的强词夺理太烂了，大家没好意思笑他。维卡也觉得理他多余，连看也没朝他这边看一眼，唯一能表明她听见那男人说话的标识就是有一丝笑意慢慢在她脸上展开来，但也不能十分确定她这是在嘲弄那男的还是在对着挂在墙上的野山羊头的玻璃眼珠笑。只过了几秒钟，那男的虽然嘴里仍叨叨咕咕的，可还是松开了加琳娜，弱弱地把她推开。

"接着干吧，去侍候别人。你当奴隶这么久了，就会干这个了！"

看不出游击队员的言语污辱是否伤害了加琳娜，反正她掩藏得很好。她给这房间里的其他男人也倒满了伏特加，每个人都很有礼貌地点点头向她表示感谢。

考虑到好歹需要打破这种极为尴尬的气氛，一分钟之后，我挪到马棕沙发那儿，在离维卡的大毛袜子套着的脚比较近的那头一屁股坐下去。野山羊下巴上的胡子吊在我脑袋正上方，先抬眼看看它，然后接着看维卡，她正瞧着我，等着听我说出什么荒唐可笑的话来。

"你的父亲是猎手？"我问道。这是我在房间另一头就盘算好要问的问题,可一问出口,我就想知道我干吗非得找这么愚蠢的开场白来跟她搭讪。我读过大把关于狙击手的书,还知道西多连科小时候打松鼠的事儿①。

"什么?"

"你父亲……我原以为你可能是从他那里学来的射击本领。"

她的蓝眼睛里的神情说不清是无聊还是恶心。离她更近一点儿,借着油灯和壁炉的火光,我看见她的前额上长了一颗又小又红的青春痘。

"不,他不是猎手。"

"我猜很多狙击手都是从打猎开始的……总之我读过这方面的书。"

她不再看我,又转回头研究她的野山羊去了,看来我比那个野兽标本无趣得多。游击队员们都在看我的笑话,你戳一下我,我戳一下你,凑成一堆儿,叽叽咕咕地轻声笑着。

"这把德国枪,你是在哪儿搞到的?"我又问她,这回有点儿不知死活了——赌徒就是那种即使手会越来越臭越来越臭……也会不断下注的人。

"从一个德国人那里缴获的。"

"我有一把德国刀。"我拉起裤腿,从刀鞘里拔出刀,在手上耍了一下,好让刀刃冲着亮光闪啊闪的。这把刀果然引起了她的注意。她伸手过来,我把刀递给她,她在小手臂上试了试,看刀刃是否锋利。

"这刀锋利得都能刮胡子了。"我说,"你倒是不需要……我的意思是——"

---

① 西多连科,"二战"中苏联最成功的狙击手,使用配有狙击镜的莫辛-纳甘步枪。战后,他被确认大约杀敌五百,训练了超过二百五十名狙击手。

179.

"你在哪儿找到它的?"

"在一个德国人身上。"

她笑了。我一下子觉得特别骄傲,仿佛说了件什么超级聪明的事情一样,并以此来回应她的沉默寡言。

"那你又是在哪儿找到德国人的呢?"

"是一个死掉的伞兵,在列宁格勒。"我希望这句话足够模糊,最好能模糊到让她以为那伞兵是被我杀的。

"他们都降落到列宁格勒了? 这么说开始了?"

"只不过是一次突然袭击,我猜。只有几个伞兵落下来了,德国鬼子干这种事可不怎么行。"我觉得这些话听着挺不错,在如此轻松随意的口气中,好像我就是那个撂倒无数敌人的杀手。

"是你杀了他?"

我张大了嘴,已经百分百准备好撒谎了,但她看我的眼神、她微微噘起的嘴唇展露出的得意的笑,在把我惹恼的同时,又让我特别想去亲她。

"是严寒杀死了他,我只看见他摔下来而已。"

她点着头把刀递还给我,然后在脑后伸展着胳膊,打了一个长长的呵欠,也不知道用手挡着嘴巴。她的牙好像小孩子的牙,又小又不很齐整。她看起来心满意足,好像才吃了有九道菜的大餐,并且佐以上好红酒——尽管我只瞅见她啃了黑萝卜。

"寒冷是俄罗斯母亲最古老的武器,"我补充道,有一些话根本就是我从收音机里听来的,可话才说出口我立刻就想收回了——或许说的是事实,但这几个月来的宣传里到处充斥着这种陈词滥调,甚至连嘴上说说"俄罗斯母亲"这个词组都叫我觉得像极了一个笑得傻呵呵的青年先锋队员穿着白衬衫、打着红领带行进在公园里,如果再高声唱着《快乐的小鼓手》,那就齐全了。

"我也有一把刀。"她说,从藏在腰带的刀鞘里滑出一把白桦木柄的匕首,刀柄冲外递给我。

我把它反转过来,握住细长的刀锋,钢上雕刻着精美的水波般的纹路。

"它看来薄薄的,好像不太中用啊。"

"才不会呢,"她朝前俯过身来,食指沿着刀刃小心地滑过,"这是大马士革钢。"

她现在离我够近了,我可以研究她耳朵上蜷起的小山脊,或者当她扬眉时平滑的前额上皱起的小细纹,还有几根迷了路的松针安顿在她灌木丛般的发间。我强忍着冲动才没去伸手摘下它们。

"它被称为'扑酷'[①],"她告诉我,"所有的芬兰男孩到了一定岁数都会有这么一把刀。"

她把刀从我这儿拿过去,倾斜着端详,欣赏着火光映在金属刀锋上的一幕。

"世界上最好的狙击手是芬兰人,叫西摩·海哈,绰号'白色死亡',冬日战争中,在五百零五米远处一枪要了敌人的命。"

"这么说你是从你击中的芬兰人身上拿到的?"

"在特里约基[②]用八十卢布买的。"她把刀子收回到腰间皮套里,环视客厅,想看看还有什么更有趣的东西能引起她的注意。

"没准儿你能成为'红色死亡',"我说,极力想让我们的谈话继续,因为我知道一旦停下来,我就再也不可能有重新开始的勇气了,"那真是很棒的狙击啊,我想特别行动队还不太习惯有人居然会对他

[①] 芬兰语,指腰刀。
[②] 芬兰边境的特里约基村,1939年在冬日战争中被苏联占领。

们还以颜色。"

维卡认真地用冷冰冰的蓝眼睛看看我,她的目光里有些不属于人类的东西,像某种食肉动物,像狼。她嘟起嘴,摇摇头。

"为什么你会认为那是特别行动队呢?"

"那些姑娘说的。"

"你几岁?十五?你不是战士——"

"十七!"

"但一直跟着个已经离开部队的士兵乱跑。"

"呃,可就像他说的那样,格列奇科上校派给了我们特殊任务。"

"特殊任务是什么?组织游击队?你真觉得我有那么蠢吗?"

"不,你不蠢。"

"你是上这儿找姑娘?是吗?其中一个是你的女朋友?"

我心里有点儿古怪的得意,她居然以为这屋子里的那些可爱女孩中有我的女朋友,即使如此,我还是从"其中一个"这四个字里听出些轻慢来。她对我产生好奇是个不错的开始,不过她也有好奇的道理:为什么一个彼得城的男孩会不知死活地跑到敌人阵线后方二十公里的地方,还待在一个温暖舒适的、只为侵略者军官们准备的大房子里?

我记起科利亚告诉我关于如何故作神秘地钓女孩子的教导。

"我们有我们的任务,我确信你也有你的任务,话就说到这儿吧。"

她静静地注视了我几秒钟,很难说她这样是否算是被我迷住了。

"那些脑袋扣在雪地上的德国人?他们只是些常规军。当然,一个男人……不好意思,一个为NKVD做事的男孩是分不清楚他们的。"

"我们根本没机会检查他们的徽章和番号,因为你们拿枪远远地瞄着我们。"

"我们在找特别行动队,这次我们玩得挺大。过去六周,我们一直都在找这个'奸尸犯'阿本德罗司,我们猜他今天晚上会出现在这里。"

我以前从来没听人说过"奸尸犯"这句骂人话,这话从她嘴里说出来,显得特别粗俗而野蛮。我不怀好意地笑起来,笑得虽古怪却没有挑衅意味,她可不知道我脑子里净是她脱了裤子的画面,这些画面活灵活现的,远远比我以前常有的幻想更加让人信服,可能科利亚的那些色情照片真起作用了吧。

"阿本德罗司在新科什基诺的一栋房子里,"我告诉她,"靠湖边。"

这个消息想必比我之前说的所有话都更能诱惑她。我不合时宜的笑容,加上我对纳粹下落的了解,让我有那么一小会儿显得神秘而又有魅力。

"谁告诉你的?"

一个通晓如何把神秘越扮越深的男人会适时把话题扯开,知道如何像拳击手那样侧面进攻、迂回往复,才不会"啪"的一下子就被贴上标签盖棺定论。我知道某些她非常想了解的情况,小小地占了回上风。新科什基诺这个词给我的NKVD信用单上的额度又增添了一小笔,让我可以多少挥霍一下。

"拉拉。"我一语带过。

"谁是拉拉?"

我指着拉拉,当维卡眼睛一眨不眨地盯着拉拉时,不知怎的,我觉得自己出卖了拉拉。她一直很大方——给我们容身之处避寒,给我们热饭热菜，还勇敢地光着脚跑去外面卫护我们，以免我和科利亚被不明就里的游击队员给打死——但我这个混球还是屈服了，把她的名字提供给了一名蓝眼睛女杀手。维卡把脚从沙发上滑下来，脚指头在厚羊毛袜里碰擦我的裤腿。她站起身朝拉拉走过去，后者正蜷缩在火边，朝火堆里添着木头。维卡没穿靴子，我这才看出她其实是多么娇小，但她的走动中带着一种慵懒的高贵，就像运动员从运动场上轻轻松松地下来那样。这是一场现代战争，我想，在这场战争中，肌肉发达简直一无是处，一个苗条的女孩儿在四百米开外就能把个德国人的头打成两半。

看到蓝眼睛狙击手笑眯眯地朝自己走过来时，拉拉有点儿紧张，搓搓手上的煤灰，听维卡想说什么。我听不到她们俩的对话，只看见拉拉点着头，从她打手势的样子，我猜她是在给维卡指方向。

科利亚跟科尔萨科夫进了屋，手里都拿着杯伏特加，还说说笑笑，讲着什么笑话。他俩现在成了老相好，冰释前嫌，把刚才的敌对已经忘光了。我无话可说，佩服得五体投地——科利亚是伟大的推销员，特别是在推销他自己的时候。他缓步走到马棕沙发旁边，叹息着坐下去，拍拍我的膝，一仰脖把剩下的伏特加喝掉了。

"你吃饱了吗？"他问我，"咱们准备出发了。"

"出发？我还以为咱们今天晚上就睡在这里了。"

刚才的枪战让我的身体血液加速循环起来，紧张劲儿一过，疲累此时此刻又有如附骨之疽了，筋软骨头酥。我从索尼娅的公寓出来后就没再睡过觉，还在雪地里走了一天。

"抓紧时间，你是聪明人。你知道如果那些德国鬼子今天晚上没按时从这里返回驻地会发生什么吗？你知道他们过多长时间就会派一个排出来寻找失踪的上尉吗？"

维卡已经从拉拉那儿得到了她想知道的消息,正压低声音跟科尔萨科夫说着什么,两个人站在房间一角——宽肩膀、下巴满是胡髭的游击队长跟他的小不点儿刺客,被颤动的火光照着。

其他队员们已经开始作准备了,穿上烤干的袜子和靴子,在长途跋涉之前再吞下一杯伏特加。房间里的那些姑娘们都不见了,我猜是去后面的卧室了,她们会把能带的东西都带上,再决定下一步去哪儿。

"我们开德国人的车走,"我说,被这个念头鼓舞着,"再把姑娘们撂在彼得城……"我想到的所有主意一开始都特别激动人心,但只辉煌一刹那,等这句说完再说下句时就已经熄火了。

"开着一辆德国桶车沿着列宁格勒铁路线走,"科利亚说,"嗯,是啊,这想法真不赖。等咱们的人在大路上把咱们炸个稀巴烂,一些土包子顿河哥萨克骑兵就会拖着咱们遭了难的冒着烟的尸体有话说了:'哈!这帮德国小兔崽子长得跟咱们还挺像!'不行,小狮子,我们还不能回彼得城。我们在新科什基诺还有正经事要办呢。"

17

二十分钟后，我们又开始艰难地上路了，农舍的温暖已成记忆。按照科尔萨科夫的明确指令，在两旁高大松木的遮掩下，我们单列前行，前后留出九步。我不了解这一队列策略的重要性，但相信这些人都是伏击战高手，一定对此心知肚明。科利亚走在我前面，我垂着头垫后。唯一能感知到的只是科利亚的外套边缘和他的黑色皮帽子，行军队伍中的其他人对我而言就是一队幽灵，除了偶尔踩折一根树枝的响动和军用茶壶盖子缝里热茶发出的咝咝声之外，什么都看不见也听不见。

我从来不相信战士可以行军途中边走边睡这一"真理"，但当我们继续往东赶路时，听着靴子在雪地上踩进踩出，我居然也一会儿清醒，一会儿迷糊，就算是严寒也无法让我保持清醒了。若走大道，农舍与新科什基诺之间只有几公里，但我们为了绕开德军营地，不得不远离大路。要不是有这队人马保护着一起前行，那我和科利亚一定会误入险境。科尔萨科夫说这段路得走四个小时，可我在第一个小时结束前就感觉脑壳上开了一个洞，被灌进了枫叶浆。我做每件事都是那样缓慢。如果我想揉揉鼻子，大脑是知道指令的，手呢，也能勉强服从，从手摸到脸，再找到鼻子（通常这是个非常容易寻到的目标）真是一段漫长的旅程啊。等这个动作完成之后，手便会充满感激地缩回我父亲那件海军大衣温暖的口袋小窝里。

我越来越累，对他们这个方案也就越发产生了怀疑。这怎么可能是真的？我们就像一群被施了魔法的老鼠，在黑板一样的天空下，迎着粉笔一样的月光向前行进，而那个知道古老密语、可以把我们变回人的巫师却住在一个叫新科什基诺的地方。这一征途充满危险：巨大的黑猫在雪地上疯跑，随时准备着扑将过来，而我们这群老鼠则带着恐惧得抽搐的长尾巴匆匆找寻着可以躲避的地方。

我的靴子一下陷入松软的雪中，差点儿崴了脚。科利亚听到我跟跟跄跄的动静，便停下来回头看我。我努力站稳站直后，冲他点点头表示不用帮助，我们继续赶路。

农舍的姑娘们也是在同一时间离开的。她们没有冬天的外套和靴子，德国人在卓娅逃跑后把那些东西都拿走了。既然没有这些冬装，姑娘们便采用了层层叠加法——把每一件能找到的衬衫、毛衣和袜子都套在身上，穿在脚上，直到在重力作用下步履蹒跚，在客厅里摇摇晃晃得如同醉鬼和肥胖的村姑一般才罢休。加琳娜本来还提议把纳粹的外套带上，但很快被大家用嘘声制止了——她们活下来的机会本就渺茫，如果再被抓，死去军官的外套便会立刻要了她们的命。

　　科利亚和我跟姑娘们在门口吻脸道别。她们决定不去列宁格勒了，因为其中几个还有家人在这个地方。但她们的那些叔伯弟兄们多半都已经死了，或者往东逃难去了。更重要的一点是，列宁格勒连给当地人吃的食物都没有，更甭提这些从乡下村子里跑过去、又没有配给卡的姑娘们了。去列宁格勒这条路行不通，所以她们决定朝南边走。她们带上了游击队员剩下的所有存粮，科尔萨科夫还让她们带了两把鲁格手枪防身。姑娘们的前途并不妙，但她们还是精神抖擞地跨出了农舍的大门——她们在这里已经当了好几个月的囚犯，一夜一夜地遭受着苦难，现在她们自由了。我跟她们四位都亲了亲脸，挥手再见。从此，我再也没有见过她们，也没有听到过任何有关她们的只言片语。

　　有什么东西在摇晃我的肩，我惊得一下子睁开双眼，这才觉出此前自己一直都是在恍恍惚惚地行进。科利亚此时正走在我旁边，紧紧抓着我的大衣。

　　"你能跟上吗？"他轻声问，关切地看着我。

　　"我不是在这儿嘛。"

　　"我还是跟你一块儿走吧，你得醒着。"

　　"科尔萨科夫告诉我们去——"

　　"我才不会听命于那个没娘养的猪头呢。你也看见了他是怎么对待那些姑娘的。"

　　"可你看着好像跟他是铁哥们儿似的。"

　　"我们需要他呀，还有他的小朋友……我瞧见你一直在壁炉那儿盯着人家的背看。你是打算上那个狙击手？嗯？嗯？哈哈！"

　　我只摇了摇头，太累了，对他的破玩笑都没劲接招了。

　　"你以前跟红头发女孩子在一起过吗？哎，慢着，我说过什么来着,你从来没跟任何人在一起过。妙的是她们是床上的疯子……我这辈子三分之二最好的床上运动都是跟红头发女生做的,也许是二分之一吧,管他呢。但是硬币的另一面……她们恨男人,她们有许多许多仇恨,哥们儿,要小心点儿哦!"

"所有的红头发都恨男人?"

"你只要这么想就知道是怎么回事儿了:你遇到的每个红头发姑娘都极有可能是北欧海盗的后裔,那些海盗在强奸她们老祖宗之前先砍掉人家的胳膊……她们身上根本是流淌着掠夺者的血。"

"这套理论挺不错,你应该去跟她说说。"

每一步我都试着踩在前面游击队员的足印上,那个人始终在我们前面十八步远。踩着别人走过的雪脚印走显然要比自己踩上新雪走更省力,但是我前头那位的腿太长,很难追赶上他。

"我想搞清楚的是,"我开始有点儿气喘吁吁了,并不断撞到伸出来的松针里头,"我们行军到新科什基诺是为了找到特别行动队总部,因为那里八成会有鸡蛋?"

"那是上校派给咱们的任务。但是对我们俩,对整个苏联来说,我们去新科什基诺是要干掉特别行动队,他们该死。"

我缩缩脑袋,以便尽量把脸埋进竖起的大衣领子里避寒。再聊这个话题还有什么意思吗?科利亚自认为有一点波希米亚血统,是自由思想家,但他其实跟其他青年先锋队员并无不同之处,他只是用自己的方式怀揣着坚定信念罢了。而事情糟就糟在我不认为他是错的,特别行动队委实应该在毁灭我们之前就被我们毁灭,只不过我不想去做负责灭了他们的人。难不成让我溜进他们的老窝,仅靠一把刀护身?五天前兴许还成,这种远征看起来像一场很带劲儿的大冒险,这本是我在战争伊始时曾满怀期待的事情。可现在我真切地身处其中了,却又多么希望自己九月份就跟妈妈和妹妹一块儿跑路了啊。

"你还记得《庭院猎犬》那本书的结尾吗?当拉琴科看到他的老教授在街上绊倒时对着鸽子的轻声低语?"

"文学史上最糟糕的一幕。"

"哦,原谅我指出,你根本就没读过那本书。"

科利亚始终如一的个性会让人产生一种奇怪的安逸,他情愿去编同样的笑话——如果你认为那些东西可以被称作"笑话"的话——一遍又一遍。他像个上了岁数的老太爷,坐在餐桌旁,喝着甜菜根汤,有几滴汤水溅湿了他的衣领,他坐在那儿不知道第几遍讲他遇到皇帝的故事,尽管听故事的每个人都快会背了。

"你知道,那是文学史上最美丽的段落之一。老教授在他那个时代是著名作家,可现在他被人彻底忘干净了。拉琴科为这个老头子觉得羞耻,他从他卧室的玻璃窗看出去——拉琴科永远不离开他的公寓,记得吗?他七年里一步都没离开过——他看着教授走出他的视线,踢了踢鸽子,并且诅咒它们。"科利亚清清嗓子,换了一副演讲的腔调,"'才能'一定是个狂热的女人,她美艳不可方物,当你跟她在一起时,人们都在看你,人人关注你。她会不期然地撞到你家门上,旋即消失得无影无踪,她没有耐心关注你的其他生活:你的老婆,你的孩子,你的朋友。一周里,最刺激的那一晚一定是她赐予的。可有那么一天,她永远地离你而去了。在又一个晚上,在她远离经年之后的某个晚上,你瞧见她被一个更年轻的男人拥在怀中,而她却假装并不认识你。"

很明显,科利亚对疲劳免疫,这让我既愤怒又觉得好笑。唯一能让我往前挪动的办法就是眼睛盯着远处的一棵树,还得跟自己说着在走到那棵树之前绝对不能放弃——一旦走到了那棵树,我就再找一棵新的当目标,然后再发狠跟自己保证那一定是最后一棵。但科利亚似乎完全有余裕在树林中闲庭信步,嘴里还像念台词那样嘟嘟囔囔几小时也不停。

我等了片刻,确定他真的背完了,然后点点头:"真不错。"

"是吗?"他飞快地接话,很高兴听见我说不错。他如此反应倒使得我仔细端详起他被月光映照的脸庞来。

"这本书,你大部分都能背下来吧?"

"哦,这我可不知道,东一段西一段吧。"

爬过一道山垄,雪积得更深了,抬脚迈出的每一步都很艰难。我喘得上气不接下气,像只用一个肺呼吸的老头子,摇摇晃晃地朝下一棵树迈进。

"我能问你点事儿吗?"

"问吧。"他说,脸上挂着他那讨人嫌的、臭得意的笑。

"你在你那个小本子上都写了些什么?"

"这得看那天发生了什么事。有时候记上几笔看见的东西,有时候我听见谁谁谁说了什么,一行两行呗,要不然就是说这些话的方式叫我喜欢,那也记下来。"

我点点头,尝试闭上一只眼并且坚持十秒钟,然后换另一只眼,轮流让眼睛休息休息,也让它们避避风寒。

"你为什么问这个?"

"我以为你在写《庭院猎犬》呢。"

"你以为……你是说我在写《庭院猎犬》评论吗?嗯,也对,我跟你说过的,总有一天我会为这本书搞个讲座。整个苏联也就只有七个人能比我更了解乌沙科夫。"

"我可不觉得乌沙科夫是真有其人。"我往上推推帽子以便能看

191.

清楚他一些,"你一直跟我说它是多么多么经典,可我压根儿就没听说过。若我说我喜欢那本书的哪一点,你听了肯定觉得特高兴,引以为豪——就比如我跟你说普希金,你也会说不错不错。但我就不会因为你说不错就觉得多自豪,对吧?那又不是我写的。"

科利亚的神情没有一点儿变化,一副不置可否的样子:"但你还是喜欢它?"

"还不错。你怎么会突然想到这段?"

"在过去的几小时里,你知道是什么感召着我吗?是你爸爸的诗,《在咖啡店里,见到一个曾经的老诗人》。"

"又多了一条线索,你居然闭着眼就把它据为己有了。"

他大笑,在寒冷的空气中喷出大团水汽来。

"这是文学,我们可不管这叫'劫掠',而是'致敬'。那本书的第一行说的是什么?你也喜欢吗?"

"我不记得第一行说什么来着了。"

"'我们第一次接吻是在屠宰场,空气中满是羔羊的血腥臭。'"

"有点儿耸人听闻的情节剧味道,是吧?"

"戏剧化有什么不对吗?所有的当代作家都是胆怯的小鱼……"

"我说的是:情节剧。"

"如果剧情需要很激烈,就得很激烈。"

"这么长一段时间以来……你干吗不干脆点儿告诉我你就是在写小说?"

科利亚抬头望着明月,月亮已经落到松树顶上,不久便会落入林梢的,我们就只能在真真正正无边的黑暗中、在盘根错节积满黑冰的路上跌跌撞撞地前行了。

"事实是这样的,在我遇见你的第一个晚上——在十字监狱?我原以为第二天早上就会处死我们的——既是这样,我告不告诉你又有什么关系呢?我是想起什么就说什么的人。"

"你当时说他们不会杀我们!"

"哟,当时你看起来有点儿被吓着了。可是,得了吧,你想想,一个逃兵和一个发国难财的,还能有什么机会呀?"

我选的下一棵目标树看起来无穷远,它隐隐高于其他松树的轮廓如同一个年长又沉默的哨兵。我正喘着粗气呢,科利亚却一口一口呷着他水壶里的茶,像自然主义者在夜晚郊游一般。军队的食物配给要远远超出一般平民——这是我为他非同寻常的体能所找到的合理解释,根本忽略了这些天我们同吃每一餐这一事实。

"你说你离开部队是为了去作乌沙科夫《庭院猎犬》的论文答辩,"我说,每说一句话都得停上老半天,等呼吸顺畅了再说下一句,"可现在你又承认没有乌沙科夫这个人,也没有《庭院猎犬》这本书。"

"会有的,如果我活得够久就会有。"

"那你为什么离开你的部队呢?"

"这就说来话长了。"

"你们俩是打算在灌木丛里干吗?"

科利亚和我闻声赶忙转头看,维卡一声不吭,缓缓地跟在我们身后,离我很近很近,近得我可以抬手摸到她的面颊。她轻蔑地扫了我们一眼,显然与我们这种糟糕的战士为伍让她十分恶心。

"不是告诉过你们要排成一列,离前面的人九步远吗?"对于这样一个小女生来说,她的声音过于低沉和嘶哑了,好像之前那周她一直生病,喉咙至今未痊愈。她是训练有素的低语者,能清晰地发出每一个字的读音来让我们明白,但五米以外的人什么也听不见。

"你们像一对芦柴棒似的溜达,还一直闲聊着书籍,就没注意到我们现在离德国人的营地只有两公里了吗?你们打算和那些共产党、犹太人死在同一条壕沟是你们的事,我还打算明年要看看柏林什么样呢。"

"他是犹太人。"科利亚说着,用大拇指戳戳我,无视我对他的怒视。

"是吗?那好吧,你是我见过的第一个愚蠢的犹太人。要么掉头回彼得城,要么闭上你们的嘴,遵守我们的纪律,要知道两个月来我们没有失掉一个同志是有原因的。现在,往前,走!"

她在我们的背上使劲各推了一掌,我们恢复了排成一列、相隔九步远闷声走路,觉得大大地栽了面子。

我想着不存在的作家乌沙科夫和他不存在的大作《庭院猎犬》。不知道为什么,我并不生科利亚的气。那是虽奇怪却无害的瞎话,我朝前走得越远,就越能理解他说这个瞎话的动机。科利亚看来无所畏惧,但每个人都把恐惧隐藏在某个地方,恐惧是与生俱来的。我们不都是胆小如鼠的鼩鼱的后代吗?当庞然怪兽从旁边走过时,鼩鼱只会在其阴影下瑟瑟发抖。对科利亚来说,食人兽和纳粹不会让他紧张,可是难堪带来的威胁就会让他紧张,比如陌生人嘲笑他创作的诗句。

我父亲有很多朋友,大多数是作家。我们家是他们的俱乐部,一是因为妈妈的厨艺,二是因为爸爸不会把他们赶跑。妈妈总抱怨她完全是在经营一间"文人酒店"。房间里永远充斥着烟臭,烟屁股随处可见,花盆里藏着喝了一半的酒杯。有个晚上,一位具有实验主义精神的剧作家在我们家餐桌上的蜡烛凝块里插进了十二个烟头——他这样做是为了演示罗马和迦太基这两股军事力量,以及汉尼拔是怎样在坎尼大战中运用双重包围战术的①。妈妈也很烦那些噪声,那些破碎的玻璃杯,还有被廉价乌克兰酒弄脏的地毯。但是我知道她还是喜欢招待这群诗人和小说家们的,喜欢他们狼吞虎咽地吃光炖菜,大呼小叫着抢光她的蛋糕。妈妈年轻时是个美人,即使她本人不算是调情高手,她还是挺喜欢被长相俊朗的男人挑逗。她总是静静地挨着父亲坐在沙发上,倾听大家的辩论、激昂的演说和相互诋毁。她一言不发,却一字不漏地留心听,等到最后一个醉汉摇摇晃晃地离开我们家,再和父亲详细回忆、讨论。妈妈自己不是作家,却是一个绝好的读者,富有激情,兼收并蓄,父亲非常相信她的鉴赏力。当曼德尔施塔姆和楚可夫斯基这些大腕儿来我们家时,她并不会用特别的方式款待他们,但我能看得出来,她会更仔细地观察,看他们是与父亲如何相处的。在她内心深处,文学世界和军队一样,都有精细的等级划分——尽管文学的等级不是用称号和徽章代表的,但对她而言这两者毫无区别,都是等级——她想弄清楚父亲的地位有多高。

有时候,酒足饭饱以后,就会有个诗人站起来背诵他的新诗,轻轻晃着身子,好像有狂风在吹他似的。八岁的我在过道上偷偷往客厅里瞧,我知道这样做迟早会被发现,但希望是父亲来抓我(他几乎从不生气,可妈妈的手便会很快落在屁股上)。在那个时候,诗对我而言全无意义。大多数诗人都想成为马雅可夫斯基,但同时他们又不可能与他的才华媲美,所能做的只是模仿大师的晦涩难懂,或者是叫嚷出一些八岁的我根本不懂的句子……也许房间里的其他人也听不太懂。虽然诗歌不能打动我,他们的表演却能。那些高大的、有着乱蓬

---

① 汉尼拔的迦太基军队在坎尼战役征服了罗马人。

蓬眉毛的男人总在手指间夹着香烟，一旦他们的动作幅度过大，那截长长的烟灰就会断掉，散落在地板上。偶尔也会有女人站起来，勇敢地直面那些瞪视过来的目光。据我妈妈讲，阿赫玛托娃甚至也这么干过，虽然我并不记得见过她。

有时候诗歌是从随手写就的小纸片上来的，有时候则是从记忆中来。他们朗诵完之后会非常在意其他人的评价，会拿起离自己最近的一杯酒或者伏特加——不仅是因为酒精能够壮胆，更是因为得给自己找点儿事做，这么一个简单的举动就把他的手和眼都占用了——然后等待观众们的反应。这帮观众可都是专业人士，是同业竞争者。当然，他们最惯常的反应是很保守地赞同：点点头，微笑一下，或者在你背上拍打几下。也有过那么一两回，我眼见一个嫉妒心向来非常强的男人从座位上跳起来，口中充满溢美之词，狂呼乱叫着"好哇！好哇！"然后冲到那个迷乱又兴奋的诗人身上，用湿答答黏糊糊的嘴亲他，摩挲乱他的头发，仰慕地摇着头，嘴里重复着最喜欢的那几句。

不过，在大多数情况下，大家的反应都是倨傲的沉默。没有人迎视诗人的目光，连装作对他说的主题感兴趣都不肯，顶多完事后心不在焉地恭维两句，说什么使用的暗喻还可以。一旦朗诵失败，诗人便能飞快感觉到，他会喝下杯中酒，用衣服袖子把嘴巴擦干，带着一脸羞愧的红晕，拖着步子走到房间深处，对我父亲书架上的书表现出莫大的兴趣——那儿有巴尔扎克和司汤达，有叶芝和波德莱尔。败下阵来的男人通常会很快离开这个聚会，但是离开太快的话又会让人觉得缺乏体育精神，是闹情绪的懦夫，所以怎么都会熬上痛苦难耐的二十来分钟。在这段时间里，周围的那些人会刻意避免提及他刚刚吟诵的诗——这感觉就好比有人在公众场合放了个恶臭的屁，但没有人会粗鲁无礼地表示自己闻到了一样。最后,这位诗人会去感谢一下我妈妈,感谢她做的菜、对他的款待,等等,说话时虽然满脸笑容却不看她的眼睛,说完就猛地挤出门去,心里清楚在他离开的那一刻,屋子里的每个人都会笑话他刚刚犯下的严重错误。多可怕、自命不凡而又诡计多端的一帮子人啊。

科利亚虚构了乌沙科夫来保护自己。这个虚构的作家给科利亚披了件外衣,使他能尽情测试他的开场白、书中主角的人生观,甚至这本书的书名,做这一切时,丝毫不用担心会成为我的笑柄。单就骗局而言,这并非构思最精心的一出,可科利亚已经编得相当不错了。说不准哪天他真的能写出一本像样的小说——如果他能在这场战争中幸存下来,并且丢弃掉他那句大言不惭、空虚浮夸的开场白。

跟科利亚的聊天和与维卡的相遇再次激发了我的活力了。看着四下的森林,暗暗希望走在自己前面和后面的人都有一双比我更擅长应对黑暗的眼睛。月亮已经斜落到树际线以下,太阳却还得几小时以后才能升起来,现在,天真的全黑了,我有两次险些撞到树。星星在天上一定有几百万颗,但它们只是做做装饰而已,我很想知道这些遥远的"太阳"们为什么只会发出针刺般的光亮。天文学家说宇宙空间里塞满了星星,多数星星比我们的太阳还要大。如果他们的说法是正确的,如果光的运动永远都不会变慢或者衰减,天空为什么就不能分分钟都像白天一样亮着呢?答案想必显而易见,但我就是想不明白。有半个钟头,我没去担心特别行动队和他们的头儿阿本德罗司,忘了肌肉痉挛腿抽筋这回事儿,也根本没感到寒冷。星星会像手电筒那样照耀范围非常有限吗?从基洛夫的屋顶,我能侦察到几公里外的士兵摇晃着手电筒的一线光亮,虽然那道光远到根本无法照亮我的脸庞。可话又说回来，为什么手电筒的光束无法抵达远方？光粒子的传播就像发射霰弹猎枪里的小弹丸那样吗？甚至连光线是不是由粒子构成的都成了一个问题。

直到我冷不丁地猛撞到科利亚背上，撞痛了鼻子叫出声来，我这番混混沌沌的思绪才被打断。一大片唏嘘声冲我来了。我眯着眼看见前头有个模模糊糊的物体，大家在一块被厚实的积雪覆盖的大石头旁边围拢着，维卡已经在大石头上面了。我不知道她是怎么攀爬到那平滑又结了冰的石头表面上的，特别是在这黑漆漆的夜里。

"他们在烧村子。"她对下方的科尔萨科夫说。

就在她开口说话的当口，我闻到了空气中的烟熏味道。

"他们发现了那些德国军官的尸体。"科尔萨科夫说。

德国人把他们的复仇哲学向占领区的居民交代得非常清楚：他们把海报钉在墙上，用俄语广播电台发布公告，让通敌者帮他们带话——杀我们一个士兵，我们就杀三十个俄国人。追捕游击队员是一件困难的事，但如果聚起众多的老人、妇女、儿童就很容易了，即使在有半数国民在外逃命的当下也同样有效。

我在科尔萨科夫及其游击队员们的低语中听不出任何为早前的夜袭激起德国人屠杀无辜这一情形深感困扰的迹象。敌人在入侵我们国家的时候就宣告了全面战争。他们发了誓，不断地发誓，还把誓言印成印刷品，说要把我们的城市烧成灰烬，还说要奴役我们的人民。我们不能温和地反抗他们，不能用半吊子战争去回击他们的全面战争。游击队员持续不断地拧下纳粹的脑袋，纳粹则持续不断地残杀我们的无辜百姓。可最终法西斯们还是会认识到，即使他们损失了一个士兵就杀我们三十个百姓，他们也赢不了。这种算法很残忍，可残忍的算法一向有利于我们。"

维卡从大石头上爬下来,科尔萨科夫走过去向她讨教,随后,科尔萨科夫经过我们身旁时压低声音对科利亚说:"新科什基诺,不用再去了。"

"不去了?"

"还去干吗啊?我们计划在日出之前赶到那里无非就是为了搜寻特别行动队。你闻见那烟味儿了吗?他们正在搜寻我们呢!"

18

  游击队保留了一处安全藏身之所，坐落在杉树茂密的山腰上，离拉多加湖好几公里远，是一处早就废弃不用的猎人木屋。黎明前一小时，我们终于赶到了那里。天空耐心地变换着颜色，从黑到灰，轻雪飘落，天空放亮。好像每个人都认为降雪是个好兆头，一来能够掩盖我们的足迹，二来则预示着明天会比较暖和。

  我们沿着山脊线行进，在通往小木屋的路上发现了另一个正在燃烧的村庄。燃烧的火是安静的，一栋栋小房子毫无抱怨地倒在灰烬中，一簇簇火星飘向天空。远远看过去，这幅图景当真有些美丽——我暗暗吃惊着铺天盖地的暴力居然也会很养眼，这事儿可真他妈够奇怪的——就像夜空中的曳光子弹。我们穿过村子时听到一阵枪响，绝对不会超过一公里远，是七八挺机枪一齐开火。我们都知道那枪声意味着什么，但我们都没有停下脚步。

猎人小木屋看起来像是被稍懂点儿木工活、做事却极其没有耐心的男人搭建的。破旧的厚木板和生锈铁钉拼凑在一起，门板歪歪扭扭地挂在合叶上，没有窗户，只用管子穿过屋顶来排烟；没有地板，只有积着厚土灰的地面，屋里呛死人的屎尿味儿简直让人站不稳。木屋的墙上有一道道抓痕，我在想那些貂皮、狐狸皮下的魂灵会不会仍在这里出没并焦急等待着，一俟烛光熄灭，便活剥了我们的皮。

进入木屋，温度并没有升高，仍和外面一样冷，但好歹算是有了个可以暂时避风的地方。科尔萨科夫在队员里挑了一个倒霉蛋，让他出去放第一班哨。那个穿着芬兰雪上巡逻队制服的男人放下背包，用他们之前在木屋里留下的木屑生了一个小小的"资产阶级火炉"。炉火燃起以后，我们尽可能地挤在一起，十三个男人，一个女人——诚实地说，应该是十二个男人，一个女人，外加一个男孩。在那个夜晚，我第一百次地琢磨：如果维卡脱掉那身脏兮兮的外套，蓝色窗饰般的静脉上紧绷的苍白皮肤会是什么模样？她有胸吗？还是像男孩子那样是个飞机场？有一点我非常肯定，就是她的屁股和我的一样窄。头发短，脖子满是泥污，即使这样，她弓形的下嘴唇还是有一种不可否认的女人味。这群男人中会不会也有人像我这样垂涎于她？或者他们都像科尔萨科夫看她那样，觉得她就是一个没有性别却拥有不可思议的眼睛的狙击手？到底谁是白痴？是那些人还是我？

粪便的恶臭熏得我眼泪汪汪，不过很快地，这种糟透了的味道就被从炉子里冒出来的烟味遮盖住了。火和大家身体的热量渐渐使得木屋温暖舒服起来。那种时候，我应该随便在什么地方都能睡着。我把父亲的海军大衣平铺在身子底下，把围巾叠起来当枕头，头一次在躺下之后几秒钟内就失去了意识。

过了一小会儿,科利亚推推我。

"嘿,"他低声说,"嘿,你醒着吗?"

我把眼睛闭得紧紧的,希望他别再打扰我。

"你生我的气了?"他的嘴紧贴着我的耳朵,这样直接对着我脑仁低语就不会吵到其他人。我很想揍他,让他住嘴,但又不想反过来被他揍。

"没生气,"我说,"睡吧。"

"很抱歉,我对你撒谎了。即使我觉得我们死定了,又有什么关系呢?是我错了。"

"谢谢。"我翻身到另一侧,希望他明白这个动作暗示的意义。

"你还是喜欢那个书名吧,《庭院猎犬》?你知道它是什么意思吗?"

"拜托……拜托你让我睡会儿觉。"

"对不起。睡吧,当然。"

三十秒钟短暂的寂静之后,我自己反倒放松不下来了,因为我知道他一定盯着棚顶,了无睡意地想问我下一个问题。

"你想知道真相吗?关于我为什么离开战斗营的事?"

"你可以明天再告诉我。"

"当时,我已经有四个月没和女人在一起了。我的蛋们就像一对咣咣作响的教堂铃铛。你一定会觉得我在讲笑话吧?我不像你,我没有那么自律。第一次发育后,我只等了三天就干了我生命中的第一个女孩子。告诉你,我有性爱饥渴症,如果一周没干那事儿,我的大脑就没法工作,精神不能集中,成天硬得什么似的在战壕里转来转去。"

科利亚呼出的热气吹进了我的耳朵里,我试图躲远一些,但没办法,大家像烟盒里的香烟一样密不透风地挤在一起。

"我们为除夕准备了一场派对,全营都参加了。到时候会有伏特加,会唱歌,还谣传说有人在某个地方发现了几头藏匿在某个农仓的猪,我们会烤了它们吃。整个晚上都是乐子呢,对吧?所以我当时就想,这是好事儿啊,让他们用伏特加和烤猪庆祝新年好了,我也去找点儿自己的乐子。当时,我们离彼得城一小时车程外地。我有一个哥们要去总部送信,他会在彼得城待上三四个小时。这简直太完美了,我搭他的车去,他会把我放在我朋友的楼前——"

"是索尼娅那里吗?"

"不是,是个叫尤利娅的女孩。她不是这世界上最美的女孩,真的,连漂亮都谈不上,但听着,列夫,这个女孩锉指甲的样子却会让我硬起来。她那里面很奇妙,真的。她住六楼,我爬楼的时候就已经箭在弦上了。总之,我总算到了她的住处,一边砸门,一边解皮带。这时候一个女人把门打开了,她看起来足足有两百岁,只比侏儒高一点点。我告诉她我是尤利娅的朋友,她说:'上帝宽恕我吧,尤利娅一个月前死了。'让上帝也宽恕我吧!一边和老太太说了几句抱歉的话,一边给了她一片面包,因为她几乎连站起身的力气都没有了。我又赶紧飞跑下楼,否则时间就不够了。还有另外一个女孩住得比较近,就是我和你讲过的那个跳芭蕾舞的女孩,她有点儿'冰美人'的感觉,却拥有全彼得城最美的大腿。到她的楼里去必须爬过一道门,当时我的屁眼差点儿被一根铁尖棒子戳穿,可我还是办到了,到了她房门前,把门砸得梆梆响:'是我,尼古拉·亚历山大罗维奇·符拉索夫,让我进去!'门开了,却是这个女人的肥胖老公,长着一双老鼠眼,瞪着我。这个可恶的粪球从来都不在家,除了这次。他是党的人,当然了,通常都在办公室里为部队制定新的规章。但那天晚上,他却决定留在家里折磨老婆,迎接新年。'你是谁?干什么的?'他忿怒地对我说,好像我在哪里侮辱过他一样。我是砸烂了他的门还是命令他把他老婆的湿屁股像一道菜那样呈上了?我真想一拳砸在他皱皱巴巴的屁股上,可真那样做的话,我今天就完蛋了。所以我对这个政府里的王八蛋敬了一个礼,说我敲错门了,接着一溜烟地跑了。现在我他妈真玩完了。剩下唯一认识的姑娘叫罗莎,她住在城的另一头,是以此为生的'专业人士'。可我身上没带钱啊,我是个好恩客,也许她会相信我,也许她愿意用我身上剩下的食物作为交换,对不对?有好几公里远呢。我拼命使出短跑冲刺的速度飞奔,淌着汗,十月之后出的第一身汗。离朋友开车来接我没剩下多少时间了。上气不接下气,总算跑到了,爬了四层楼。罗莎的门没锁,我径直闯进去,厨房里已经有三个士兵在那里候着了,轮流传递着一瓶伏特加。我都能听见她在隔壁房间里的呻吟声。那些喝醉了的低能儿还唱着乡下小曲儿,互相拍打着后背。'别担心,'排在最后的那个男人对我说,'我会很快的。'

"我要是有钱一定给他们了,加个塞儿插个队之类的,但关键是我没有啊,他们这些低能儿当然也不会真傻到让我打白条混过关。我告诉他们,我必须尽快赶回营部去,可其中一个对我说:'今天是除夕!他们都会喝醉的!就算明天早上回去也没事!'这话听起来真有道理呀。他们还在传着酒瓶子,我也就跟他们一块儿喝上了,比他们唱得都大声,他妈的乡下烂歌。一小时过去了,我总算和罗莎睡到了一起。她是个甜蜜的姑娘——我才不在乎别人怎么议论'鸡'呢——她接受了我口袋里剩下的面包作为报酬,那条面包可真不算多呀。"

听科利亚讲述这一切,让我非常不自在,心想他讲这些故事的时候会不会又来劲了啊。

"那你错过了你朋友的车?"

"嘿,我错过了好几个小时,但我没有担心,准能找到另外一辆回营部的顺风车。送信的那些人我都认识,这事儿应该不难。你真应该见识见识我当时从罗莎的楼里走出来的样子……跟进去时完全判若两人!超级放松,面带笑容,连步子都轻飘飘的。我从前门出来,还在人行道上玩起了跑跳步。这时候,NKVD的一个巡逻兵把我拦下,让我出示休假证明,我告诉他我没有那玩意儿,我正在为斯捷利马赫将军送信呢,斯捷利马赫将军正在指挥一场大战役,需要步枪,需要迫击炮弹药,没时间签发那些沾着大便的休假证明——我觉得斯捷利马赫部队是你们中的一支,你知道他吗?"

"你要讲的故事到底有完没完啊?你是不是打算把这辈子剩下的时间都用来讲它?"

"这个矮小却又耀武扬威的警察开始盘问我。他居然仍留着希特勒式的小胡子——在现在的苏联,人人都会认为应该把'希特勒式胡子'刮掉,但这个烂龟孙子竟然觉得那会使他看上去有型有款。他问我为什么会到维堡区的一栋楼里为斯捷利马赫将军送信。我当时觉得讲点儿实话应该不会坏事,所以决定实话实说,看能不能唤起他的人类本性。我对他眨眨眼,告诉他在等顺风车的空档我干了那档子事儿,本以为他会笑笑,然后拍我后背一巴掌,告诉我以后离开营部前一定要随身带好休假证明——我在前线杀敌的四个月里,这小胡子矮鬼只是在彼得城里漫无目的地乱逛,看见哪个战士往家里的父母捎了点肉或者是一袋米,就把人家抓起来——我真是大错特错了。我想唤醒他的人性,他却让他的同伙用手铐把我铐起来了,还带着那种居高临下的笑容,告诉我斯捷利马赫将军在二百公里以外的季赫文,而且刚刚打胜了一场重要的战役。"

"你真不该用斯捷利马赫的名头,这件事摆明了是你自己太蠢。"

"我当然蠢了,那时候我他妈的××都还是湿的呢!"几个游击队员嘟囔着让科利亚闭上嘴,他却压低声音继续说,"我根本没动脑子啊,那时候,简直不敢相信那个人会控告我。你明白这种变化有多大吗?下午我还是品行优良的战士,五个小时之后,啪的一下就被控告脱队逃匿。我以为他们会在街上就把我毙了,但他们把我带到十字监狱去了,然后就遇到了你,我多愁善感的希伯来小朋友。"

"尤利娅是怎么死的?"

"什么?不知道。我想可能是饿死的吧。"

我和科利亚都没说话,安静了那么几分钟,凝神听周围人们睡觉的声音:有些非常安静,有些则很刺耳,有的鼻音很重,还有的发出像穿堂风那种动静。我很好奇维卡会在夜晚发出什么样的声音,努力想从这么多人中辨别出她的呼吸来,但根本没办法做到。

我被科利亚一直喋喋不休搞得睡不成觉,觉得很烦,但现在一片死寂了,我又突然觉得异常孤独。

"你睡着了吗?"我问。

"嗯?"他含糊不清,有气无力地应着,这个入睡很快的家伙大概把他才讲的故事带进梦中了吧。

"夜为什么会黑?"

"什么?"

"如果星星有数十亿之多,大多数都和太阳一样亮,而且光永远都在来回穿梭,那么为什么天就不可能永远是亮的呢?"

我倒真没期待他会回答。本以为他会打着呼噜告诉我快睡,给我一个很应景的回答:"太阳落山,所以天变黑了。"但科利亚没有,他坐了起来,盯着我,借着"资产阶级火炉"飘忽的光,我能看见他皱起的眉头。

"真是个棒极了的问题。"他说,看着炉火光圈外面的黑暗,陷入了沉思。终于,他摇了摇头,打了个哈欠,又躺回去了,只用十秒钟就睡着了,鼾声大作——吸气的呼呼声和出气的噗噗声。

我一直醒着,对四周的动静了然于心:值完班的哨兵从外面回来,叫醒接替他的人,再往炉火里添了几根树枝,最后躺在人堆里。在接下来的一小时里,我听着木头疙瘩在火中被烧得噼啪作响,想着星空和维卡,直到最终睡过去,梦见了从天而降的"胖姑娘雨"。

19

中午时分,站岗的游击队员撞开木屋的门,尽管他非常惊慌,仍尽量压低声音把我们叫起来。

"他们来了——"他说,还没等他说下一句,我们呼的一下都站起来,拿起家伙,被这实实在在来临的危险惊得异常警醒。我们都是穿着靴子睡的,随时准备行动。"看起来是一大队人马,还押着犯人。"

科尔萨科夫把猎枪挎在肩头:"是步兵吗?"

"没看见装甲车。"

只用了区区三十秒,我们就全都鱼贯而出,穿过木屋歪斜的木门,跑到充满敌意的阳光下。没有窗户的小木屋像地穴一般黑暗,而在正午的阳光下,我几乎睁不开眼了。跟随着科尔萨科夫,我们以实际行动执行他那没说出口的命令：跑！

我们根本没有多少逃生的机会，最后一个人从木屋跑出去之前就已经听见德国人的叫喊声了。我的脑子里空荡荡的，像动物一样被恐惧驱动着朝前跑。空气是温暖的，雪变得又湿又重，把我的靴子往下拽，把我的身体往下拉。

在我九岁那年，有一支非常有名的法国共产党代表团到彼得城访问，为了迎接他们，我们把城市打扮得特别漂亮。叼着烟卷的工人们给沃伊诺夫大街浇灌着簇新的沥青，然后用长柄的油灰刮刀抹平路面。整条街被装扮得像用融化的巧克力铺就的华丽大道。我和安托科利亚斯基家的那对双胞胎待在基洛夫铁门前足足看了一上午。我不记得是什么让我们做了那个一致的决定，没废一句话，连眼神交换都没有，我们全都脱下鞋，把它们扔在院子里，然后冲到大街上去了。我们的脚掌完全有可能被烫伤，但谁会去在乎这个啊。松软的地面上留下了我们的足印，跑啊跑，跑啊跑，直到大街尽头的几个工人冲着我们破口大骂，摇晃着手里的刮刀，却没有要追我们的意思，想必知道就算追也追不上。

那天夜里，妈妈生气地用肥皂和浮石粉猛刮我的脚底板，花了一个小时，总算把我弄干净。父亲却站在窗前，看着沃伊诺夫大街上那三对如同海鸥在湿沙上留下的、印在沥青路面上的小脚丫印子，努力忍住不笑出声来。

在融化的雪上跑和在半干的沥青路面上跑根本不是一个感觉，我也不知道这两个记忆怎么会凑到一块儿去，可它们就是硬凑到一块儿了。

枪声响彻冷杉树林，一颗子弹呼啸而过，那么响，那么近，吓得我赶紧摸摸头看是不是中枪了。我前面的一个男人扑倒在地，从他倒下去的姿势来看，恐怕再也爬不起来了。我已经跑到最快，恐惧得无以复加，这个男人的跌倒不能改变我的任何状况。在那一刻，我不再是列夫·阿布拉莫维奇·贝尼奥夫，我也没有健在的、栖身于维亚兹玛的妈妈或者埋在没有标记的泥土里的、死去的父亲。我不再是那个戴着黑色圆帽的《托拉》①学者的父亲的后代，也不是那个矮小的莫斯科资产阶级妈妈的后代。如果现在，一个德国人抓住我的领口，摇晃我，用完美的俄语叫我说出自己的名字，我一定答不上来，连一个祈求怜悯的句子也组织不出来。

我看见科尔萨科夫转头向追逐的德国人开火，可在他开火之前，一颗飞来的子弹已经把他的下巴从头颅上削掉了。他眨了眨眼，尽管半截脸没了，眼睛里也仍充满着警惕。我跑过他，冲上一道陡峭的沟壑，然后顺势从另一面冲下去。那里有一段由溪流汇集而成的狭窄沟壑，融化的雪水蜿蜒淌过石块和树枝，汩汩地流淌着。

被某种说不清道不明的本能指引着，我改变了逃命的路线，顺着溪流的方向，跳过滑滑的石头往山下跑。由于没有积雪，我跑得更快了。每时每刻，我的身体都在等待着那颗避也避不开的子弹，想象着铁路的道钉钉进我的肩胛骨里，啪的一声把我脸朝下掀翻在冰冷的水中。虽然周围发生着这些，脑子里想着这些，我却出奇地麻木：腿不用和脑子商量，就一步一步向前迈，靴子没在水中，但半步都没踉跄。

也不知道跑了多久、跑了多远，我终于停下来，猫着腰躲在一棵古老的落叶松后面。树梢上积压着重重的正在融化的雪，我跌坐在树影底下，大口大口喘着气，两条腿一直哆哆嗦嗦抖个不停，用双手按上去试图让它们消停下来，却根本不管用。等肺部好不容易不再有刺痛感之后，我从树干旁向远处的山坡瞄过去。

---

① 《托拉》是犹太人对《旧约》的称呼，指希伯来《圣经》全文。

有三个人拿着枪往我这方向跑过来。他们之中没人穿德军制服，最前头的一个穿着雪原巡逻队的白外套，他不就是前一天把死德国鬼子的手指含在嘴里弄湿、撸人家戒指的那个游击队员吗？他们都管他叫马尔科夫。在那一刻，我感觉自己很爱他，爱他那迟钝的、红红的脸庞，爱他那双昨晚看着还那么有杀气的、深邃的眼睛。

他身后就是科利亚，在意识到是他的那一秒，我便放声大笑起来。其实上星期五才遇见他，到这个星期一甚至都还不喜欢他呢，但现在，星期二的下午，看见他活着却让我高兴得笑出声来。科利亚的阿斯特拉罕兽皮帽子跑丢了，金色的头发搭在前额上。他转头对着旁边的男人说了两句话，边说边笑，我知道他一定又以为自己说了个很好笑的笑话。

他旁边的那个"男人"其实是维卡。和科利亚不同的是，她的皮帽没丢，帽子拉得又低，压着眉头——离这么远，我都能看到兔皮帽子的帽檐下她那滴溜溜转的眼珠子。不管科利亚说了些什么，反正没有引起她的兴趣，她也似乎根本没用耳朵听。维卡每走几步，就要回头察看一下后边的追兵。

逃命的这段路，应该没有多长……二十分钟，十分钟？但猎人小木屋里的所有记忆就像是从陌生人那里偷来的，那是真正的恐惧——使人真切地相信生命会以一种残暴的方式结束——这种恐惧会把你大脑里的一切都抹去。所以即使我看见科利亚、维卡和马尔科夫，即使他们三个人的脸在那一刻是全苏联最美丽的脸，我也没能喊出他们的名字，或者朝他们招招手。落叶松垂下手臂形成的影子是我的安身之所。我跑到这儿以后，尚未有任何不幸降临到我的头上。德国人没发现我，我也再没见到谁的下巴从脸上被炸飞、只剩下迷惑的眼珠子溅落在哪家屠户店的地板上。我不敢朝科利亚招手，虽然在这四天里他已经成了我最好的朋友。

但我还是多少动了动位置或者打了个冷战吧,一定是弄出点儿声响来了,维卡朝我的方向转过头,猎枪的枪托顶在她的肩上,枪口对着我的脑袋。那种时候就算不能快速地说点什么救自己的命,我也应该至少可以叫出她的名字啊,或者任何俄文的句子也成。可我啥也没做。

虽然我藏在浓浓的树影下,又被满是积雪的树枝遮掩着,但不知怎么的,维卡还是看见了我的脸,打算扣动扳机的手停住了。

"是你的那个小朋友,"她告诉科利亚,"他可能受伤了。"

科利亚向我疾速奔来,拨开树枝,一把抓住我的大衣领口,让我倾斜着身子,左边、右边,来回在我身上搜寻弹孔。

"你受伤了?"

我摇摇头。

"那快起来啊,"他把我拉起来,"他们就在不远处呢。"

"太迟了。"维卡说,话音刚落,她和马尔科夫已经闪到了我和科利亚待的隐蔽处。她用枪筒指了指山坡。

穿着防风衣的德国人已经出现在山顶,离我们只有二百米,个个端着枪,一边搜索着可能的伏击点一边小心翼翼地向前移动。一开始只有几名士兵在雪地里向这边靠拢,很快,更多德国人冒了出来,直到整面山坡全都是想要杀我们的德国兵。

马尔科夫从衣服口袋里掏出一副野外双筒望远镜,观察着往山下走的打头阵的侦察兵。

"德国第一山地猎兵师,"他悄声说,并把望远镜递给维卡,"你看见他们的高山雪绒花徽章[①]了吗?"

---

① 德国山地部队的徽章。

她点点头，推开望远镜。在身着制服的德国兵之间有一队低头行进的俘虏，这些人中有苏联红军，身上的制服非常肮脏；跟他们并肩走着的是木木呆呆的平头老百姓。老百姓穿着在德国人突袭村庄前能披在身上的所有衣物，有些可怜人甚至只穿着衬衣袖子，没有外套，没有手套，也没有帽子，就这么在雪地里走。他们噼里啪啦拖泥带水地在雪水泥浆里迈着步，从未抬起过头，笔直地向我们靠近。

"看着真是什么人都有啊，"马尔科夫把望远镜放进兜里，准备好枪支，"真是巧得很，当我满口袋装着金子的时候，却要定输赢了。"

维卡把一只手搭在马尔科夫的胳膊上，"你的身手那么快，当不了烈士的。"

他看了维卡一眼，枪口瞄准了最近的一个纳粹。

"打死步兵没什么意思，我们要抓特别行动队的人。"她说。

他怒视维卡一眼，推开她的手，仿佛推开一个在街上向他讨钱的疯女人。

"由不得我们挑三拣四，在我眼里，他们都是山地部队。"

"特别行动A队总是跟在第一山地猎兵师后头，你知道的嘛，阿本德罗司一定就在附近。"

科利亚和我对视一眼。昨天晚上我们才第一次听到阿本德罗司这个名字，可现在光这几个音节就已经让人充满恐惧了。我无法将卓娅在自己的断脚旁扭动的画面从脑海里赶跑。那个德国男人的样子，我没法勾画出来，姑娘们也没有描述过，但我能想象他的双手把锯子放在农舍地板上的样子——打磨过的、整洁的指甲沾满鲜血。

"结束了，"马尔科夫说，"不必再跑了。"

"我从来就没说过什么跑不跑的。他们有一百多名俘虏，如果我

213.

们混进去的话——"

"怎么，变成××了？你这个傻×，你以为举着来复枪走出去，他们就会乖乖地接受你的投降吗？"

"不是投降。"维卡拉下一根比较低的树枝，顺势站起来，把她的来福枪架在树干和树枝之间，整个人再次伏在地上，猛掷出一把雪，冲马尔科夫打个手势，让他也把枪藏好。

"我们得混进那些俘虏队伍中去，然后等待合适的时机。他们已经检查过那些倒霉的'羔羊'，确认过身上有没有武器了。你不是有一把手枪吗？来吧，赶紧的。扔了它。"

"他们有可能再检查一遍。"

"不会的。"

最近处的德国人现在离我们不足百米了，已经能瞅见他们的兜帽紧紧系扣在野战帽上。马尔科夫盯着他们，德国兵们粉红色的面颊此刻很容易能成为训练有素的神枪手击中的目标。

"入夜以前，他们会杀掉一半俘虏。"

"所以我们得混入不被杀的另一半才行。"

科利亚笑着点点头，为这个主意兴奋起来。这种荒唐可笑的方案，八成连科利亚也希望自己能想出来，所以他如此开心，一点儿都不叫我惊讶。

"值得一试，"他小声说，"如果我们站对了队，那就还有机会。可要是他们识破了我们，好吧，到那时候我们就只能开枪了。这真是个好计划。"

"狗屁好计划！"马尔科夫反对，"我们怎么可能在不被他们察觉的情况下混进去？"

"你还有几颗手榴弹吧？"维卡问他。

马尔科夫看着她。他看起来就像那种脸上被人暴捶过好几轮的男人,鼻子像拳击手一样扁平,下牙也不见了一半。最后他只能摇摇头,把来复枪捆在一根折断的树杈里,两眼直勾勾地盯着距离我们越来越近的队伍。

"你知道吗?你他妈真是只阴虱。"

"把你的白外套脱下来,"维卡答道,"穿着像雪地战士,他们会注意到你。"

马尔科夫飞快地解开了他的冬季白,坐在雪里,没脱靴子就把这身衣服扒下来了。在白衣服下,他穿着破棉絮状的帆布狩猎背心、好几层毛衣和一条溅满颜料的工装裤。他从帆布背心的小袋子里拔出一颗手榴弹,把导火管松开,插进手榴弹头部。

"必须把时间掐得特别准。"他说。

我们四个在宽阔的落叶松阴影里挤作一团,蜷缩着,一动不动,死死屏住呼吸。第一个德国兵在距离我们二十米处过去了。

根本没人想过要问问我的意见,当然这也讲得通,因为我压根儿没张过嘴,也没提过什么建议——从离开小木屋开始逃命起,我就没说过一句话,现在想说也晚了。

哪一个方案我都不喜欢。"打光子弹拼了"可能适合老练的游击队员,比如马尔科夫,但让我参与这种自杀型任务,我可没准备好;"摆好姿势装成俘虏"看着像个古怪的计算失误——俘虏们在这年头还能活多久呀?如果有人征询一下我的意见,我将竭力主张接着跑……虽然我也不确定自个儿到底还能跑多远,要不然就奋力爬到树上等着,看德国人过去了再下来。藏身在树梢间的我越想越觉得是个很好很好的主意,因为打前阵的山地猎兵师经过时都没发现我们。

当第一拨俘虏队伍艰难地经过我们藏身的大树时,维卡冲马尔

215.

科夫点点头，后者做了个深呼吸，走到落叶松阴影边上，然后使劲全身力气往尽可能远的地方猛掷出一颗手榴弹。

以我所处的有利位置观察，还不能确定有没有哪个德国人发现有颗手榴弹从他头顶飞过去，我也没听见任何嚷嚷着"危险，要小心"的大呼小叫。手榴弹随着一声低沉的闷响落在三十米开外的雪地上，有那么几秒钟我以为那玩意儿根本就是个废物，直到它真的裹挟着足够的威力爆炸了，震得枝头上的雪片如雨般落在我们身上。

山地巡逻兵和俘虏本来正随着队伍行进，听得这声巨响，人人都被瞬间而至的恐慌吓得蹲伏下身子。左边的积雪如同"间歇喷泉"直冲云霄。我们趁乱从树影里溜出来，然后神不知鬼不觉地混进衣衫褴褛的俘虏里去了。德国军官大声发号施令，用战地望远镜观察着远方的丛林，寻找可能藏在树上的狙击手。我们距离被捉住的同胞如此之近了，十五米、十四米、十三米……小心翼翼地一步一步走，遏制着想奋力跑过这区区几步路的冲动。德国人可能在远处树丛中发现了什么移动的物体，喧闹嘈杂声四起，哇啦哇啦的，夹带着指令，士兵们卧倒下去，随时准备朝树丛开火。

就在他们查清左边没有敌人的当口，我们已经从右边潜入了。只有少数几个俘虏注意到我们混进来，他们没有见到同志或是任何欢迎我们到来的反应，也看不出他们显露出见到四个新来的俘虏混入了他们之中的任何惊奇。被俘的人里有士兵也有普通百姓，但都被挫败感搞得灰头土脸的。也许他们觉得这种情况是很自然的——几个老乡从树林里冒出来，悄悄地向敌人投降。

所有俘虏都是男性，从龇着牙、上嘴唇上冻了两条鼻涕虫的小男孩到驼着背、下巴胡子拉碴的老头子。维卡把她的兔毛帽子扯得更低了，穿着那件不辨性别的大外套，一看只是个处于青春期的男孩子，没有人会再看她第二眼。

至少有两名红军战士没穿靴子,只穿着破了洞的羊毛袜——德国人一定认为缴获来的有毛毡衬里的苏联皮靴是极高的奖赏,那要比他们自己的暖和、耐用得多。战士的羊毛袜一定已经被雪水浸透了,气温低到袜子结冰,这二位将不得不拖着脚上的两大块冰坨走路。我想知道他们这个样子能拖多远、能走几公里,冰冷、麻木的感觉渗透进脚指头,蔓延到小腿,再到膝盖……他们的眼神迟钝而又痛苦,像拖曳着雪橇跑过遍地饥荒满是积雪的彼得城、但终将免不了被屠杀、成为人们盘中餐的驮马。

德国人用他们的语言含混而快速地交流着什么,不像有人在爆炸中受了重伤,只有一个年轻士兵脸上有一道细细的、却很深的伤口——他脱下手套,用大拇指拭着血迹,展示给其他人看,为第一次光荣负伤而沾沾自喜。

"他们以为踩着地雷了。"科利亚低声道,眯缝着眼聆听着德国军官口中的指令,"他们一定是提洛尔人,口音很难听懂,没错,就是在说地雷。"

军官给德国兵下了命令,士兵们回到温顺地等候的俘虏们身边,用枪筒示意继续前进。

"等一下!"一个厚嘴唇的平民大喝一声,他大约四十来岁,戴着一顶破棉帽子,帽子两边的护耳在下巴那里系着结,"那个人是游击队员!"

他指向马尔科夫,山坡上的每个人都一下子陷入了沉寂。

"一个月前他到过我们家,把所有的土豆都偷了,家里的粮食一点儿没给剩。他说那些是用来打仗的!你们听见了吗?他是游击队员!他杀过很多德国人!"

马尔科夫看着说话的那个人，头昂向一边，像只斗犬。

"闭上你的臭嘴。"他说，尽力压低音量，愤怒之下的脸变成了猪肝色。

"再也不用你来告诉我应该做什么了！再也不用了！"

一个尉官跳着脚走过来，三个德国兵跟在他身后，他们使劲推开已经把马尔科夫和那个"告密者"团团围住的俘虏们。

"怎么了？"尉官大吼着问，显然，他是这个队伍里的翻译，说的俄语带着乌克兰口音。他像是一个本来很肥、最近却一下子把肥肉都减光的男人，大宽脸瘦下去了，厚重的皮肤松松垮垮地挂在颊骨上。

告密者站在那里比划着，如同一个过度发育的孩子——戴着护耳，嘴皮颤抖，跟尉官说话时，目光未曾从马尔科夫身上移开。

"他是杀人犯，就是他！他杀过你们的人。"

科利亚刚想张嘴替马尔科夫辩解，维卡就戳戳他的肚子，眉毛竖起，阻止了他。科利亚于是没出声，但我瞧见他把手放进大衣口袋里去了，好准备掏出那把托卡列夫手枪，以防万一。

马尔科夫摇摇头，嘴角露出一丝奇怪而又丑陋的笑容。

"我×你妈！"

"你现在看上去既不勇猛也不厉害！当然了，你偷人家土豆时是个糙老爷们儿，可现在你算老几啊？嗯？你是谁啊你？"

马尔科夫咆哮着从他的狩猎背心口袋里掏出一把小手枪。他是那么粗壮的汉子，拔枪速度堪比美国快枪手。他抬高枪口，那个告密者见状跟跄着朝后倒，围成圈的俘虏们也一下子四散开来。

但德国人的速度更快。马尔科夫刚要扣动扳机，德国人的MP40自动步枪的子弹爆裂声就响了，马尔科夫的背心正面立时出现一串弹孔，他摇晃着，蹒跚着，拧着眉头，好像忘掉了某个重要的名字，背朝

218.

下摔倒在松软的雪地上，有一小缕羽绒状的东西从满是弹孔的狩猎背心里露了出来。

告密者居高临下地看着马尔科夫的尸体。事前，他一定料想过他的指认将导致什么后果，可事态发展至此，这个结果又把他吓得目瞪口呆。尉官思忖了片刻，在考虑是该嘉奖他还是惩罚他。最后，他只是拿走马尔科夫的手枪作为战利品扬长而去，丢下这么个烂摊子不管了。那几个一直跟在他身后的年轻下属们也只草草扫了一眼那具尸首，或许他们在琢磨到底是他们中的谁射中了他。

不久，队伍又继续开拔了，但队形作了调整。现在由六名俘虏走在最前头，与离他们最近的德国人相隔十米远，这几名俘虏相当于人体探雷器，迈出的每一步对他们来说都是让人痛心的体验，等着突然一脚踩上警报拉线绳，一了百了。逃跑这个念头一定相当吸引人，但真要跑的话，不出三步，就会被后头的德国人开枪打死。

没有人走在那个害死马尔科夫的告密者旁边。他是传染病人，是瘟疫携带者。他静静地跟自己讲话，说着一大串又长又让人听不见的辩解，眼睛瞄左瞄右地防备着随时可能降临的报复。

我在距离告密者十来米远的地方，夹在维卡和科利亚之间，艰难地在烂泥上走着。如果哪个俘虏说话声音大了一点儿，被德国人听见，就会有德国士兵站出来用德语大声叱骂："你他妈给我闭嘴！"大家不用翻译也听得出这口气和态度意味着什么，被喝骂过的俘虏此时就会赶紧闭上嘴，低下头，走得稍快一些。不过，真想说话还是有办法的，把声音压得非常非常低，同时用一只眼紧瞄着德国兵。

"我为你的朋友感到遗憾。"我对维卡低语。

她一步也没停，既不回答，也没做出什么举动表示她听到了我的话。可能我在什么地方得罪过她吧。

"他像是一个好人。"我又补充道。这两句话听起来彻头彻尾地平庸无奇——这种懒洋洋、无关痛痒的伤怀大概只会用在某个远房亲戚的葬礼上,而且这个亲戚从来就没被人真正喜欢过——她不理我,也不怪她。

"他不是什么好人,"最后,她说,"但不管怎么样,我喜欢他。"

"那个叛徒应该被吊死在树上,"科利亚小声说,低着头,以便声音不往外传,死死盯着那叛徒的后脑勺,"我能赤手空拳扭断他的脖子,我知道该怎么做。"

"算了,"维卡说,"没必要。"

"对马尔科夫来说有必要。"我说。

维卡看着我笑了。这一次,不是我以前见过的冷冷的、食肉动物的笑了,她对我的插话显得有些吃惊,仿佛突然听到了蒙古调的《致爱丽丝》口哨,不想漏过其中任何一个音符。

"是的,对马尔科夫来说是有必要……你真是个奇怪的人。"

"干吗这么说?"

"他是个狡猾的小恶魔,"科利亚接上她的话头,在我腰间友爱地拍了一记,"但他的国际象棋下得不赖。"

"为什么说我奇怪?"

"马尔科夫不重要,"维卡说道,"我不重要,你也不重要。赢得这场战争的胜利,才是唯一至关重要的事情。"

"不,"我反驳她,"我不同意。马尔科夫重要,我重要,你也重要——这才是我们要赢得战争的动力啊。"

科利亚扬起眉,我维护马尔科夫的言语一定打动了他。

"我最重要,"科利亚冲我们宣称,"我在写一部二十世纪的伟大小说呢。"

"你俩已经快坠入情网了,"维卡叹道,"你俩知道不知道啊?"

在我们前方,由那些疲惫不堪的男人组成的不祥之队,他们的脚步变得拖沓和延迟起来,并最终停滞不前了,迷迷瞪瞪的俘虏们都竭力想弄明白为什么不走了,原来是那两个没靴子穿的苏联士兵中的一位停下脚不走了。他那个阵营里的有些士兵连劝带骂地恳求他赶紧走动起来,可他摇着头,什么话也没说,双脚在雪地里扎了根。他的一个朋友徒劳地想把他往前推,可他打定主意不再向前走了,他已经选好了自己站立的位置。德国兵见此情景,立马儿冲过来,挥着手中的半自动步枪,用德语呼来喝去,围着他的那些红军战士这才勉强从这个注定要死的同志身旁逐渐退开。这名红军战士笑对着德国人,举起一只手,讥讽地行了个纳粹军礼。我别过头,看向了别处。

20

日落前一小时，队伍在一处废弃不用的校舍旁停下。那是"人民工程"之一，建于第二个"五年计划"期间。铅玻璃窗如中世纪的炮眼般狭小，大门上排列着两英尺高的青铜字母，拼写出列宁的名言：把孩子交给我们八年，就会成为永远的布尔什维克。但某个也会讲俄语的入侵者在标语旁边又用白漆乱涂了一句反驳的话：把孩子交给我们八秒，就再也没有布尔什维克——写的时候显然由于字迹未干而留下油漆往下滴答的印记。

纳粹德国的国防军已经占领了这座校舍并成立了指挥中心。六辆桶车停在入口通道附近，一个没戴军帽的德国兵正拿着绿色的简便油桶给其中一辆车加油，他的一头金毛好像刚出生的鸡雏，又短又黄。当这支押解俘虏的队伍经过时，他漫不经心地瞟了瞟。

军官下令队伍解散，大多数卸下沉重行军包的德国人已经进入校舍里面去了，叽叽呱呱开心得很，准备一会儿就冲个澡（如果水没冻住的话），吃顿热乎饭。余余的山地猎兵们（四十人左右的一个排）因为要留下来值勤，所以心里很不痛快——当然不痛快了，一整天都在无穷无尽的俄罗斯丛林里艰难跋涉，再加上饥饿和困顿。他们毫不客气地把我们推搡到校舍墙边，让我们站好队候着。

一个德国军官在那里等着我们，仰靠在一把折叠椅里，一边抽烟一边看报纸。他先扫了我们一眼，脸上挂着懒洋洋的笑，一副很开心的样子，仿佛我们是他的朋友，是被邀请来吃晚餐的。把报纸往旁边一放，他从椅子上站起身来，微微点着头，审视着我们的脸、衣服和靴子。他穿着灰色的武装党卫军制服，袖口部分是绿色的，灰大衣挂在折叠椅背上。"特别行动队。"维卡靠近我低声说。

我们的队伍大致编好后，这位特别行动队军官把香烟往雪地里一扔，冲猎兵中那个皮松肉垮的翻译点点头。他们很自信地用俄语交谈着，似乎在对听着他们讲话的俘虏们故意显摆。

"多少个？"

"九十四个，哦不，九十二。"

"是吗？有两个来不成了？很好很好。"

这个军官面向我们，眼对眼、一个一个盯着看过来。他是个长相英俊的男人，黑色野战帽向后微仰，扣在被太阳晒过的前额上，精心修剪过的胡子让他看上去有一股爵士歌手的味道。

"大家别怕，"他说，"我知道你们都看过宣传了，共产党想让你们觉得我们是野蛮人，是来毁灭你们的。但现在我看着你们的脸，看到的都是好人、诚实工人和农民的脸……你们中间一个布尔什维克都没有吧?"

没人举手。德国军官笑了。

"我也觉得没有。你们比布尔什维克聪明,在你们心中,恐怕'布尔什维克'只不过是犹太人追求永恒统治世界这一梦想的最极端的表现方式而已。"

他的视线扫过面前这帮俘虏面无表情的脸,和气地耸了耸肩膀。

"我们不需要什么花言巧语,你们骨子里也清楚,这才是最关键的。你我两国之间没有理由起冲突,因为我们有共同的敌人。"

他示意一个德国兵过来,那个士兵从折叠椅旁的木盘中拿起一堆报纸,分派给他的另外五个队友,接着他们走向俘虏,给每个人都发了一份。给我的那张是《共青团真理报》,维卡和科利亚拿到的是《红星报》。

"经过这么多年的洗脑和宣传,我理解要想一时半会儿就掌握这个概念着实很难。不过,你们一定要坚信这个真理:德国的胜利就是苏联人民的胜利。即使你们现在不明白也没有关系,用不了多久,你们就会明白,你们的后代也会在成长中明白这一点。"

夕阳投射出我们巨大的影子,这个特别行动队军官为自己的一席话深感愉悦,并为其带给我们的感召力暗自欣喜。他的俄语在技术层面上来讲简直堪称完美,但他丝毫不去掩饰自己的异国口音。我心里纳闷他是在哪儿学的俄语,也许他本来就生在德意志殖民区内的美利托波尔①或比萨拉比亚②。他的目光越过我们的头顶,凝望着遥远的银色天穹中飘着的三朵椭圆小白云。

---

① 美利托波尔是乌克兰南部城市。
② 比萨拉比亚指德涅斯特河、普鲁特河-多瑙河和黑海形成的三角地带。苏联解体前,这一地区全部处于苏联境内;苏联解体后,分属于摩尔多瓦和乌克兰两个国家。

"我热爱这个国家,多么美丽的土地啊。"他低下头,抱歉地耸耸肩膀接着说,"你们一定在想,话虽是这么说,还不是仍然在打仗,对吧?事实是,朋友们,我们需要你们,你们每个人都要为这一事业服务。你们手里拿的那份东西就是你们杰出的当权者印出来的连篇瞎话。你们也知道那些报纸有多'诚实'吧!它说战争永远都不会发生,看看,我们现在都在这里了!它说八月份之前就会把德国人赶出去,但告诉我——"说到这里他戏剧化地打了个冷颤,"你们觉得现在仍像是八月吗?不过没关系,没关系的。你们每个人都得大声从那上面念一段,只要是我们认定能够识文断字的人,就可以跟我们一起去维堡,在那里,只要给临时政府翻译文件,我就能保证你们一日有三餐。想想看吧,在有暖气的大楼里工作!而那些无法通过我们测试的人呢,嗯……要做的工作可就会稍微粗笨一些。爱沙尼亚的钢铁厂,我自己倒还没去过,不过听说那里充满危险呢。当然,我们还是会给你们提供比较不错的食物,再怎么说也会比红军提供的烂菜汤强——根本不用费劲去猜,我就知道你们这些老百姓这几个月来吃的是什么玩意儿。"

听闻此言,几个岁数大些的农民马上摇头叹息、跟同伴们大眼对小眼,并互相耸肩膀。那军官对翻译又点点头,这两个德国人便立即开始测试了。要判断我们这些俄国人的文化程度,只需听几句就好。我看着手头那份《真理报》,头版头条是用醒目的粗体字标出的斯大林演说辞。同胞们!同志们!永远的荣誉是给那些为我们国家的自由和幸福献出生命的英雄!

刚才那几个农民遗憾地耸着肩膀,看也没看就把报纸交还给德国人;集体农庄出来的几位年轻人,硬着头皮好不容易磕巴了几个字出来。他们把这测试视作非同小可,个个皱着眉头使出浑身解数去认

225.

字母。对那些不识字的人犯下的错误，德国人没有恶意地笑出声来，拍拍他们的肩膀，开两句玩笑。

"你从来没认真读过书吧？忙着泡妞儿去了？嗯？"

没过多久，俘虏们就都放松下来了，朝站在队尾的哥们大呼小叫。这群被俘的人有时候居然还会为某个同伴的结结巴巴而跟着俘获他们的德国人一道放声大笑。还有两三个，一边假装读着报纸，一边大肆创作着莫斯科外围的新战事或有关珍珠港大爆炸的报导，他们用从收音机里听来的播报方式朗读着，幻想能够以此蒙混过关。貌似德国人觉得这些小诡计很好玩，但双方都知道，没有人能混过去。

德国人让不会读的站到左边，最先站过去的几位原本对自己当众丢脸还有些尴尬，但随着不识字阵营的逐渐扩大，他们又开心起来。

"哟，萨沙，你也不识字呀？我还以为你聪明着呢。"

"看他在人家军官面前扭来扭去的那副德行！来，来！跟我们去钢铁厂吧。什么？你说你没准儿能捞到办公室里的活儿？真会开玩笑……看他还在那儿读呢！"

"老爱迪克，你以为你能一路走到爱沙尼亚去？嗯？算了吧，高兴点儿，我们会拉你一把！"

而那些识字的人则尽力在德国人面前好好表现，像演员念台词那样背诵着文章。这里头还有好些人，明明都让他们停了，却还继续读啊读，看见大词还要读得格外花哨，以显示自己对词汇的驾轻就熟。他们被分到右边时，喜气洋洋而又自豪，向站在一起同样受过良好教育的同伴们点头致意，庆幸这一天总算以如此之好的方式收了尾。维堡并不太远，三餐不愁，又能在暖和的大楼里工作，较之整夜坐在壕沟里等着迫击炮弹落下来，无疑是一桩很好的交易。

科利亚转着眼珠瞧那些"文化人"互相恭喜。"看看那些人,"他压着嗓子咕哝着,"会读个报就想邀功请赏。再看那些德国人,多高傲呀……要不我给他们来个《叶甫盖尼·奥涅金》的第一段得了,不是更能打动德国人吗?六十节,啦——它——它——它——它。他们觉得只有他们的文化才是欧洲唯一的文化吗?他们真要硬拉着歌德和海涅来与我们的普希金和托尔斯泰相比较吗?我还得再来点儿音乐——这比他们指望的更多——还是来点儿音乐好了,还有哲学。文学?别,我看还是算了吧。"

戴黑帽子的军官与科利亚之间只隔了两个人,站在我的右侧。我发觉有一只戴着手套的手紧紧握住了我的右手,转过去一看是维卡,她苍白的面孔斜对着我,即使迎着夕阳,她那透着凶光的眼睛仍一眨不眨。她抓我的手是要预警什么,但她把手握完了也没马上收回去。至少我对自己是这么说的,我能让她爱上我,为什么不呢?但她对我的整体态度是又厌烦又嫌恶,这可叫我怎么办?

"你别读。"她用训练有素的、只有我能听见的低音跟我说,目不转睛地看着我,以确定我听懂了她的话——这是我一生中唯一不用任何解释就全懂了的一次。

这时,特别行动队军官站在那里,摆出教授般耐心又仁慈的模样,他已经开始倾听紧挨着科利亚的那个红军战士会怎么说了。

"很快,欧洲各国就会飘扬起和平的旗帜——"

"很好。"

"各国之间和睦相处。"

"很好,很好。站到右边去吧。"

我碰碰科利亚的胳膊,他不耐烦地用余光扫了我一眼,看来已经准备好让这个以恩人自居的法西斯分子见识见识什么才是真正的俄

227.

国文字了。我摇了摇头。法西斯走向科利亚，我再没机会说话了，我所能做的就是注视着科利亚的双眼，巴望着他能明白。

"哦，这儿有个好看的草原小伙子，你有顿河哥萨克人的血统吧？"

科利亚笔直站着，他比特别行动队军官还要高，有好几秒钟，他只是俯视德国人而没张嘴。

"不知道我有没有那种血统，我出生、长大，都在彼得城。"

"美丽的城市，列宁格勒这名字有点儿让它蒙羞了，很难听，是吧？我的意思是说就算把政治抛在一边，这名字在我听来也总是感觉不大对头。圣彼得堡，那才是能让人产生共鸣的名字，多么有历史的地方啊！你知道吗？我去过那儿，还有莫斯科。我盼望着在不久的将来再去参观游览。现在，让我看看你能干些什么。"

科利亚举起报纸研究着上面的铅字。他深吸一口气，张开嘴，准备开始——他笑笑，摇着头，把那张报纸递还给德国人。

"我连假装会念都做不到，真抱歉。"

"不用道歉！你这样的身材，待在书桌前是一种浪费。好小伙子，你会没事的。"

科利亚点点头，像个英俊的二傻子，冲德国军官笑笑。此时，他应该站到文盲那列去，但他晃到我身边，双手插在口袋里。

"我想看看我的朋友是不是能比我强一点儿。"科利亚说。

"他不可能比你更差劲，"黑帽子军官脸上带着笑，往我面前一站，好好打量了我一番，"多大了？十五？"

我点点头。不知道十五或者十七哪个岁数说出来更安全一点儿，于是凭借本能，随便应承。

"你的祖父母那辈是从哪里来的？"

228.

"莫斯科。"

"四位都是?"

"对。"我现在说什么都不过脑子,自动自觉编瞎话,"我父母是在那儿遇见的。"

"依我看,你可不像苏联人。如果一定要猜一下的话,那我会说你是犹太人。"

"我们一直那么叫他来着,"科利亚插嘴,揉着我的头发,咧着嘴笑,"我们的小犹太人!这都把他逼疯了。但是你看看他那鼻子!我要不是认识他们一家人,一定打赌他是个犹太佬。"

"也有犹太人长着小鼻子的,"德国人说,"外族人鼻子大,可我们不能过于轻率地假设。几个月前我在华沙见过一个犹太人,他的头发颜色比你的还金。"他指指科利亚的头,笑着眨眨眼,"染的,你明白吗?"

"明白明白。"科利亚也笑。

"别太担心了,"德国人对我说,"你还年轻。我们都有过自惭形秽的时候。那么,告诉我,你比你的朋友强吗?"

我低头看看手里的报纸。

"我知道这是'斯大林',"我指着一个词,"和——'同志'?"

"对,开头不错。"

他给了我个大伯伯一般慈祥的微笑,拍拍我的脸,把报纸拿过去。我认为他可能对自己刚才说我像犹太人有些过意不去了。

"很好。你能和你的朋友搭个伴去爱沙尼亚了,几个月的艰苦工作伤不了什么人,这一切很快就会结束。还有你——"他移步到维卡跟前,她是这一排的最后一个,"又是一个孩子。你有什么本事吗?"

维卡耸耸肩,摇摇头,眼睛压根儿就没抬起来,把一字没看的报纸还给特别行动队军官。

"好了,布尔什维克的教育体制又一次'胜利'了。好,你们仨都站到左边去。"

我们加入咧嘴傻乐的文盲队伍中去,队伍中有一位曾经在钢铁厂工作过的,其他人正围着他,听他描述钢铁厂里的高温高热有多可怕,炼化金属有多危险。告发马尔科夫的那个叛徒站在这圈人的外围,正搓着手取暖,没见有谁搭理他。

"他就是那个阿本德罗司?"我小声问维卡,她摇摇头:"阿本德罗司的军衔是德军冲锋队少校,领袢上有四条杠,这人只有三条。"

随队翻译清点着人头,嘴唇翕动着记下左右两个队列的俘虏人数。清点完毕便向军官汇报:"五十七个能读的,三十八个不能读的。"

"很好。"

太阳落山了,天气越来越冷。特别行动队长官走向折叠椅,他的大衣摊在椅子上等候着他。与此同时,德国兵让有文化的排成两列,命令他们开步走。这拨俘虏欢快地朝路对面受教育程度低的同胞挥着手,他们现在的步伐很精准,远远不同于今天早上那支跌跌撞撞的队伍,连靴子的起落都踏准节拍,左,右,左,右。俘虏们想给他们的德国主子留下深刻印象,想向德国人证明,把"去维堡剪辑报刊、挣口粮"这么个好机会给他们是值得的。

那个军官不再看他们,而是系好大衣扣子,戴上皮手套,转头迈步走向停着的桶车。有文化的俘虏们则齐步行进到校舍中没有窗户的那侧砖墙下,面朝前立定。直到这会儿,他们还没醒过来,不知道即将噩运当头。他们怎么会知道呢?都是好学生,都顺利通过了测试,也都将得到奖赏。

我看向维卡,她正眺望远方,不去看眼前的情景。

德国兵们举起半自动步枪，朝着那排俘虏开了火。他们的手指不停地扣动着扳机，直到打空了弹匣。俘虏们四肢张开、破碎不堪地扑倒在地，烟雾从他们烧焦的衣服上冒起来。德国兵们重新装好子弹，走到墙边查验，看谁还有呼吸，就照着脑袋再补上一枪。

这时候我看见特别行动队军官在校舍前跟那个没戴军帽的年轻士兵打着招呼（他一直在那儿给桶车加油），不知道军官说了些什么，想必很有趣吧，年轻士兵不断大笑，点头附和着。军官上了一辆桶车，开走了。年轻人捡起空油桶，拖着它们往校舍方向走，还没走两步便停下来抬头望向天空，是飞机的引擎轰鸣声，就在我们头顶之上，我能听得很真切。三架一组的银色容克轰炸机正组队往西飞去，将进行晚间的第一次轰炸袭击。三架接着三架地连续飞过，像迁徙的候鸟群般占满了整个天空。所有人，幸存的俘虏和山地猎兵，都静静地站着，看飞机呼啸掠过。

21

我们在校舍后面的工棚里睡觉,三十八个人被硬塞进了只够八个人舒舒服服睡觉的空间里。没有人能躺平。我双膝并拢坐在一个角落里,一侧挤着科利亚,另一侧顶着维卡,这个姿势让我的背很难受,但呼吸相对顺畅一些——工棚里,墙板之间的缝隙是唯一的通风孔,如果我突然患上幽闭恐惧症,至少还可以转过头去吸一口又清又冷的空气。

没有光亮,德国兵把工棚的门钉死了,外面卫兵讲话、点烟的动静倒是能传进来。而此刻在工棚里,俘房们一直都在谈论着如何能逃跑、脱身——虽然看不见他们的表情,效果却和听我老妈喜欢的电台广播剧差不了多少。

"我告诉你,撞开这棚子还不就像砸碎胡桃壳那么容易嘛。谁把肩膀往这里顶一顶,都能穿'墙'而出。"

"你真这么想?你是木匠吗?我可是木匠。在他们把咱塞进来之前,我就已经看过墙面了,是白桦木条,结实得很呐。"

"知道穿墙而出的人会有什么下场吗?卫兵端着机关枪在外头等着呢。"

"多少卫兵?两三个?大伙儿一起呼啦一跑,顶多也就损失几个,可咱们最终可以干掉他们呀。"

"谁能瞅见外面到底有几个呀?"

我歪着脑袋从墙壁缝隙往外看。

"我只能看见两个,没准儿另一边还有更多。"

"只要我不是第一个往外冲的就行。"

"大家一起跑啊。"

"可总得有头一个和末一个之分吧。"

"我看还是在这里等着吧,他们说什么,咱们都照做就成了。战争又不是永远没完没了。"

"这话谁说的呀?爱迪克?你怎么没在地狱里被烧死呢?你这个老不死的,没瞅见今天的事儿吗?如今你居然还相信那帮狗娘养的说的话?"

"他们要是想杀我们,早就杀了。人家想要的是那些模样端正的党的人。"

"哦……你这倒霉的老混蛋,你懂个屁呀!真想让你们家孩子把屎拉在你的汤碗里。"

科利亚隔着我探身到维卡那侧去,跟她在黑暗里悄悄低语,防备着不让那群鸡一嘴鸭一嘴、聒噪不已的农民听见。

233

"那个特别行动队长官……他曾经离我们那么近,你当时还叫马尔科夫别向猎兵队伍开枪,要留着打特别行动队……可结果呢?"

有好一阵儿,维卡都没有回答。我以为她一定是被科利亚话里含蓄的批评气着了,没想到她开口时,语气中却透着缜密的思考。

"也许我那会儿是害怕了,你呢?"

科利亚叹了口气:"那时候看起来时机是不太好——即使能开枪打死他一个,自己也得被打成筛子。"

"不是的,可能因为我们真的等太久了,可能那一次就是我们最好的机会。"

虽然我认识维卡仅仅一天,但她的话还是让我着实吃了一惊。她看起来不像是那种会承认"吃不准"什么事儿的人,可现在她竟然一句话里说了两次"可能"。

"我差一点儿就动手了,"科利亚用胳膊肘顶了顶我的肩,"在他询问你祖父母那段时,我还以为他会让你脱裤子呢,想看看你的真家伙[1]。我的手都放在枪把上了,可后来咱们又把这事儿糊弄过去了,对吧?你觉得我当时编得那套怎么样?喜欢吗?"

"真够哥们儿,"我说,"非常有急智。"

"我觉得他想干我,真的,他当时用那种眼神看我。"

"我以前说犹太人什么来着,"维卡咕哝着,在黑暗中碰了一下我的膝盖,"让你们知道哦——纳粹恨之入骨的任何人,都是我的朋友。"

"他只是半个犹太人。"科利亚的口气里有赞美之意。

"还是比较好的那一半。"我接话。维卡笑了。在此之前,我都不

---

[1] 据传犹太男孩从小就会环切包皮,所以会有脱裤子验明正身一说。

知道她居然会笑,对我来说那真是一种奇怪的声音,倒不是因为她的笑声有多古怪。她笑起来和一般女孩子没什么不同。

"战前你是干什么的?"我问维卡。

"学生。"

"哟!"科利亚插话进来。我多么希望他能赶紧睡过去呀,但他的声音听起来好像很清醒,似乎准备好要洋洋洒洒。"我也是学生。你学什么的?农业?"

"为什么是农业?"

"你不是从集体农庄来的吗?"

"我看着像是从他妈集体农庄来的吗?是阿尔汉格尔①好不好。"

"哦,北方姑娘!怪不得呢——"科利亚用胳膊肘捅捅我,"她果真是北欧海盗的后代哎。那么……你一直在那里的大学读书?研究木材和海狸?"

"天文学。"

"我是念文学的,列宁格勒大学。"

科利亚聊起了谢德林、屠格涅夫及其作品的瑕疵,絮絮叨叨了好几分钟,可是突然一下就睡着了。他的大长腿在我面前抻着,挤得我不得不把两条腿屈起来抵在胸前。那些乡下人也陆续进入了黑甜乡,尽管时不时还能听见东一句西一句的低声争论。

大家挤作一团,身体散发出的热量使得这间工棚足够暖和。我在被赶进来之前设法抓了一小把雪,想在黑暗中一小撮一小撮地吮吸。自打从狩猎小木屋跑出来到现在,我什么东西都没吃过。在小木屋那里,科利亚和我还分了从农舍里带出来的一袋子胡桃。不过一整天水

---

① 俄罗斯西北部一个港口城市。

米不进也算不得什么新鲜事。在大围城期间，我们所有的彼得城人都被饿成专家了，会变着法儿分散注意力不产生"需求"。回想起那时候在基洛夫公寓里，我研究塔拉什的《国际象棋棋谱三百局》，以此打发那些极度饥饿的夜晚。"始终应置'车'于'兵'之后，"塔拉什在书中这样告诫他的弟子们，"除非这么做是错的。"

现在既没有棋谱可读，又没有收音机可听，想睡觉又死活睡不着，我不得不找点儿别的事来把大脑占满。工棚里变得越来越静了，我越来越清醒地意识到维卡的身体正靠压在我的身上。当她循着墙上的缺口去呼吸新鲜空气时，发丝会拂过我的鼻子，身上散发出来的气味像一只湿狗。我打小就被培养成为一个挑剔的人——我妈向来不能容忍水槽里有一只脏盘子、浴室里的毛巾没叠好或者一张没有整理过的床。在我们小时候，她会在浴缸里用粗糙的大海绵使劲搓洗我们的身子，皮肤常常被她弄得红肿疼痛。不过，也有那么几回，如果赶上我妈正在为聚会准备晚餐，那就由我的父亲给我洗澡，这不啻于之前那种"鞭打"的豁免——不论他给我们讲什么故事，他总归会分心，而所谓给我们"洗澡"，无非是把热水往我们身上随便泼泼罢了。我酷爱《图拉的斜眼左撇子和钢跳蚤的故事》，在那段美好的记忆里，父亲总是一次又一次地讲给我们听。

我从小到大养成了爱干净的习惯，如果谁邋遢，就会让我很不舒服——比如安托科利亚斯基家双胞胎手指甲里的泥，或者学校老师领口上那些汤汤水水的污渍。然而此刻维卡身上湿狗的气味，我却一点儿都不反感。当然了，在那个时候，我们每个人身上都积着大量污垢——我自己闻起来肯定也像是死了一个礼拜的鱼，臭气熏天——但我可不认为不反感她是已经习惯了恶臭的缘故。她身上散发出的浓烈气味，让我想帮她把全身都舔干净。

"你真的觉得他们会把我们带到爱沙尼亚去吗?"我问她。想念维卡本来是我之前用来分散对饥饿的注意力的一个法子,可现如今,我需要另一个法子来分散对这个念头的注意力了,何况我的坐姿也很不适合对维卡的意淫。

"不知道。"

"我从来没去过阿尔汉格尔,那里一定很冷吧?"

她没回答我。在她不回答我的这段安静的时间里,我开始考虑是否确实存有这种可能性:我真的是一个很无聊的人。除了一个无聊的人之外,谁还能喋喋不休地净问些毫无意义的琐事呢?如果有那么一头聪明的猪,它是整个牲畜棚里的天才,它穷尽一生的时间去学了俄语,最后终于精通了,可不巧它听到的第一段话就是我说的,那它一定会这样想:为什么要把一生中最美好的时光浪费掉而不是在烂泥里懒洋洋地待着,或是跟其他笨蛋牲畜分享残羹剩饭呢?

"你学的是天文学吗?"

"是的。"

"那好,我有个问题。宇宙中有上亿颗星星,对不对?我们又被这些星星包围着,这些星星都发光,而光的运动是永恒的。那么为什么——"

"夜晚的天空不亮呢?"

"没错!你也想过这个问题呀?!"

"人类已经琢磨这个问题好长时间了。"

"噢!我还以为我是第一个呢。"

"不是。"她说,听她说话的口气,我能感觉到她是笑着的。

"那么为什么夜晚是黑的呢?"

"宇宙总是在不断扩展的。"

"真的?"

"嗯。"

"不是……我的意思是我知道宇宙在不断扩大。"这是我瞎掰的,宇宙怎么可能无限扩大?它不就是万事万物吗?已经是万事万物了,又怎么可能再向外扩展呢?就算能够扩展,又要扩展到哪儿去?"我没搞懂如何用理论解释星星发光这事儿。"

"这个说起来挺复杂的,"她说,"把嘴张开。"

"什么?"

"嘘——叫你把嘴张开。"

我照着她的话做了,她把一小牙儿黑麦面包塞到我的嘴里。这面包不像在彼得城吃的那种能把牙硌掉了的配给面包,它尝起来就是真面包——茴香种子,发酵粉,牛奶。

"好吃吗?"

"嗯,好吃。"

一小牙儿一小牙儿的,她喂了我整整一片面包。在这之后,我舔舔嘴唇想要得更多,虽然我知道不会有更多面包了。

"没了。我得给明天留点儿,你的朋友也会饿呀。"

"谢谢。"

她咕哝着应了句什么,随即换了个让自己舒服点儿的姿势。

"他的名字叫科利亚,主要是想让你知道……我呢……叫列夫。"

刚才维卡只回答了我的一半问题,但我知道最后这句不算是回答。我多么希望她会说:"我叫……"然后我就再说:"对,我知道,是维克托里亚的简称,对吧?"也不知道是什么原因,我总觉得要是真说出了这句话,就会让我显得挺聪明,尽管每个"维卡"都是"维克托里亚"的简称。

我听着她的呼吸，想搞清楚她到底睡着没有，便小声问了最后一个问题：

"你说你是读天文学的学生，那我就真的不明白了……你怎么又变成狙击手了呢？"

"从开枪打人开始就变了。"

对我而言，这句话应该表示我们的聊天不得不终止了。所以我闭上了嘴巴，让她睡。

后半夜，我被一个老农民剧烈的咳嗽声吵醒，一边听着他要把自亚历山大三世统治时期就窝在肺里的那口老痰给咳出来的动静，一边意识到维卡在睡梦中已经歪到我身上来了。她的脸靠在我的肩膀上，她的前胸一起一伏，呼吸时发出"呼——哧——"声。在那一夜剩下的时间里，我尽最大努力保持一动不动，努力不惊扰到她，让她一直一直靠我这么近。

22

工棚门板上的厚木条砰砰作响,我们被德国人起钉子的声音吵醒了。阳光从墙壁的缝隙中照射进来,光斑打在一个油腻腻的额头、一只鞋底从脚指头处往回卷的皮靴和一件老男人大衣的牛角扣上。

维卡坐在我旁边,啃着指甲。她啃得很有条理,并不是那种焦虑的人神经质的强迫症,倒像是屠夫在磨自己的利刃。夜里,有那么一个时刻,她从我身边挪开过,但我并未察觉到她的离开。我注视她的目光一定被她感觉到了,她抬眼看着我,眼神里找不到一丝爱意。天一亮,在夜里感受过的亲密便消失得无影无踪,那只是灵光一现。

工棚的门开打了,德国人喝令我们起身。农夫们活动着身子,不再挤挤挨挨了。我看到老男人爱迪克用他骨节粗大的食指挖鼻孔,然后把抠出的一大坨鼻屎往地上一吹,险些命中另一个人的脸。

"哎哟,"科利亚咕哝着,把围巾往脖颈上缠绕着,"你当真不想跟我们的农民同志一起在集体农庄长大吗?"

正当俘虏们从棚子里一个一个往外走时,离门口较远一侧的一个男人突然大叫一声,附近的人们都转过头看是什么把他惊吓成那样,可转瞬间,他们也不安地交头接耳起来。从我这个角落看过去,除了一堆后背之外什么也看不见。我和科利亚站着没动,对这阵骚乱相当好奇,维卡却丝毫不感兴趣地打算往门外走去。

科利亚和我悄悄走到棚子的另一头,侧身围拢到窃窃私语的农夫身边,低头一看,一个男人一动不动地躺在那里,正是告发马尔科夫的那个家伙。他的喉咙被割断,面如死灰,血都快流干了。他一定是在睡梦中被杀死的,否则我们不会听不到他的呼救声,一刀割喉时,他的双目圆睁着,暴突出眼眶,此时正充满恐惧地盯着我们俯视着他的脸。

一个农民用力脱下这死人的靴子,另一个便拿了他的绵羊皮手套,第三个则扒下他系在裤腰上的工具皮带。科利亚一猫腰,手疾眼快地抓走了他的棉帽子。我背转身,正好看到维卡在摆弄她的兔皮帽子,低低地扣在额头上,她只回望了我一秒钟便走出了工棚。又过了一会儿,一个德国兵进来,先是对我们的磨磨蹭蹭极为生气,气得都准备开枪了,然后看见了地上的死尸和喉咙上的大血口子。那血迹从尸体背后流出,在地板上蔓延,活像一对巨大而又怪异的黑翅膀。行凶者显然把德国兵惹怒了,对他来说,又多了一桩麻烦事——得给长官一个合理的解释。德国兵用德语问了句什么,更多地是在问他自己吧,并不指望谁能回答他,但科利亚清了清嗓子回答了他。我无从判断科利亚的德语如何,但德国兵看起来大为吃惊,吃惊于这里怎么居然有一个俘虏会说他们的语言。

德国兵摇了摇头,算是简短回应了一下,用大拇指往外一指,示意我们离开工棚。到了外面,我才问科利亚他刚才说的德语是什么意思。

"我告诉他,这帮农民比你们德国人更恨犹太人。"

"那他什么回应?"

"'做事应该用恰当的方式啊。'相当日耳曼人。"科利亚拼命往他的脑袋上扣那顶"新"帽子,这帽子其实不够大,他只是设法把两边的护耳拉得更低一些,好把拉绳系起来。

"你觉得暴露自己会说德语很明智吗?特别是经过昨天的文化测试之后?"

"才不明智呢,我觉得这很危险,但至少现在他们不会再问别的问题了。"

俘虏们排成一列纵队,我们慢吞吞地朝前走,在早上明亮的太阳底下眯着眼,朝一个高大的、看着像是宿醉未醒的德国人走去,他睡眼惺忪的,发给我们一人一块饼干——硬得像煤饼子似的。

"这是一个好迹象。"科利亚小声说,用指甲轻轻敲了敲饼干。

不久,我们跟其余的猎兵们会合,低头顶风朝南行进。今天我们走的是公路,但路面仍被满是踩踏痕迹的层层冰雪覆盖着。从校舍走出来几公里,就遇到了一块去姆加的路牌,我指给科利亚看。

"嘿,今天星期几了?"

真得好好想想,我心里回数至星期六。

"星期三。按说我们应该明天就该带着鸡蛋现身了。"

"星期三……我都已经十三天没拉过屎了。十三天哪……这到底是怎么了?我又不是一点儿东西都没吃。宝宝鸡汤、一些香肠、跟那些姑娘一起吃的涂了黄油的土豆,还有配给的面包……大便赖在我的肚子里想干吗呀？真他妈的是屎一坨啊。"

"你想拉屎？"那个胡子拉碴、年纪一大把的老爱迪克转头问道，他听见了科利亚的抱怨，打算给点建议，"煮些鼠李皮，喝它的汤，准有效。"

"好极了。你瞅见附近哪儿有鼠李皮吗？"

爱迪克扫了一眼路边的松树，摇着头："如果我看见哪儿有，就吹声口哨。"

"太谢谢你了，或许你还能帮我弄点儿开水呢。"

爱迪克已经脸冲前方、小心翼翼地回到自己的位置上去了，生怕哪个德国兵往这边看。

"听说斯大林去莫斯科郊外的一个集体农庄视察了，"科利亚换成了他讲笑话的腔调，"想看看他们在最近的五年计划里有什么收获。'告诉我，同志，'他问一个农民，'今年土豆收成怎么样？''很好，斯大林同志。如果我们把土豆堆砌起来，它们就能触摸到上帝了。''可是上帝根本不存在呀，农民同志。''土豆也一样，斯大林同志。'"

"老掉牙的笑话。"

"笑话嘛，如果够好，就够老，要不然谁会一直讲它呀？"

"别人都喜欢你这种逗乐的人吗？"

"我就是受不了你永远都不带笑。我能逗姑娘们开心，那才是问题的关键。"

"你觉得是她干的？"我问科利亚。他瞟了我一眼，一度有些摸不着头脑，直到他看见我盯着维卡，才会过意来。今天，维卡没跟我们挨着一起走，她在队伍中很靠前的位置。

"当然是她干的。"

"我只是……她整夜都紧紧地靠着我，我快睡着时，她的头正靠在我的肩膀上。"

"那可是你前所未有的、离性最近的一次经历了。看出来没？听我的就能学到东西啊。"

"——可是不知怎么的，她有办法做到从我身上挪开而不被察觉，我是个睡觉很轻的人啊……她在黑暗中爬过横七竖八挤在一起的三十个农民，到那儿把那家伙的喉咙割开，然后再爬回来？不吵醒一个人？"

科利亚点点头，眼睛没有从维卡身上移开。她依然独自走着，仔细审视着道路两旁和德国人的位置。

"她是天才杀手。"

"尤其以一个天文学家而言。"

"哈哈，不要轻信你所听见的一切。"

"你认为她说谎？"

"我相信她读过一阵子大学，那里正是部队招募新人的地方。哟，小狮子，你真觉得她枪法那么好是从天文课上学来的？她是个NKVD——每个游击队组织里都有他们的人。"

"这事儿你并不知道啊。"

他停下来几秒，抓住我，以便保持住平衡地抬起一只脚，磕了磕另一只，把靴底的积雪清掉。

"我什么都不知道。或许你也不叫列夫，或许你是俄国历史上最伟大的情圣。但我是考量了事实之后作出的合理推测。游击队是当地的武装力量，他们永远都比德国人更加了解当地情况。他们在当地有朋友、有家人给他们提供食物，让他们有能睡觉的安稳地方——这些就是为什么他们这么卓有成效。现在，你来告诉我，我们这里离阿尔汉格尔有多远？"

"我不知道。"

"我也不知道。七八百公里？德国边境都比那地方近。你以为当地游击队会一拍脑袋就决定去相信一个不知道打哪儿冒出来的丫头片子？错，她是被派去游击队的。"

维卡在前方的雪地上步履沉重地跋涉着，双手插在大衣外套口袋里。从后头看，她就像一个十二岁的男孩子，穿着偷来的机修工人制服。

"我纳闷她到底长没长奶头。"科利亚说。

这番粗鲁的言语着实惹恼了我，尽管我也想知道同样的事情。若想以大她好几码的外套猜测她的身体曲线是什么样的，完全不可能。在我看来她曲线全无，并且细得像根草。

科利亚注意到我脸上的表情，笑了起来。

"我是不是冒犯了你？抱歉抱歉。你真的喜欢她，是不是？"

"不知道。"

"我不会再那么说她了，你能原谅我吗？"

"你爱怎么说她，随你的便。"

"不不不，现在我弄明白了。但是听着，她可不是一条容易上钩的鱼啊。"

"你是不是打算从你那本编造出来的破小说里再给我多来几条建议？"

"听着，你想取笑我也行，但在这种事情上，我知道的可比你多。我的猜测是，她有那么一点点爱那个科尔萨科夫，那男人是个比你强壮的硬汉，所以你就不能再用扮硬汉去打动她了。"

"她不爱那个人。"

"只是一点点嘛。"

"我从来没想过用扮硬汉去打动她,你以为我那么傻?"

"那么现在问题就来了:你拿什么打动她?"

说到这儿,科利亚安静了好长一阵子,眉眼蹙在一起,额头上挤出好几条抬头纹,好像在认真思考我这个人到底有什么拿得出手的能耐。他还没想出什么来,便听到后头传来一阵叫喊声,德国兵们正挥手大喊着让我们闪开、站到路边去。一辆蒙着防水油布的平台型梅赛德斯半履带护卫车隆隆响着开过去了,后面拖曳着供给前线的粮草和物资车。我们站着看了约摸五分钟,慢慢滚动的车队仍没过完。德国人根本无意让他们的俘虏惊叹于这番大阵势,但我确实给惊着了。在彼得城实行燃料定量配给制之后,我很少在一天内看到超过四或五辆跑着的汽车。这会儿数了数,已经过去了四十辆橡胶轮胎在前、坦克履带在后的复合卡车。三头尖的奔驰车标志烙在机器盖子的铁格子上,卡车后背上喷着白边的纳粹黑十字。

在半履带车之后是八轮的装甲车、带有履带导轨的重型迫击炮和运送德国兵的轻便卡车。他们坐在车内两边的条椅上,好久没刮胡子的脸上一派倦意,来复枪靠在肩头,蜷缩在自己带有白色风帽的防风夹克里。

前方护卫车里传来了咒骂声,司机从车窗斜探出身子想看看前头到底出了什么麻烦事。原来是一个自行推进的火炮滑落在梯阶上,操作员正急忙地固定它。这枚榴弹火炮阻碍了后头的行军,步兵们趁此机会跳下运兵卡车,站在路边小便。不久,足足有几百个步兵排成一列,履带车司机和炮兵们踩着脚跟各自的朋友打招呼,叫喊成一片。这群人往后斜着身子,比试着看谁能把尿撒得最远。黄色的雪地上升腾起一片热气。

"看看那些舔屁股的家伙正往我们的土地上撒尿,"科利亚低声说,"等我在柏林市中心蹲着拉屎的时候,他们就不会笑得这么大声了。"这想法让他高兴起来,"也许这就是为什么我现在一坨也拉不出来的原因,我的肠子也在等着胜利呢。"

"爱国的肠子。"

"我身体的每一部分都爱国。等胜利来临时,我的××也会高唱'苏联赞美诗'的。"

"但凡我听见你们俩聊天,准没别的,尽是××和屁股。"维卡说。她用她一贯的安静方式悄悄地走在我们后面了。乍一听见她的声音,我大吃一惊。"你们俩干吗不脱光了彻底搞完?"

"我可不是他想剥光的那个人。"科利亚抛个媚眼边说。

一股怒气蹿上我的心头,而且尴尬无比。不过维卡完全没有理会科利亚的话,她用眼睛瞄着卫兵和别的俘虏,同时悄悄掖给我们一人半片她的黑麦面包。

"你们看见护卫队最后面那些军官的车了吗?"她盯着她所说的方向,没有抬手去指。

"从夏天到现在,这是我吃过的最棒的面包。"科利亚说,分给他的部分已经被狼吞虎咽地吃光了。

"你看见那辆军官座车挡泥板上垂下的纳粹十字记号'卐'吗?那就是阿本德罗司的车。"

"你怎么知道?"我问她。

"因为我们跟踪了他三个月。在布多哥什克外围,我差点儿就打中他了。那就是他的车。"

"咱们现在有什么计划?"科利亚问道,剔着卡在牙缝中的一个藏茴香籽。

"只等护卫车队再次开拔,他一靠近,我就开枪。这应该不难。"

我上上下下打量着公路,我们站在路中间一处看着像是营部的地方,四周是好几百名荷枪实弹的德国兵,要么步行,要么坐着装甲车。不论维卡是否命中目标,她这个计划都意味着我们在几分钟之内一定死翘翘。

"我来开枪。"科利亚说,"你和列夫跟那帮集体农庄的白痴病患者待着去,犯不上把咱们的命都搭上。"

维卡噘着嘴唇似笑非笑,摇摇头:"我的枪法比较好。"

"你可从来没见我开过枪。"

"你说得没错,但我是更好的枪手。"

"其实无所谓了,"我对他们说,"你们俩即便都开枪,又有什么不同吗?你认为来这么一下子,他们还会让我们中的哪一个活着呀?"

"这孩子说到点子上了。"科利亚说道。他盘点了站在我们身旁的那些文盲俘虏们,他们一个个正跺着脚搓着手取暖,这些农民中的绝大多数人之前从来没走出过集体农庄,连几公里远之外的地方都没到过。队伍中还混杂着几个红军战士,至少有一两个,我敢肯定,他们一定跟我一样能识文断字。

"他们说有几个俘虏来着?三十八?"

"三十七个了,现在。"维卡说。她见我盯着她,便用毫无悲悯之情的蓝眼睛回视我。"你觉得在被某个农民发现你那儿少了些零件,"——说到这里,她指着我的裤裆——"接着把你出卖了好多换一碗汤来喝之前,你能活多久?"

"三十七……为了一个德国人,似乎牺牲太大啊。"科利亚寻思着。

"三十七个去钢铁厂的俘虏,不再算是苏联的财富了,"维卡依然用她静静的、不为所动的声音说,"他们只是德国人的劳动力。阿本德罗司值这个牺牲。"

科利亚点点头,凝视着远方那辆军官座车。

"我们是'兵',他是'车',这也是你说的。"

"我们不如兵,小兵还有价值。"

"如果我们能拿下'车',那就有价值了。"

话音刚落,科利亚又眨巴着眼睛看我,突然闪现出某种笑容,哥萨克人的整张脸庞上都焕发出一种光彩,他一定想到了什么绝妙的主意。

"也许还有别的办法。你们在这儿等一下。"

"你要干吗?"维卡问道,但为时已晚,科利亚已经朝最近的一群德国兵走去。德国人看他越走越近,全都眯起眼,把手指头移到扳机上。但是科利亚举着双手,用德语跟他们闲聊,又开心又放松的样子,好像我们集合到这里只是为了观看一场游行阅兵。只用了半分钟,德国人就被他说的什么笑话逗得喜笑颜开,其中一位甚至把手里的烟卷让他就着深深吸了一口。

"他有魔力。"维卡叹道,听她的语气,就像一位昆虫学家在讨论一只小甲虫的硬壳。

"他们八成把他当作失散多年的雅利安兄弟了。"

"你们俩真是奇怪的一对儿。"

"我们不是一对儿。"

"我不是那个意思,别慌,列约瓦,我知道你喜欢女人。"

我的父亲就叫我列约瓦,现在听见这个昵称从她的嘴里叫出来——如此出乎意料,却又如此自然而然,就像她这么多年来一直都是这样叫我的——我几乎要哭了。

"科利亚之前让你生气了,是不是?就在他说想看我裸体的时候。"

"他说过的蠢话巨多无比。"

"那就是说你不想看喽?"

维卡叉开腿站着,两手插在外套口袋里,她的脸上现出嘲讽的笑容。

"我不知道。"是的,这绝对是个愚蠢又胆怯的回答,但我真的处理不了这一早上的大起大落:前一秒,我觉得简直没几分钟好活了,可下一秒,从阿尔汉格尔来的这个狙击手又跑来跟我调情。她这是跟我调情呢还是啥啊?日子因为大难临头而变得混乱不堪,在中午看起来还不可能的事情,可到了晚上又生生变成了现实:德国伞兵的尸身从天而降;干草市场的食人兽们吆喝着贩卖的香肠是拿人肉做的;公寓大楼坍塌在地;狗变成"炸弹";冻僵了的士兵成为指路牌;只剩半个脸的游击队员摇摇晃晃地站在雪地上,哀怨的双眼盯着要了他命的枪手。我肚子里没食物骨头上没肉,根本没有精力去细想这场"暴力大游行"。我只是机械地往前走,希望能找到果腹的那半片面包,还有给上校女儿的十二个鸡蛋。

"他跟我说你父亲是个很有名的诗人。"

"他没那么有名。"

"你也想变成那样的人吗?一个诗人?"

"不,我一点儿也没有写诗的天赋。"

"那你有干什么的天分?"

"不知道啊,并不是每个人都有天赋。"

"那倒是真的,尽管他们一直说我们每个人都有。"

据现场情况看,一大帮德国兵围住科利亚,形成了一个半圆,听着他那滔滔不绝的宏大讲演。为了让讲演更加生动传神,他还加上了复杂的手势。科利亚冲着我这边指指点点,德国兵们转身好奇而又逗乐地看向我这边,看得我一个劲儿喉头发紧。

"真他妈活见鬼,他到底跟他们说什么呢?"

维卡耸耸肩:"他要再不小心,就会被打死。"

德国兵露出疑惑的神情,但科利亚仍坚持以甜言蜜语蛊惑那帮人。最终,他们中的一位虽然不太相信这个精神错乱的俄罗斯疯子的话,但还是一边摇着头,整了整MP40的枪带,一边疾步跑向后面的指挥车。科利亚对其他围在身边的人点点头,说了最后一个让他们咧嘴大笑的笑话,蹓蹓跶跶地回到我们这边。

"那帮纳粹超级爱你啊,"维卡说,"你是不是引用《我的奋斗》了?"

"我还真试着读过一遍,太沉闷了。"

"你跟他们说什么了?"

"我说啊,我跟希·阿本德罗司有个赌局。我站在那边的那个朋友,虽然是从列宁格勒这个很不时髦的土地方来的、才十五岁的小男孩,但是下象棋很灵,即便少个'后',也照样能一盘就放倒你们的少校指挥官。"

"我是十七岁。"

"哦,说十五岁更有羞辱的味道。"

"你这是在开玩笑吧?"维卡问道,脑袋歪过一边,盯着科利亚,等着他笑笑解释说他根本没有干这种蠢事。

"不是开玩笑。"

"你怎么不用脑子想想?他一定会好奇你是怎么知道他在这儿、他的军衔和他爱下国际象棋的。"

"我知道他会产生怀疑,而这一切恰好会让他好奇,这么一来,他就会主动找上门来了。"

"你打了什么赌？"我问。

"如果他赢了，他可以当场把我们打死。"

"他想什么时候打死我们就什么时候打死我们，你这个榆木脑袋的傻瓜蛋！"

"那些德国兵也是那么说的，他当然能。但我告诉他们，少校是个爱惜荣誉的男人，是个有原则的男人。我说我相信少校说的话，我也相信他的体育竞争精神。他们就是崇拜血性啊、荣誉啊那些狗屁玩意儿。"

"即使我们赢了又会怎样？"

"首先，他会把咱们三个放了。"他看着我们的表情，当我们又想开口的时候他抢先说道，"对，对，你们认为我是个白痴，但是你们俩太迟钝了。眼下这些护卫车在往前跑，这会儿当然还不是下棋的时候。如果我们走运，象棋比赛会在今晚举行，离这些人和车队远远的。"科利亚摆摆手，表示"这些"是指那些围成松散圈子闲聊、抽烟卷的德国兵和载着粮草的半履带车和重炮部队。

"他永远也不会放了咱们。"

"显然不会。但我们可以开枪打死他，至少要比现在容易得多。如果众神全都笑开颜，我们说不准还有机会逃跑呢。"

"如果众神都笑开颜……"维卡嘲弄着科利亚华而不实的异想天开，"你到底有没有留心过这场战争？"

那个机修工已经把履带复位到榴弹炮上了。司机和与他同车的德国兵们都跳进舱门。过了一会儿，引擎发出咳嗽般的咯咯声又活了过来，这个架着长炮的大怪兽叹着气缓过劲，碾压过履带钢阀上新结的冰，喀嚓喀嚓地继续往前行驶了。德国兵们看不出一点儿急着回到各自的车上的意思，彼此扯着嗓门，嘶哑地喊着再见，前头那辆护卫车在长官的喝令下已经开始蛇行前进，德国兵们最后猛吸了一大口香烟，把烟头一弹，这才相继跳上帆布蒙身的卡车。

刚才带信儿给阿本德罗司的德国兵慢跑回自己的队列，他见我们看向他，便点点头笑了笑。他的脸红扑扑的，唇上没毛，面颊圆圆的，让人轻轻松松就能勾画出他秃着头吱哇乱叫的小奶娃样儿。这个士兵冲我们这边大喊着什么，是一个德语单词，随后紧追上已经开动的车队，伸出手，被他的一个兄弟一把拉上车。

"今晚。"科利亚说。

说话的当口，押解我们的德国兵已经朝我们狂吠不已了，知道我们听不懂，他们也不在乎，反正要传达的信息简单至极。俘虏们重新排好队，维卡从我们旁边溜走了，大家都在等着长长的车队驶过去。那辆军官座车驶过时，我还试图寻找阿本德罗司，但是玻璃窗上覆着霜，什么也看不见。

我突然想起一直让我惦记着的一件事，便转回头问科利亚：

"你要求的第二件事是什么？"

"嗯？"

"你说如果我赢了，第一件事是让他放了咱们，那么第二件你要的是什么？"

他低头看看我，蹙着两条眉毛，不相信我竟然没猜出来。

"那还不是明摆着的事吗？十二个鸡蛋呀！"

23

那天晚上,我们跟其他俘虏一起坐在赤卫军村①外的一个羊圈里,空气中满是湿羊毛和羊粪味儿。德国人给了我们一些小树枝当作柴火。大多数人都围坐在羊圈中央,守着那个用小树枝点起来的微弱的小火堆。这一夜都太累了,没人再聊什么逃跑的事。他们用仅存的一点点精力抱怨着德国人除了早上那块小破饼干之外干吗不再给点儿吃的,嘟囔着第二天的天气,但没过一会儿,大伙儿就都在冰冷的地上睡过去了,像重叠在一起的汤勺般互相紧挨着取暖。维卡、科利亚和我背靠着破裂的木头墙壁,发着抖,争论着这场象棋比赛是否真的会发生。

---

① 距列宁格勒三十英里的一个村子。

"如果他真替咱们带了信儿，"维卡说，"真把咱们带去见他，我敢保证，他们一定会搜身的。"

"他们已经搜过我们这群俘虏了，难不成以为咱们还能在羊圈里找到枪？"

"那个男人知道自己是被袭击的目标，所以特别小心谨慎。他们会搜出我们身上的枪。"

科利亚对此话的反应是放了一记让人沮丧的屁，低沉且严肃，像萨克斯管发出的一个音符。维卡把眼睛闭了好几秒钟，仅用嘴呼吸。在微弱的火光的映照下，我认真看着她浅红色的眼睫毛。

"尽管如此，"她最后说，"他们还是会发现枪。"

"那我们怎么做啊？勒脖子掐死他？"

她的手够到外套里，把她的芬兰刀从腰带上的鞘里拔出来，开始把一块冻土割成一小块一小块的，挖到够深处，她把她的枪埋进去，又伸出手要科利亚那把。

"我想留着。"

可她一直伸着手，等着，最后，科利亚拗不过，还是把枪给她了。等两把手枪都埋好了，维卡又解开她的大衣扣子，松开腰带。科利亚轻轻地用胳膊肘顶顶我。大衣滑下维卡的肩，在那下面，是一件厚重的伐木工人穿的羊毛衬衫和两条长内裤。就在那么一转眼的工夫，我注意到了她锁骨上斑斑点点的污垢。我以前从没对谁的锁骨有过什么特别的感觉，可维卡的不一样——它们看上去就像翱翔的海鸥的翅膀。她扯掉帆布腰带，把伐木工人大衬衫和底下的两件小内衣往上拉到她前胸下方一点，用下巴夹着，探手把腰带直接系在裸露的皮肤上。现在刀鞘就紧紧靠在她的胸骨上了，当她再依次把小内衣和伐木工人衬衫拉下来、扣好外套纽扣之后，就让人根本察觉不到刀鞘的形状了。

她拿起我的手放到她的胸前："你能觉察出什么来吗？"

我摇摇头，科利亚笑起来："答错啦。"

维卡笑望着我，我的手依然放在她隔着层层叠叠衣物的胸上，不敢移开，可又害怕继续放在那儿。"别听他的，列约瓦，他是从他妈屁股里生出来的。"

"你们俩需要点儿私人空间吗？我可以上那边去拥抱老爱迪克，他看起来正孤独寂寞呢。"

"我的刀怎么办？"我问她。

"我都忘了你的刀。"

"我拿着它吧，"科利亚说，"我知道怎么使刀。"

"不行。"维卡说，"他们会最仔细地查你，只有你看起来像个战士。"她身子前倾靠近我，我挪开了放在她胸口上的手。有一件事是肯定的，我浪费了一个机会。即使我不知道它是什么，也不知道它一下子跑去哪儿了，但我浪费了这个机会。她从我的靴子上解下刀鞘，用手掂了掂，估量着它的大小和形状。终于，她的手深深探入我的靴子，把刀插到袜子底下。她又检查了一下靴子，什么破绽也看不出来，这才又拍拍靴帮，看起来很满意。

"你这样还能正常走路吗？"

我站起来走了几步，仍能觉出皮鞘比较尖的地方会扎脚，可无论如何这样比较保险，刀子牢牢固定地在我的靴子和袜子之间。

"看看他，"科利亚说道，"一个无声的杀手。"

我又一屁股坐到维卡旁边，她抬起手，轻轻触摸我的耳垂，又用手指划过我的脖子，停在另一只耳朵下面。

"你把这里划开，"她提醒我，"就再也没人能缝好它。"

特别行动队的高级军官们已经征用了赤卫军村的党总支部，一个有着许多小办公室的污秽的养兔场（大杂院），剥落、起皮的油毡地板铺在外墙被熏黑了的警察局地上。这栋大楼到处散着油烟和柴油的恶臭，但是德国人已经让电力和火炉子恢复正常了，使得二楼又暖和又舒服，只很偶然地，才能在墙壁上看见一道已经干掉的血迹。我们把枪埋进土里几个小时后，从营部来的两个德国兵把我们三个押送进一间会议室，在这个村落倾覆之前，这里曾是计划委员会的委员们开会研究那些上传下达的命令的所在。透过四格长窗可以看到黑漆漆、没有灯光的赤卫军村主街。列宁和日丹诺夫的海报依然在墙上贴着——没人去撕掉，好像他们坚定的表情几乎没怎么惹恼德国人似的，也就根本不值得撕下来或是涂毁。

阿本德罗司坐在长桌远处那头，正端着水晶大酒杯喝着白酒。我们进去时他只点点头，没有一点打算站起身的意思。他的灰色尖头军帽——镶黑色边，德国鹰下有个银色的骷髅头——摆放在桌上。一张旅行棋盘，上面已经摆好棋子，置于帽子和一个没有标签、几乎已经空了的酒瓶之间。

想象中的阿本德罗司是个身材修长的唯美主义者、一个有学者派头的人，但见到真人时才发现他是个大块头，身材就像掷铁饼者。他的衣领直扣到大粗脖子暴突的血管处，重重的水晶大酒杯在他的手掌间倒像是洋娃娃拿的精巧秀气的小杯子。他看上去绝不会超过三十岁，但短发的末梢却已经白了，下巴上的短髭也是。右边领口上的两道SS党卫军闪电徽标微微闪着光，左边领口上嵌着的四条银杠表明他的军衔，衣领正中是纳粹的骑士十字徽章。

他起码有一点儿微醉了，虽然行为举止还很协调。我很小就学会了识别醉与不醉,连酒量极好的老酒鬼也逃不过我的法眼。虽然我父亲喝酒不太多,但他的朋友们个个好饮。那些诗人和剧作家在他们成年后没有一次是清醒着上过床的。他们中的一些人会一边亲我的脸一边把我的头发胡乱揉搓,跟我说我是多么幸运的小人儿,有这么样的一个爹。他们中的有些人表达感情的方式是大大咧咧的;另一些则像月亮一样冷酷和遥远,总是等着我尽快回到我和妹妹的房间去,不要再碍大人们的事,之后他们就可以继续展开关于政治局或者曼德尔施塔姆最近的挑衅言论的辩论。一些人仅需一杯伏特加下肚,就立刻发音含糊;而另一些人则恰恰相反,灌下一整瓶以后,口齿就变得清楚起来。

阿本德罗司的双眼精光一闪,也不知道为什么他会时不时地笑一下,可能是他逗着自己说什么笑话了吧。他看着我们,一言不发,直到喝干了杯中酒,两只手互相搓了搓,耸了耸肩膀。

"酸梅杜松子酒,"他解释说,跟他的同伙、那个校舍里的特别行动队军官一样,他的俄语非常准确,却完全无意去接近当地人的口音,"这是我认识的一个老人手工酿造的,世界上最好喝的东西,现在我走到哪儿都会带上一箱。你们之中有个会说德语的?"

"我会说。"科利亚应声答道。

"在哪里学的?"

"我祖母是从维也纳来的。"我不知道他答的是真是假,可他说得如此肯定,阿本德罗司似乎接受了这一说法。

"她从小就在维也纳吗?"①

"不是。"②

"那太糟了,多美丽的城市啊,到现在还没有被轰炸过,但恐怕好景不长了,我琢磨着不出今年,英国人就得去。是谁告诉你我会下象

---

①② 原文为德语。

258.

棋的?"

"是校舍那儿的你的一个同事,我猜是个中尉?他讲的俄语几乎跟你一样好。"

"库弗尔?留着小胡子的?"

"就是他,他非常——"科利亚犹豫了一下,像是不确定怎么说才能不得罪人,"——友好。"

阿本德罗司盯着科利亚看了一会儿,打了个响鼻,或许这个回答让他觉得既可笑又恶心。接着,他用手背挡着嘴打了个酒嗝儿,又给自己倒上了一杯酸梅杜松子酒。

"我敢肯定他是的,是很友好,库弗尔。可是你们为什么会谈到我呢?"

"我跟他说,我这儿有个朋友是列宁格勒最好的棋手,然后他说——"

"就在这儿,你那个犹太人朋友?"

"哈!那是他开玩笑的话,可不是真的,列夫不是犹太人。祸就是因他的鼻子而起的,不是因为他有钱。"

"我很惊讶库弗尔没有检查这孩子的下体,从而去证实他的种族。"

阿本德罗司仍然盯着我看,并用德语对他的兵们作了解释,他的那番话惹得在场的士兵好奇地向我看过来。

"你明白我刚才说的吗?"他问科利亚。

"是的。"

"翻译给你的朋友听。"

"'遇到犹太人就能辨别出来,是我的分内工作。'"

"很好。不同于我们的朋友库弗尔,我还能辨认出女孩子来。把你的帽子摘下来,亲爱的。"

有好一会儿工夫,维卡一动不动,我也不敢看她,但我知道她正在挣扎是否应该拔出那把藏在内衣下的刀。即便那样做了,也是毫无意义的,因为德国兵会在她刚想动手时,就一枪把她撂倒。可是这种无意义的动作在当时看来却是我们所唯一拥有的东西。我能感觉到科利亚全身都绷紧了——如果维卡带刀冲过去拼了,他就会扑倒离他最近的那个德国兵,然后一切便会很快结束。

这生死攸关时刻的来临时,我并没有想象中的那么害怕。我已经恐惧了太长时间,太累,也太饿了,根本没法用应有的紧张度去感知周围的一切。假使说我的恐惧真的减少了,那也不是因为我的勇气增加了。我的体力透支得太厉害,虚弱不堪,以至于只是站直身体这点小事儿都累得我不断打哆嗦。我已经没有力气特别关注什么事情,包括我本人,列夫·本诺夫的命运。

维卡最后还是把她的兔毛帽子摘下来拿在手里了。阿本德罗司只是吞了口酒,大水晶杯里的一半就下去了。他嚼着嘴,点点头。

"等头发长出来你会很漂亮的。现在,所有的东西都暴露在光天化日之下了,对不对?告诉我——"他对科利亚说,"你的德语说得非常好,但居然不识俄文?"

"阅读一向让我头疼。"

"当然当然。还有你,"他又转向我,"你是列宁格勒最好的棋手之一,可是也不识字?这两者都是很奇怪的综合体啊,是吧?我知道的绝大多数下象棋的人都相当有文化。"

我张开嘴,希望能像科利亚那样瞎话张嘴就来,但是阿本德罗司抬起一只手,摆了摆头。

"不用麻烦了,你们通过了库弗尔的测试,你们是幸存者。好,我尊重那个结果。但我可不是傻子。你们之中有一个是假扮异教徒的犹太人，一个是假扮男孩的女孩子，你们全都——我猜，全都是假装不识字的文化人。尽管我们警觉的山地猎兵和让人尊敬的库弗尔中尉已经非常小心地留意了，但你们的诡计还是成功了。现在你们到这里来要求下一场国际象棋，你们找上门来让我注意你们，这太奇怪了。很明显，你们不是傻子，否则你们早就死掉了。你们也不是真的寄望于下赢了这盘棋我就会放了你们，是不是？至于那十二个鸡蛋……这十二个鸡蛋倒是整个方程式里最奇怪的部分。"

"我发现你没有权力释放我们，"科利亚说，"我原以为，如果我的朋友赢了，也许你会替我们对你的上级美言几句——"

"我当然有权力放你们了。这根本不是问题——啊！"阿本德罗司指点着科利亚，不断点头，马上就要笑出来了，"很好，你是个聪明孩子，利用我们的虚荣心玩花花肠子。对对，难怪库弗尔这么喜欢你。说说鸡蛋是怎么回事。"

"自打八月以后，我就没吃过一个鸡蛋，我们总在一起讨论最想吃的食物，吃上一盘煎鸡蛋这个念头无论怎样都在我脑袋里挥之不去。整天在雪地里跋涉，脑子里想的全是煎鸡蛋。"

阿本德罗司手指敲打着桌面："那么，让我们来琢磨琢磨眼下的形势吧。你们三个都是骗子，这已经确凿无疑了。你们编了个十分可疑的故事，骗来了我这个私密听众——"阿本德罗司扫了一眼房间里的卫兵们，耸耸肩膀，"就算半私密吧——要求面见你们如此鄙视的特别行动队的一位高级指挥官，很显然，你们是拿情报做交易的。"

有那么一会儿，谁也没有出声，直到科利亚开口道："我不明白。"

"我觉得你听明白了。你知道哪个俘虏是布尔什维克，也许是这样的。要么你就是听说了红军部队的行动计划。你不可能当着别的苏联人的面传递这个消息，所以你巧意安排了这么一次会面。你知道，这种事情很常见，你的乡亲们似乎相当热衷于背叛斯大林同志啊。"

"我们不是叛徒，"科利亚说，"这孩子刚巧象棋下得特别好，我又听说你也是个中好手，所以想看看能有什么机会。"

"这是我想要的答案，"阿本德罗司笑着说道，吞下水晶杯里剩下的酸梅杜松子酒，旋即又倒了最后一杯，举到灯下观察着杯中的酒液。

"我的主啊，就是它，在橡木桶里待了七年……"

他又抿了一小口，变得有耐心起来，不打算急着把最后一杯吞掉。品了一会儿酒，他小声地用德语说了几个单词。一个德国兵端着MP40对着我们，另一个则走近，对我进行贴身检查。

在羊圈里费劲劲藏起来的刀似乎很安全，站在那儿被士兵搜身时，我除了知道硬硬的皮刀鞘在不断顶着我的脚尖之外，脑子里一片空白。他查了我父亲那件老海军大衣的口袋，查了我胳肢窝底下、腰带下面，连大腿下面也没放过。他的手指头探进我靴子的一刹那，我的恐惧全回来了，是被重击之下的那种纯粹的恐惧，仿佛是在嘲笑我五分钟之前的麻木，嘲笑我居然对恐惧失去了感觉。我尽力让呼吸恢复正常，从而保持面部表情冷静。最后他还戳了戳我的胫骨，没找着什么，便搜科利亚去了。

我暗自琢磨那个士兵到底错过了多少、还差几毫米他的手指尖就能触到那个刀鞘了。他是个男孩，只比我大一两岁，他脸上零零星星有一些棕色小痣。他的同班同学肯定因为这些痣取笑过他，那简直是一定的。他也会盯着镜子里的痣，愠怒又害臊地想过能不能用他爸的剃须刀把它们悉数刮干净。如果他昨天夜里能多睡一刻钟，能多喝一勺汤，八成就会有精力把自己的工作彻底做好，也就能找到那把刀了。但是他没有。就因为他的粗心大意，我和他，我们俩的一切都改变了。

他一搜完科利亚的身就走到维卡面前去，他的猎兵伙伴开了一个小玩笑，并且自觉聪明地吃吃笑出声来。可能他想煽动这个小兵用力拍打维卡的屁股，或者捏她的奶头，但是维卡用冰冷的、眨也不眨的眼睛一看小兵，他就胆怯退缩了，查她远不如查我和科利亚那样仔细。我看出这小兵一定还是处男，面对女人身体时，像我一样紧张。

羞怯地拍打着搜查完维卡的双腿之后，这名士兵站起身来，对阿本德罗司点头示意，然后转身离开了。少校看了看那男孩小兵一会儿，一抹微笑浮现在唇边。

"我觉得他怕你。"他对维卡说，等了一会儿，看她对此是不是有什么反应，无奈维卡置之不理，他便把注意力又转移到科利亚那边。"你是个兵，我不能释放你，放了你，你可以重新加入红军，如果到时候你杀了德国人，他的父母会责怪我。"他看着我，"还有，你是犹太人，放了你有悖于我的良心。但如果你真的赢了，我就放这个女孩子回家。这是我能给出的最好条件。"

"这可是你说的，你会放她走？"

阿本德罗司用手指关节摩挲着下巴上的短胡髭，无名指上戴着的黄金婚戒迎着头顶的灯光一闪。

"你喜欢这个姑娘，有意思。你，小红头发，你喜欢这个犹太人吗？没关系，没关系，不需要这么庸俗。那么……虽然你没有资格要求什么，但是你知道我说话算话。从莱比锡[①]出发以后，我就一直想找人下一盘好棋。这个国家拥有世界顶级的象棋高手，但我到现在也没看

[①] 德国萨克森州最大的城市，德国东部的第二大城市。

见过一个名副其实的。"

"可能在找到高手之前,你已经把他们打死了。"科利亚说道。我屏住呼吸,深信这一步就要一脚踏入深渊,但阿本德罗司只是点了点头。

"这有可能。工作总是比消遣重要。来吧,"他对我说,"坐。如果你真的像你朋友说的那么厉害,我或许会为了比赛而把你留在身边。"

"等一等,"科利亚说,"如果他赢了,你不但让她走,还要给我们鸡蛋。"

阿本德罗司的耐心已经一来一去的被消耗得所剩无几了,他身子往前探,鼻孔都气得鼓了起来,但他并没有提高音量。

"我给你们的已经远远超过'慷慨'二字了!你是不是还想继续说这些无聊的白痴话?"

"我相信我的朋友。如果他输了,尽管把子弹射进我们的脑袋里去。但若是他赢了,我们就是想煎几个鸡蛋当晚餐。"

阿本德罗司又说了句德语,那个年长的士兵用枪口顶住科利亚的头。

"你喜欢讨价还价?"阿本德罗司问道,"好,那我们就谈谈吧。你似乎认为你自己有点儿影响力和资本,可你没有。只要我说两个字,你就会变成一具尸体,对不对?两个字。你明白做到这个可以有多快吗?你变成死人,之后他们就把你的尸体拖出去,我呢,接着跟你的朋友下棋。然后呢,可能我会把这个小红头发带到我的房间里去,让她洗个澡,看看她洗干净了是什么样儿。或者,不,也许不洗澡了,可能今天晚上我就想跟动物干。入乡随俗嘛,是不是?现在,想想吧,孩子,张嘴讲话之前给我好好想想,为你自身的利益,为你的老妈——

如果那母狗还活着的话——好好想想。"

但凡换作另一个人，谁都会果断地丢下这个话头，把嘴巴永远闭上，可是科利亚连一秒钟都没犹豫——

"没错，你想什么时候杀我就能什么时候杀我，这是毋庸置疑的。但是，你觉得我最好的朋友要是看见我的脑浆迸流在这张桌子上，他还能下一场像样的棋吗？你是想跟列宁格勒最棒的棋手下棋还是要和一个吓破了胆、顺着两条腿往下流尿的男孩下棋？如果他不能赢得我们的自由，很好，我能理解，这就是战争，但至少给他一个机会去赢一顿我们梦想了许久的晚餐啊。"

阿本德罗司盯着科利亚，指尖缓缓敲打着桌面，这也成了这屋子里唯一的声响。终于，他对那个脸上有痣的小兵下了个简短的命令，年轻小兵敬礼，离开了房间。德军少校这时冲我做了个坐下的手势，让我坐在他旁边桌子一侧的椅子上。他又对科利亚和维卡点头示意，让他们坐在桌子另一侧的椅子上。

"坐吧。"他命令他们，"你们走了一天吧？坐吧，坐。我们要不要猜硬币？"他征求我的意见，还没容我有什么反应，他已经飞快地从衣服口袋里掏出一枚硬币来，给我看一面是鹰站在纳粹十字记号"卐"上、另一面印有"50"字样的德国铜币。他用大拇指把硬币往空中轻轻一弹，又接住，把它按在另一只手的手背上，抬起头看着我，"鸟还是数字？"

"数字。"

"你不喜欢我们的鹰？"他微笑着问道，移开手让我看，是纳粹鹰，"我执白棋。别担心——你可以留着王后。"

他把"王后"的"兵"朝前移了两格，当我也走出同样的一步棋时，他点了点头。

"总有一天,我要选一个不一样的开局。"他走了C兵上两格,明摆着让它牺牲,"后翼弃兵"[1]。我所下过的棋局中,至少有一半都是以此开局的,不论周末棋手还是大师们都用这种组合方式开过局,所以现在断言这个德国人的棋艺如何,为时尚早。我没上他这个"后翼弃兵"的套儿,反而让我的王翼马前兵,前进一格。

这么多年来,我与成百上千个对手下过成千上万盘棋。我曾经在夏宫的毯子上、在青年宫的锦标赛上,也在基洛夫的庭院里跟我父亲下过棋。在我代表斯巴达克俱乐部出战时,我保存了所有的比赛记录,在我退赛后,我把那些东西通通扔了。我从没打算研究自己以往的棋局,不仅是在我意识到自己只是中流棋手之后。但倘若你给我一张纸,给我一支笔,即使到了今天,我仍能用国际象棋记谱法写下与阿本德罗司对垒的每一步。

第六步,我出动了后排的王后,这一招好像让他十分惊讶,蹙着眉,指甲盖挠着唇上的短须。我之所以走这步,一是觉得这么走很好,二是表面上看它像一步差棋——因为到现在为止,我们俩都摸不清对手的底细,如果他认为我是个臭棋篓子,那我就能迷惑他,让他犯下致命的错误。

他用德国话低声叨咕着,挪动了他的王翼马,这一步比较中规中矩,但并不是我担心的,可倘若他吃掉我的兵,便会掌握主动,也会迫使我去防守他的进攻。相反,他走了一招防守棋,这下我便占尽优势,出象攻入他的边界。

阿本德罗司靠着椅背,研究着棋盘。默默沉思了一分钟,之后他笑了,看向我。

---

[1] 开局时牺牲一子而取得优势。

"距离上次下过一回好棋到现在,已经过去太久了。"

我没吱声,两眼盯着棋盘,思考着走出每一步棋之后潜在的后患和影响。

"你不用担心,"他接着说道,"不管是赢还是输,你都会安全的。每晚下一盘好棋,会让我的头脑保持清醒。"

他又前倾身子坐好,移动了他的后,这回换我深思熟虑了。就在这个时候,一个年轻士兵提回来一个用木板条钉成的盒子,里头塞满了干草。阿本德罗司问了他一个问题,小兵点点头,把木盒放在桌上。

"你今天让我心情大好,"阿本德罗司对科利亚说,"如果我赢了,我可能也会吃一份十二个鸡蛋煎的蛋饼。"

科利亚坐在长桌远角处,一看到木盒里的鸡蛋就咧着嘴笑了。此时那两个德国兵已经站在他和维卡身后,他们的手一直紧握着半自动步枪的枪托。科利亚始终在远处观看这场对抗赛,维卡的脸没有转过来太多,只盯着桌子。但我敢断定她是被气坏了,当我意识到自己错失了一个大好机会时,已经太迟太迟了。士兵去拿鸡蛋那会儿,我们在数量上超过了德国人,虽然他们有枪,而我们只有刀子。但没准儿那当口就是我们行动的最好时机。

又走了八步,阿本德罗司少校和我开始兑子儿了。我吃他一个兵,他吃我一个马,我取他一个象,他又取我一个兵。这么兵来将往的,到最后,我们仍然势均力敌,只不过此时局面完全打开了,我估摸着还是我占上风。

"小提琴家和象棋高手,嗯?"

在这之前,我一直怕去看他,但这会儿,趁他分析布局时,我偷偷瞄了他一眼。我们坐得这么近,近得能看见他褐色眼睛底下肿胀的黑色半月形眼袋。他的下颌线强健得呈直角状，就像大写字母"L"。他看到我在观察他，就扬起他厚重的大脑壳迎视我。我赶紧垂下眼帘。

"你的种族，"他开口说，"不说别的，倒真是产生了不少优秀的小提琴家和象棋高手。"

我撤回了王后，接下来的十二回合里，我们都开始集结各自的兵力，避免正面交锋。两人均已王车易位，都去护着王，为了替下一次争锋保存实力；两人都集结了大量兵力朝中心地带进攻，也都在努力去占据最有利的地盘。第二十一回合时，我险些落入他精心设计的小陷阱里去——在我琢磨出这个德国人的意图之前，本准备吃掉他暴露在外的一个兵。我把象归回原位，移动了王后，从而给了他一个比较好的进攻角度。

"太糟糕了，"阿本德罗司念叨着，"那本来会是一个相当不错的小部署。"

我从棋盘上看过去，科利亚和维卡全盯着我。虽然我们的计划一直没有被详细地阐述过，但此时一切都很明显了。我扭动着靴子里的脚丫子，感觉到死去的德国空降兵的刀鞘碰到脚脖子了。我得用多快的速度才能拔出刀来呢？在德国兵开枪把我打趴之前，要把刀飞快地拔出来割断阿本德罗司的喉咙——这看起来有些不大可能。就算没有卫兵在一旁保护他，要想杀了他，我的力量也太单薄了。与我相比，阿本德罗司简直壮得像头牛。

我小时候在马戏团里见过一个猛男，他的手就跟这位少校一样粗壮，能够硬生生地把一个死沉的钢筋拧成一个结。恰好那天是我的生日，所以我得到了这个结。我把这个扭曲的钢筋结保存了许多年，还向基洛夫的朋友们显摆过，并且吹嘘说那个猛男是如何如何弄乱我的头发还对我妈使眼色。有一天我想再看看这个钢结,却怎么也找不到了,我猜是奥列格·安托科利亚斯基偷了它,但一直没有找到什么证据。

"与一个壮汉拔刀相向"这个念头着实让我恐慌,所以我决定停止几分钟,先专注于比赛。又走了几步,我瞅见一个换马的机会。当前所处的位置似乎有一些局促,便强行跟他换。阿本德罗司吃掉我的子时叹了口气。

"我真不应该让你走那招。"

"下得漂亮,"科利亚在稍远的桌子那头喝了声彩,我往那边一看,发现他和维卡还在看着我,马上收回视线把注意力再次集中到棋盘上。为何是我被挑中当了刺客呢?难道科利亚直到现在还不了解我?阿本德罗司是该死,我知道这个(听了卓娅的故事之后就想他死),毫无疑问,在他尾随纳粹国防军横跨整个欧洲时,他已经残杀了成千上万的男人、女人和小孩。因为他处决犹太人、共产党和被占领国的老百姓有功,柏林已经奖给了他光闪闪的勋章。他是我的敌人。但隔着棋盘与他面对面,看到他啃着婚戒、苦苦思索着下一步棋该怎么走才好时,我根本不信我有能力刺杀他。

刀鞘碰到了脚脖子。少校坐在我对面,他的制服领口使他的粗脖子上暴出蓝色的血管来。科利亚和维卡坐在长桌那头,等着我行动。在这么多让人分心之事的重压下,我还变着法儿地去下一盘像样的国际象棋。结果怎样都已全无意义,只是这盘棋对我很重要。

我坐在那儿,胳膊肘架在桌子上,手支着头,这样可以用手挡着视线,省得老去看科利亚和维卡。走到第二十八回合了,我把我的C兵推到第五行,极具攻击性地向前推进。阿本德罗司可以动他的B兵或者D兵。国际象棋里有一条需要遵循的老规则,就是对弈双方都应该

"夺取盘中"。阿本德罗司确实遵循了老派的作战策略,用了他的B兵,在棋盘中场占据统治地位。但正如塔拉什所说,"始终置车于兵后,除非这么做是错",夺取盘中不错,可除非这么做是错的。当这一手棋下完,我们又分别兑了两个兵,数数棋子,还剩下七个。就像某人已经喝下了毒药,但还在继续大嚼着肉,完全没有意识到死期将至。阿本德罗司一点儿都不知道他已经铸下了大错。

这个德国人自认为已经占据了有利局势,若想扳倒他的王,在他看来还早得很。棋已下到差不多终盘了,他的A兵孤零零一只,站在棋盘边上,全速朝第八行挺进,到了那里,它就能变身为王后,击破我的防线。阿本德罗司是那么热切地想得到第二个王后,所以他乐于接受我的各种兑子。有两个王后,怎么可能会输棋呢?!他埋头只顾看着他的C兵,等他意识到我已经把过了河的卒子置于中心时,为时已晚。棋到终盘,我的D兵比他的A兵提前一步升变。要想打败两个王后是很困难,除非对手抢先一步升变成第二个后。

阿本德罗司没有意识到对抗已经结束了,可确实结束了。我看了一眼维卡,傻乎乎地为自己即将到来的胜利而洋洋得意,突然注意到她已经把手伸进大衣里去了。她不再等我采取行动了,她够着她的刀了。科利亚也把双手按在了桌子边上,时刻准备着只要维卡一动他就跳起来攻击。我和维卡目光相遇,突然无比清晰地意识到,要是我再这么一直坐着,她那即将被打得破破烂烂的身体就会在卷角的油毡地板上流尽最后一滴血。

阿本德罗司还在琢磨着棋盘和罕有的"众后"格局,我假装去挠小腿的痒痒,慢慢把手指探进靴子。这不是勇气澎湃,恰恰相反,是害怕维卡死掉的恐惧凌驾于其他一切恐惧之上了。阿本德罗司正眯着眼,看着他的王,随着慢慢理解了棋盘上自己的处境而变换着表情。

我本以为这次失败会激怒他,可不期然地,他的脸上露出一丝笑容。有那么一会儿,我觉得他看起来就像一个大男孩。

"这太棒了,"他说,扬起脑袋看着我,"下回我可不能再喝这么多了。"

不知是不是我神情里的什么东西让他觉得蹊跷,他看了一圈桌子,发现我的手探在靴子里。我终于摸索到了刀柄,猛的一下把刀从鞘里拔了出来,可还没冲出去,阿本德罗司就已经扑了过来,一下子把我从椅子里撞飞,摔到地板上。他的左手压着我持刀的那只手,右手去摸自己枪套里的枪。

如果我当时拔刀的动作再快一点,如果运气好直取了他的咽喉,如果这一奇迹真的发生了,维卡、科利亚和我,反而就死定了。德国兵会抬起MP40就射,把我们打个稀巴烂。是阿本德罗司的警觉(或者是我蹩脚的样子,看你怎么想了)救了我们。当士兵冲向前要帮助他们的少校时(其实他根本不需要帮助)他们忽略了另外两个俘虏。仅此一瞬,已足够。

阿本德罗司拔出了他的自动手枪,但是听见房间尽头处吵吵嚷嚷的,就不免要朝那边看看。不论他看见什么,都会比我这个虚弱的、瘦小的、被他掀翻在地的犹太人更能分他的神。他瞄准了他的目标——维卡或者科利亚,我看不到。我狂叫着,左手够到了他的枪管,在他扣动扳机前啪地推开了枪口。手枪因后座力往上抬了一下,枪声险些把我震聋了。阿本德罗司咆哮着想把枪从我紧紧抓住的手指中拔出去,跟他搏斗就像跟一只熊搏斗一样毫无意义,但我还是坚持用尽全身的力气抓住枪管不撒手。那是特别喧嚣骚乱的几秒钟,大呼小叫的德国人和闪光的枪筒,靴跟像擂鼓一样砸在油毡地板上。

受阻于我的固执和不放手,阿本德罗司抡起左手,往我头的一侧重重捶了一下。虽说在基洛夫,我也是在麻烦事和打架中长大,但是象棋俱乐部的男孩们搞的那些小打小闹是无心的、不流血的。从来没人打过我的脸啊。我已经看不清楚房间了,视线可及的范围内,萤火虫四处乱飞,阿本德罗司把自动手枪从我手里抢出来了,拿它对准我的眼睛。

我坐起来把刀子对准他的胸膛深深地刺了进去,穿透了他胸前制服的口袋,从一堆勋章下面刺入,刀刃深深没入,只剩下银色手柄露在外面。

阿本德罗司颤抖着眨眼,向下看着刀柄。这时候,他还能再往我的脑袋射进一颗子弹,但向杀害他的人报仇这件事,好像对他来说并不重要。他看起来很失望,嘴唇往下撇了撇,最后有些迷惑了,不断地眨着眼睛,呼吸也粗重起来。他想站起来,可腿不听使唤;他向一旁倒去,那把曾经握在我手里的刀同他一起跌下去,手枪从他松掉的指间掉到地板上。他大睁着双眼——如同一个昏昏欲睡的男人在强迫自己醒过来——手掌撑在油毡上,无视身边的混乱,试着要爬离这个肮脏的滑稽场面。他没有爬出很远。

我转过身,科利亚正在地板上跟一个德国兵搏斗,两个人在争夺德国人的那支半自动步枪。那时候,我已经认定科利亚会赢,只不过没人把这一点告诉那个德国兵,看起来科利亚已经占了上风。我不记得是怎么站起来的,也不记得是怎么跑过去帮忙的,但有一点可以肯定:我一定是赶在德国兵端着MP40朝科利亚前胸打光子弹之前扑到了德国人的背上,用力把刀刺进去,拔出来,再刺进去,再拔出来,一次又一次。

最后是维卡把我从那个死人身边拖走的,她的大外套浸透了血,在能够进行逻辑推理之前,我假定她被打中了肠子。我不觉得自己说了什么有条理的话,因为维卡只是一个劲儿地摇头,叫我不要讲话。她说:"我没受伤。嗨,让我看看你的手。"

我不明白她为什么提出有这样的要求,便举起我的右手,手里还抓着带血的刀子。她温柔地把我的这只手拉下来,拿过我的左手,放在她的手掌中轻轻捧着。我这才发现我的食指少了半截。维卡蹲在一个死去的德国兵旁边——长痣的那位,他空洞地瞪着天花板,喉咙被割开了——从死者的长裤上割下一条羊毛布带,拿回来把它绕在我的手指上,一条可以止血带。

科利亚攫取了两把MP40,扔给维卡一把,自己留一把,从桌上拿起装着鸡蛋的木盒。德国人的声音从这栋房子的其他地方传过来,困惑的军官们一定在想刚才听到的枪声到底是在做梦还是确有其事。科利亚打开一扇四格窗,爬上窗台。

"快。"他说,招手让我们跟上。他往下一跳,我紧紧跟随。从二楼跳下来并不很高,雪在窗下积了一米深。可落地时我失去了平衡,脸先着地,跌在积雪里。科利亚拉我站起来,帮我把脸上的雪拂掉。此时从会议室里传来一阵枪响。过了一会儿,维卡也从窗口跳出来,她的半自动步枪的枪管还冒着烟。

我们从被烧的警察局跑出来。没有光亮的街灯弯曲着,像个问号挂在头顶上。老党部里传出更多更响的喊叫声,我本以为会有子弹划破夜空,可是一颗也没有。站在前门的卫兵一定是在听到枪响后飞跑进楼里了,等他们意识到犯错时,我们早已消失在夜色中。

从大路上拐了个弯,跑过冰冻的农田,越过被丢弃的拖拉机。没多久,我们就到了小镇边上。而在赤卫军村镇那头还传出汽车引擎声和带着防滑链条的轮胎在雪上滚动的声音。前方一片黑暗,只能看见大森林的黑色轮廓线正在前方等着接纳我们,等着给我们披上一层伪装，躲过敌人的眼睛。

我一直都不是个特别爱国的人。如果父亲在世，是断不容许这样的事情发生的，可他偏偏死了，父亲的死确保了他的爱国热情能够被我传承下去。在那一夜之前，我对彼得城比对整个国家更有感情、更为忠诚。但在跑过未耕种的冬麦田那个前有俄罗斯黑森林、后有法西斯侵略者的夜晚，我感觉到了对祖国汹涌澎湃的、纯洁的爱。

我们朝森林跑去，穿过重重麦秸，在慢慢升起的月亮和渐行渐远的星星之下，在无神的苍天之下，只有我们三个人。

24

    这样跑了一个小时,我们仍不时回头看看有没有追兵,能听见身后追来的汽车声,但往森林里走得越深,我们逃出生天的可能性就显得越大。我们渴了就吮吸两口断掉的松树枝上结的冰花,夜间真是太冷太冷了,没法把冰含在嘴里太久。我残缺的那一截手指也开始跟脉搏一起跳动着疼起来。

    科利亚解开他的军装上衣,把干草垫着的鸡蛋盒贴身放在毛线衫那儿焐着,免得鸡蛋被冻住了。在逃命的这几公里路途中,他不断拍打着我的肩膀,张着嘴狂笑不已。那顶偷来的、两个护耳耷拉下来、并且在下颚那里打了个傻乎乎的结的帽子仍戴在他头上。

    "你当时真有种。"这句话他对着我在不同的时段说过四回了。

City of Thieves

现在我也是个杀过人的男人了，塞在我靴子里的德国刀不光是男孩的纪念品，还实打实是件武器。暂且不论那场行动中必需的暴力行为，或许我这样形容当时的感受会让自己看起来比较酷。我感到莫名的悲伤，甚至觉得和死去的德国人有某种休戚相关的联系。那张长满小痣的、死去小兵的脸跟了我好久，直到我最终忘记了他的实际长相，只能在记忆里勾画他的样子。但是少校爬向死亡的情景却是一幅活灵活现的图画，一直印在我的脑海里。我可以喋喋不休、高谈阔论着各种各样的信仰，从而让人们相信我是一个感性的人，并且自己也相信我就是这样的人。然而，那个夜晚我除了觉得振奋之外，什么别的感觉也没有。我做到了，抽了他们一记耳光——那些用老眼光看我的人。也和我自己一贯胆小的历史再也没有一丝关联。说到底，杀掉阿本德罗司并不是为了替卓娅报仇，也不是为了除掉至关重要的特别行动队头头，只是救了科利亚和维卡，还让自己也活了命。口中呼出的热气在头顶升腾着，只有我们咕咕哝哝的说话声和靴子陷进雪里的声音。我们在长途跋涉中所经历过的每一种感觉——还有这一经历本身——所有这一切，都是因为最终我背水一战，是因为我彰显出的一点胆识。途中我们稍作停顿喘了口气，维卡过来查看我的手指是否不再流血，她在我耳边轻声说："谢谢你。"我一生中最骄傲的时刻，就在那一秒钟降临了。

维卡和科利亚一度争论过应该往哪个方向走。维卡不耐烦地摇着头止住争论，也不看看我们是不是跟上了，就兀自按照她的路线前进。在姆加那次大挫败之后，我就不再相信科利亚的认路能力了。我跟着维卡走。而科利亚呢，在原地总共待了八秒，便也紧跑几步追上我们。

在路上，我给维卡讲了我和科利亚的真实故事：我们为什么偷偷跑出彼得城，为什么穿过敌人阵线，最后又是怎么歪打正着地撞进落叶松遮掩的农舍。我尽量压低音量，为的就是不被科利亚听见，不过我也想不出此举到底辜负了谁。我告诉了她上校的女儿在涅瓦河上滑冰、食人兽和他们挂在天花板大铁钩子上的可怕器具、那个垂死男孩瓦季姆和他的公鸡"宝宝"、"反坦克狗"在雪地里血流不止和死掉的俄国战士冻成了树桩子冰棒。听罢我讲的故事，维卡除了不断摇头之外什么也没说，我担心自己可能告诉她太多事了。

看着维卡把半自动步枪背在肩膀上，安静而又毫无倦意地行进在丛林间，我想起了科利亚头天早上跟我说过的话：战争已经改变了每一个人。可直到现在还是很难让人相信，她在七个月前还是天文系的学生。

"我能问你点儿事吗？"

她仍然自顾走着，也不答能还是不能。她没时间搭理诸如"我能问你点儿事吗"这么无聊空洞的问题。

"科利亚说你是NKVD。"

"是你自己想问吗？"

"我想是。"

"那你觉得呢？"

"不知道，"我说，不过当我说"不知道"的时候我意识到我是知道的，"我认为他猜得没错。"

她凝视着无边的黑暗，试着寻找某种地标，使我们更清楚要走哪条路。

"这件事困扰你了？"

"对。"

"为什么呀？"

"因为我父亲。"说完我才想起她并不知道我父亲发生了什么事，所以又补充了一句，"他们抓了他。"

我们沉默着走了差不多一分钟，爬过一个缓缓的山坡，我又气喘吁吁起来，当我们离赤卫军村的胜利越来越远的时候，软弱和麻木就又回到我的两条腿上来了。

"你的父亲是个作家，对吗？那么很有可能是别的作家告发了他，警察通常只是公事公办而已。"

"是，特别行动队也是。当然了，他们是有选择性地挑选他们的工作的。"

"如果我这么说能让事情看起来有所不同的话……我的父亲也是被他们抓走的。"

"真的？他也是作家？"

"不，他是个NKVD。"

攀上这个大长山坡用了我们差不多一小时，不仅如此，它还耗尽了我腿上所有的力气。可当我们终于爬到一棵树也没有的光秃秃的山顶时，我明白了为什么维卡会选这条路。一轮弦月给数公顷的森林和农田洒下银色的光，所有这一切都在冰雪的覆盖下熠熠生辉。

"看，"维卡说，指着北方，"你看见那个了吗？"

我们脚下的河谷蜿蜒地越过小小的山峰，只能影影绰绰地看到远处的地平线，在那里，一根长长的光柱直插云霄，强烈的光线照射着其上的云层。这束强光开始移动，像一把锃亮的军刀雕饰着夜空。我知道自己看见的正是一盏防空袭探照灯。

"那就是彼得城，"她告诉我们，"如果在回途中迷路，那就是北极星。"

我转头看着她："你不和我们一起走了？"

"在楚多瓦①外围有个游击队,我认识他们的头儿,我得设法跟他们联系上。"

"我敢断定,如果你跟我们一块儿走,上校一定会多给我们一张配给卡,我会告诉他,你帮了我们,他一定会——"

维卡笑笑,朝地上吐了口口水:"×他妈的配给卡,彼得城不是我的家,这个地方更需要我。"

"别把命搭上,"科利亚说,"我想,这个男孩已经爱上你了。"

"回去时别走大路,进城时要特别小心,我们到处都埋了地雷。"

科利亚对她伸出手。见他如此郑重其事,维卡转了转眼珠,但还是握住了科利亚的手。"我希望我们还能见面,"他对她说,"在柏林。"

她转过头笑着看我。我知道我再也见不到她了,她看出了我脸上的表情,一种极具人性的东西在她狼一般的蓝眼睛中浮现出来。她用戴着手套的手抚摸着我的脸颊。

"别那么悲伤,你今天晚上救了我的命。"

我耸耸肩,不敢张嘴说什么,很怕一旦开口就会说出一些令人作呕和愚蠢的话,没准儿还有比这更糟的——我怕我会哭出来。上一次哭是五年前的事儿了,但我从来没有经历过像今天这样的夜晚,而且我确定这个从阿尔汉格尔来的狙击手是我唯一能爱上的姑娘。

她的手仍停在我的脸颊上:"告诉我你姓什么?"

"贝尼奥夫。"

"列约瓦·贝尼奥夫,我会找到你的,只要给我一个名字就够了。"她往前探过身子,吻了我的嘴唇。她的嘴唇是那么冷,被寒风吹

---

① 楚多瓦是从莫斯科到列宁格勒铁路线上的重镇。

得是那么粗糙,如果神秘主义者的论调没错,如果我们这肮脏的生命注定会无休止地轮回重现,那么我一定要反复地还她这个吻。

吻过我,她马上掉头离开了,头垂下去,兔毛帽子压得很低,下巴埋在围巾里。裹在超大外套里的她的瘦小的身体,在周围古老松树的映衬下愈发显得娇小。我知道她不会再回头看我了,可还是一直盯着她,直到看不见了为止。

"来吧来吧,"科利亚把手环在我的肩上,"我们还有一场婚礼要去参加呢。"

25

　　白天融化的雪夜里再次冻上，走在这样的路很是危险，每走一步都听到霜雪打在皮肤上的噼啪声。断指剧痛无比，我很难有精力再去想别的。我们一直走是因为不得不一直走，因为已经走得太远而停不下来了，也不知道哪里来的力气让脚抬起、落下。有一个点已经超越了饥饿，超越了疲乏，在那里，时间不再转动，身体的苦痛也不再全都是自己的了。

　　这些苦痛在科利亚身上却完全找不到。他跟我吃得一样少，只是那一夜他跟大字不识的农民们在工棚里睡得还比较好罢了——舒服得像是躺在欧罗巴大饭店的羽毛床上似的。我垂着头艰难地向北方挪着脚步，科利亚这家伙却一个劲儿地看着四周月光下的田野，像个闲庭信步的艺术家。我们似乎把整个苏联都据为己有了——在这片被遗弃的农田里走上好几个钟头也见不到一丝人烟。

每隔几分钟科利亚都会伸手摸摸大衣里面，他要确定毛线衫是不是还塞在裤腰带里，那一盒子鸡蛋是不是还安全着。

"我跟你说过庭院猎犬的故事？"

"你的小说吗？"

"对啊，但题目从何而来，我说了吗？"

"可能提过。"

"不，我觉得我没讲过。男主人公，拉琴科，住在瓦西里岛的一栋古老建筑里。那可是货真价实的一栋房子，是给亚历山大的一个将军建的，但是如今早就塌掉了。八大家族住在那里，可是他们之间谁也不喜欢谁。一天晚上，冬天里的一个晚上，有只老狗晃进这个庭院，往门边一躺，把这儿当自己的家了。一条又大又老的狗，眼睛混浊灰暗，一只耳朵也在好斗的年纪被咬掉了。拉琴科第二天早上起晚了，从窗户向外看时，正好看见这条老狗爪子抱着头趴着呢。他对这个倒霉蛋心生悲悯，又冷又没东西可吃嘛。所以他就找了点儿干香肠，并且打开窗，恰在这时教堂钟声奏响了，正好是中午时刻。"

"这是发生在哪年的事？"

"什么？不知道。一八八三年。拉琴科吹了声口哨，老狗闻声抬头望着他。他把香肠投下去，狗便狼吞虎咽地吃光了。拉琴科笑笑，关上窗，又回到了床上。现在，记着啊，从这个时候起，他已经有五年没离开过他的公寓了。次日，拉琴科还是在教堂中午鸣钟的时候起床，钟声渐消，他便听见窗外一声狗叫，接着又一声，最后他爬下床来，推开窗子，朝庭院里一看，看见那只猎犬正盯着他，舌头从嘴里耷拉出老长，正等着他喂呢。所以拉琴科就又找了些什么东西喂了那位老兄。打这以后啊,每回教堂钟声在中午响起,这条狗就准时守在他的窗户底下等着自己的中饭。"

"像巴甫洛夫的狗啊。"

"没错,"科利亚说,有点懊恼,"像巴甫洛夫的狗,但我的这条狗是和文学诗歌在一起的。两年过去了,庭院猎犬认识了这栋楼里的每一个人,这些人如果进出大楼,猎犬是不会找他们麻烦的,但若是生人来到门前,这位老兄就成了凶神,咆哮着磨它的大牙。住户们喜欢它,它是大家的守护者,出个门什么的,也再不用上锁了。有时候,拉琴科会花整整一下午时间坐在窗前的椅子上,看着这狗,这狗呢,又会盯着门前川流不息的人们。拉琴科从不会忘掉中午时分的典礼,总是确保有大量好肉可以扔下去。一天早晨,拉琴科还在床上,正做着一个美妙的梦,梦见他小时候就热爱的一个女人,他妈妈的一个很亲密的朋友。教堂钟声响了,拉琴科笑着醒来,伸个懒腰,走到窗前,把窗子打开,看着下面的庭院。猎犬侧卧在大门边,一动不动。拉琴科立刻意识到这个畜生死了。记着啊,拉琴科之前从来没有碰触过它,从来没有挠过它的耳背,或者摩挲它的肚皮什么的,饶是如此,他也开始爱上这个老家伙了,把它当成一个忠实的伙伴。将近一个小时,拉琴科就那样盯着那条死掉的猎犬看,最后他意识到将不会有人去把它埋掉。它是一条流浪狗,谁会管这等事呢?可拉琴科已经七年没离开过这个公寓了。光是想想'走到外面去'这档子事儿就足以让他恶心,可更让他受不了的是让这条猎犬在光天化日之下腐烂掉。

"你能理解这有多么戏剧性吗?他走出了他的公寓,下了楼梯,出了大楼的前门,走到阳光里去了——七年里的第一次!——拾起了老狗,扛着它走出了庭院。"

"他去哪儿埋它?"

"不知道,可能是某个大学的花园里吧。"

"他们不会让他埋的。"

"我还没想到那一层呢,你根本没抓住故事的重点啊——"

"还有,他需要一把铁锹。"

"是,他是需要把铁锹。你所知道的罗曼史都是从火车站卖淫妞那儿听来的,是吧?或许,我甚至都可以不写埋狗这段儿,那效果会如何呢?让你自己发挥想象好了。"

"可能真是一个好主意,能成为一个小伤感,死狗们,这我就不知道了。"

"你喜欢这故事吗?"

"我觉得我喜欢。"

"你觉得?这是一个美丽的故事。"

"它很好,我喜欢。"

"书名呢?《庭院猎犬》?现在你明白它为什么是个棒透了的书名了吧?所有那些来找拉琴科的女人们,坚持不懈地试图让他跟她们出去,可他就是不干。这对她们来说差不多都成了一场比赛,她们每个人都想成为第一个引诱他走出大门的女人,但就是没人能做得到。只有那条狗,一条又老又哑又没主人的狗。"

"换成《庭院之狗》就不怎么样了。"

"是不咋的。"

"猎犬和狗有什么区别呀?"

"猎犬捕猎。"科利亚抓着我胳膊,突然双目圆睁,我不得不停下脚步。先开始我还以为他是听见了什么动静,比如装甲车行驶的引擎声或者远处士兵的喊叫声,可不管是什么东西占据了他的注意力,那感觉似乎是来自身体内部的。他紧紧地抓着我的胳膊，嘴唇微歙，一副极度专注的表情，就像他需要记起某个女孩子的名字，可绞尽脑汁也只能想到第一个字母。

"什么呀？"我问。他抬起手，我等在旁边。我们停在那里只有十秒钟，可就这么一会儿工夫也足以让我想要躺卧在雪地中，闭上眼睛，哪怕只有几分钟也好呀。只要能让我甩掉脚上的疲乏、活动活动冻僵的脚指头就行了。

"它来了，"他说，"我能感觉到。"

"什么来了？"

"我的屎！嘿，来吧来吧，混蛋，快来！"

他急急忙忙跑到一棵树后，而我呢，只好在风里左右摇晃着身体等着他。我多想坐下啊，但脑子里有个刺耳的声音告诉我说坐着太危险，一旦坐下去，就再也站不起来了。

科利亚折回来时我站着就已经睡着了，不连贯的梦境像蒙太奇镜头一般闪过我的脑海。他再次抓住我的胳膊使我吃了一惊，科利亚咧着嘴，又露出了他那标准的哥萨克式笑容。

"朋友，我不再是无神论者了，来，我想让你看看。"

"你开玩笑吧？我不想看。"

"你必须看。这肯定是一个记录。"

他拖着我的手臂，一个劲儿拉我跟他走，可我把靴子扎进雪地里，死赖着跟他呛，重心向后坐。

"别，别，咱们走吧，没时间了。"

"你是不是怕看我破纪录的屎啊？"

"如果我们黎明前到不了上校那儿——"

"这可是非同寻常的！是你将来可以讲给你孩子们听的不一般的

事情。"

科利亚用力拽我，我能觉出自己快要倒了，这时他戴着手套的双手突然一滑，滑脱了我的大衣袖子，跌倒在结冰的雪地上，他第一反应是大笑。可当他突然记起那些鸡蛋来的一刹那，立刻止住了笑声。

"我×。"他骂道，目不转睛地看着我。在我们这次的旅途中，我还是头一遭看见科利亚眼中的恐惧，最发自内心的一次。

"别跟我说你把鸡蛋摔碎了，可别跟我说这个啊。"

"我摔了它们？为什么只是我啊？你干吗死活不去看看那堆屎？"

"我不想看你的屎！"我冲他大喊，完全不再顾忌树林后边可能出现的追兵，"告诉我它们到底破没破？！"

坐在地上，科利亚解开大衣扣子，掏出鸡蛋盒子，查看着到底碎没碎，手在木板条上来回游走。他深吸了一口气，脱掉右手手套，把手探进这个干草垫底的盒子里去。

"怎么样？"

"都还好好的。"

等把鸡蛋盒子又温暖又保险地妥善安置在科利亚的毛线衫底下后，我们又继续向北赶路了。他没再提起他那极具历史意义的大便，但我知道他一定是被我惹得不高兴了，没给那东西当见证人。比如现在，他要是把这事儿讲给他的朋友听，可就没法子提供什么证人证词来支持他自己的说法了。

每一分钟我都在寻找那束在天空中来回穿梭的强力探照灯，有时候视线被树丛或者山坡挡住了，会有那么一两公里看不见它，但总是能够再找着。离彼得城越近，就能看到越来越多的探照灯，但是我们看到的第一束仍是最强劲的，强劲到当光束扫过那些冰冷遥远的弹坑时,似乎能够把月亮照亮。

"我打赌上校看见咱们时会特别惊讶,"科利亚说,"他一定以为我们这会儿都已经死了。这些鸡蛋一定会让他很开心,我得让他邀请咱们去他女儿的婚礼。干吗不去呢?他老婆也会喜欢咱们的。没准儿我还能跟新娘跳上一支舞呢,再给她显摆几小步,让她知道我不讨厌已婚女人。"

"我连今天晚上睡在哪儿都不知道。"

"咱们去桑娅那里,这还用想吗?我保证上校就冲我们这么麻烦地把鸡蛋搞来,也会给我们一些食物,到时候我们就跟她一起吃,再生个小火堆。到了明天,我就必须去找我的部队了,哈,那帮哥们儿见着我也会很惊讶的。"

"她根本就不认得我,我可不能住她那儿。"

"你当然能住了,现在我们是朋友了,列夫,我说得对吗?桑娅是我的朋友,你也是我的朋友,别担心了,她那儿有好多房间。虽然跟她待在一起不会特别让人兴奋,特别是在你遇见维卡之后,对不对?"

"维卡有点儿让我害怕。"

"我也怕她。但你喜欢她可不只是那么一星半点,快承认了吧。"

我笑了,想着维卡的眼睛,她饱满的下嘴唇,还有她锁骨上清晰的曲线。

"她可能会觉得我对她来说太小了。"

"真有可能。但话又说回来,你救了她的命啊。那颗子弹直直的就朝着她的头去了。"

"我也救了你的命。"

"没有,我已经控制住了那个德国兵。"

"你才没呢,他有那把枪——"

"操正步①的巴伐利亚鬼子们在格斗中战胜我的那一天——"

我们一直争论不休,从对象棋对抗的分析到我的推断错误,从上校女儿婚礼上会有什么宾客转到命中注定要在农舍那儿遇见四个姑娘。聊天让我保持清醒,也把我的注意力生生地从麻木的脚指头和僵硬的双腿上转移开。天亮了,一点儿一点儿渐渐亮起来了,我们跌跌撞撞地走在一条积雪被夯实了的马路上,好歹好走了一些。 太阳升起之前,我们终于看见彼得城要塞的外部轮廓了:一道道战壕像黑色的大口子躺卧在雪地中,"龙牙"状的反坦克路障,一丛丛生锈的铁轨卧在冰冻的土地上,一公里又一公里的缠绕着带倒钩的铁丝网的木头杆子。

"我得跟你说个事儿,"科利亚说道,"我想吃一片那×他妈的结婚蛋糕。是我们千辛万苦找来了鸡蛋,这样才公平。"

过了一会儿,科利亚问到:"他们这是干什么?!"话音刚落,我便听到一声枪响。科利亚抓着我的外套,一把把我掀倒在地。子弹从头顶嗖嗖飞过。"他们朝咱们开枪,"他自己回答了刚才的那个问题。"嘿!嘿!我们是苏联人!我们是苏联人,别开枪!"更多子弹在空中穿过。"我们是苏联人,活见你妈的鬼,听我说!你听见我说话了吗?听见我了没有!我们有格列奇科上校的证明信!格列奇科上校!听见了吗?!"

枪声止住了,我们仍腹部紧贴在地上,双手抱着头。要塞后有指挥官冲着他的士兵大喊大叫。科利亚抬起头瞄着北面几百米以外的战壕。

"他们没听说过鸣枪示警这种东西吗?"

---

① 正步又称鹅步(goose-step),是德国人的发明,源于普鲁士时代,希特勒时期把它发扬光大到了极致。

288.

"可能那就是鸣枪示警。"

"不对,他们是瞄着咱们的脑袋打的,根本就不知道怎么开枪,一群从大工厂区招来的笨蛋,我敢打赌是这么回事儿。可能一周之前才头一回摸着枪。"他把手拢在嘴边大喊,"嘿!你们听得见吗?想不想把子弹省下来打德国人啊?"

"把手举起来!慢慢朝我们走过来!"对面的喊话传来。

"我们站起来,你们不会开枪吧?"

"要是我们喜欢你们的模样儿就不会。"

"你妈喜欢我们的模样儿,"科利亚小声说,再低声问我,"你准备好了没有,小狮子?"

我们站起身来,科利亚面部歪扭着,一脸痛苦的表情,他绊了一下险些跌倒,我赶紧一把拉住他让他站稳。他皱着眉掸掉大衣前襟沾上的雪,然后又扭转头看着自己的屁股,有个弹孔明晃晃地穿过了他屁股上的厚羊毛大衣,我俩都看见了。

"扔掉武器!"指挥官在远处的战壕里高声喊着,科利亚把MP40往边上一扔。

"我中枪了!"他对那个指挥官喊回去,解开大衣扣子,看着裤子上屁股部位的弹洞,"你信吗?这帮王八蛋居然朝我的屁股开枪。"

"举起手,走过来。"

"你打老子的屁股,×你妈的笨蛋!我哪儿也走不了了。"

我架着科利亚,帮助他站直,他的右腿一点儿劲也使不上了。

"你得坐下。"我对他说。

"我坐不了,怎么可能坐得下去啊,有颗子弹在我屁股里呢!你能相信会有这种事儿?!"

"那你能跪下吗?我觉得不应该再站着。"

289.

"还不知道回到营部会被他们乱七八糟地怎么取笑呢。被他妈一个从大工厂区流水线上直接拉下来的、纯业余的傻逼玩意儿一枪打在屁股上？"

我扶着他跪下来。当他的右膝碰到雪地时，脸上痛得抽搐了一下，右腿不住地哆嗦着。战壕里的指挥官肯定又召开了一个"临时会议"，一个新的、更具权威感的声音对我们喊过来。

"原地待着别动！我们过来！"

科利亚小声咕哝："他让我们待着别动。是啊，我是得这样做啊，眼下，我他妈的在屁股上挨了你们一枪。"

"也许子弹已经打穿了，如果真是打穿了倒会好点儿，对不对？"

"你想扒下我的裤子看看吗？"他痛得龇牙咧嘴。

"我该做点什么？啊？该做什么？"

"他们说过得施压。别担心，我会压着的。"他解开下巴那里系着的帽绳儿，脱掉帽子，把它按在屁股上的弹孔那里。有那么一下子，他不得不闭上眼睛一会儿，大口吸着气。眼睛再睁开时，他似乎想起来了什么事，空着的一只手又探进毛线衫里，把干草垫着的鸡蛋盒子掏出来。

"把它放进你的大衣里去，"他命令道，"我可不想把鸡蛋给冻成冰坨子。还有，别给摔碎了，拜托你。"

几分钟后，一辆嘎斯车朝我们开过来，那是一辆装甲车型的嘎斯，使的是厚厚的雪胎，车后还架着一挺重型机枪。它在我们身边刹住，枪手一直把大张着嘴的机枪枪口瞄着我们的脑袋。一个中士和一个中尉跳下车朝我们走来，两人的手都放在屁股后的手枪套上。那名中士在扔在地上的MP40枪那儿停顿了一下，琢磨着这把半自动枪，看向科利亚。

"我们的狙击手看见了一把德国枪,他们做得对。"

"狙击手?你管他们叫这个?那他们是不是受过特训专门打我的屁股呢?"

"你怎么会有德国枪?"

"他在流血,他需要帮助。你们能不能待会儿再问这些问题?"我对他说。

中尉盯着我看,扁平的脸上毫无表情,但这样也好,可以省却些许敌意。他的头剃得光光的,没戴帽子,可能他压根儿就注意不到我们身边肆虐的寒风。

"你只不过是平头百姓,居然敢命令我?违反宵禁令、身上没有任何许可证就跑到城市限制区外面,只凭这两条,我现在就能处决你。"

"军官同志,拜托你……我们要是在这里再多待一会儿,他就会流血而死。"

科利亚从兜里掏出上校的信,递给这名军官。中尉看着那封信,起初还不以为然地蔑视着,可当他注意到落款是谁的签名时,身体便一下子变得僵直了。

"你应该早点儿说啊。"他低语着,同时挥手示意司机和枪手过来帮忙。

"我是应该——你们朝我打枪的时候,我一直在高喊上校的名字!"

"我的兵做得没错,你带着敌人的家伙朝我们来了,我们事先又没有得到预警——"

"科利亚,"我把手放在他肩头,示意他别出声。他抬眼看看我,嘴巴张开,本已做好要反驳中尉的准备,但这一次,也是他一生中唯一的一次,他总算明白是时候该闭嘴了。他笑笑,眼珠转了转,便看到我困惑的表情。顺着我的目光望过去,血已经淌到雪地上,他的整条裤腿全都被血浸透了。被鲜血洇红的白雪,就像我父亲夏季里买回家来的樱桃冰砂。

"别担心,"科利亚盯着那摊血,"这不算多,别担心。"

司机和枪手一人一边,分别架起他的胳肢窝和膝盖,把他抬到尚未熄火的嘎斯车里。我蜷缩在司机和后座之间的那一块小地方里,科利亚趴在后座,外套盖在身上保暖。每一次遇到车子颠簸,科利亚都会把眼睛闭起来。我从他手上拿过被血浸湿的帽子,按压住他的伤口,想减缓其失血的速度,又不至于让他太疼。

他闭着眼睛笑了:"宁愿是维卡的手按在我的屁股上。"

"很疼吧?"

"你以前屁股上没挨过枪子儿啊?"

"没有。"

"那答案就是'没错,很疼'。我很高兴他们没有打到另外一面。中尉先生,拜托——"科利亚大声说,"能不能请你帮我转达一下对狙击手们的谢意?谢谢他们没把我的蛋打飞。"

中尉坐在副驾驶座上,一直盯着前方的路,没有接科利亚的话茬儿。他光光的头皮上有些斑斑点点的白色小疤。

"列宁格勒的女人们也得感谢他们啊。"

"我们现在把你带到大工厂区的医院去,"中尉说,"那里有最好的外科大夫。"

"很好,我敢肯定NKVD会给你一枚勋章。把我放到医院以后,请把这位小兄弟送到卡梅尼岛上去,他有一个很重要的包裹要交给上校。"

中尉闷闷不乐地坐在那里不吭声,为自己居然得听一个小兵的命令而暗生闷气,但是他又不想在这么个时刻冒什么风险给自己树个强敌出来。我们在一个沙包堆起的防卫工事前停下来,又流失了将近两分钟的时间,要等到战士们把横七竖八挡着战壕的木头台架清理好,才能继续通行。司机大喊着让他们赶快清出来,可即使如此,那些战士们仍坐在那里,疲乏而又无动于衷地争论着到底应该把木头架子搁在哪儿最合适。终于,我们越过了那堆路障,司机一踩油门,加速冲过大沙包堆成的机关枪掩体。

"离医院还有多远呀?"我问开车的。

"还有十分钟吧,如果足够幸运,那就是八分钟。"

"尽量幸运吧,"科利亚说。这时候,他双眼紧闭着,面孔压在座位里,金发垂到前额上。最后一分钟,他脸色惨白,全身不停地颤抖。我把那只空出的手伸到他脖子后面托着,他的皮肤冰凉。

"别担心,"他对我说,"我还见过我的朋友流比这还多的血呢,可他们过了一星期就又活蹦乱跳地回来了,都痊愈了。"

"我不是担心。"

"人的身体里有好多血呢,多少来着?五升?"

"不知道。"

"虽然看起来是挺多的,但我敢打赌流了不到一升……可能,也就一升吧。"

"也许你不应该再说话了。"

"为什么不能呀?说话怎么了?听着,你去参加婚礼,跟上校女儿跳舞,然后来医院跟我汇报。我要知道所有的细节。她穿什么了,她闻起来香不香,所有婚礼上的一切。连续这五天,我都想着她打'手枪'来着,你知道吗?好吧,有一次是想着维卡打的,我向你道歉。但那是因为在羊圈里，她非要在她胸脯子周围拴带子(系那把刀)，你也瞅见了，这能怪我吗？"

"你哪里还有时间干这个呀？"

"在他妈上这儿来的这么长的路上呗。等你参了军就知道怎么一边走着一边干这事儿了。把手往口袋里一放，也不是什么了不得的诀窍。"

"昨天夜里我们一边走，你还想着维卡打了？"

"我本来没打算告诉你这个。你走着睡了半宿，我无聊嘛，必须干点儿什么。看吧，你这会儿生气了……别生我的气。"

"我当然没生气。"

司机猛踩了一下刹车，要不是我手疾眼快按住他，他差点儿从后座上颠下去。我直起身子从风窗玻璃向外看。我们已经到达基洛夫大工厂区的边缘了。大工厂区本身就算得上是个城市，成千上万的工人没日没夜地干着。我方炮兵的炮弹、德国空军的炸弹已经把一些石头墙的机器车间轰平了，空荡荡的窗户上横七竖八贴着塑料的防水油布，厂区院子里满是坑坑洼洼的弹坑，结了冰。但数千工人已被疏散走了，还有数千在前线上已经死了或是即将死去——即便如此，大烟囱里依然呼呼冒着烟，工厂区的路上随处可见妇女们推着装满煤的小推车来回奔忙着，空气中充满了车轮板条转动的呼呼声、搅拌器滚动起来的喧闹声和液压机器煅钢的声响。

一列新下线的T-34坦克正滚出像飞机修理库那般大的装配车间。一共八辆坦克，钢外壳还没有喷漆，隆隆作响地慢慢碾上肮脏的积雪，在路上停下来。

"怎么停了？"科利亚问，他的声音听起来比一分钟前更虚弱了，他这样的声音让我非常害怕。

"有几辆坦克要经过呢。"

"T-34?"

"对。"

"好坦克。"

坦克们终于过去了,我们又接着向前飞奔。司机重重踩着油门,一手很有把握地握着方向盘,他对大工厂区的路了如指掌——抄近路从汽轮机车间后的小路,沿着被炸得路没有路的工人们的居所和带着火炉小烟囱的锡皮屋顶的工棚开过去——可是就算一个再熟门熟路的行家里手,在如此杂乱无章的工业城镇里,也需要时间才能开到城的那一头。

"就在那里。"中尉终于开口道,指着一间由砖砌仓库改建的地方医院。他在椅子上扭过身察看科利亚,可他根本看不见科利亚的脸,只好转头问我。我耸耸肩,说:"我不知道。"

"活见鬼了!"司机突然大喊一声,砸了一下方向盘,踩住刹车。一辆小小的机车头正嘎吱嘎吱地穿过把工厂区一分为二的轨道,牵引着满载着金属废料的货车车厢往铸造厂去。

"列夫?"

"嗯?"

"快到了吗?"

"我觉得说话就到。"

科利亚的嘴唇颜色变得青紫,呼吸也越来越快越来越浅。

"有水吗?"他问道。

"谁有水?"我询问的时候喉咙破音了,听起来就像个被吓坏了的小孩子。

枪手递过来一只水壶。我旋开盖子,搬起科利亚歪斜着的头,试着往他的嘴里倒些水进去,却全都流到座位上了。他设法把头往前抬了抬,这样才给他喂进去了一点,不承想他还被呛着了,又全吐了出来。想再给他一些时,他却微微摇着头拒绝。我把水壶还给那个枪手。

想到科利亚的头一定很冷,我便把自己的帽子摘下来给他戴上,暗自羞愧着怎么没早点儿想到这么做。可是科利亚依然在不停发抖,一头一脸的冷汗,面色惨白,皮肤上出现了好多硬币大小的猩红色斑点。

从眼前掠过的一节节货车车厢的缝隙中看过去,已经能看见医院的大门了,只有不到一百米。我们的司机前倾着身子坐着,两个手臂抱着方向盘,因为等得实在不耐烦而频频点着头。那个中尉也越来越担心,不断地回头察看科利亚。

"列夫?你喜欢那个名字吗?"

"哪个名字?"

"《庭院猎犬》。"

"那是一个好名字。"

"我也能叫它《拉琴科》。"

"还是叫《庭院猎犬》比较好。"

"我也这么觉得。"

他张开双眼,那双暗淡的、蓝色的哥萨克眼睛,冲我笑了。我们俩都知道他快死了。他发着抖,躺在后座上,身上盖着他的大衣,青紫的嘴唇衬得他牙齿很白。我一直坚信他的那个笑是给我的礼物。科利亚不信神,也不信转世来生,他不认为他要去一个好地方,或者任何别的什么地方。没有天使等着接引他。他笑是因为他知道我有多害怕死亡。我确信这一点。他知道我被吓坏了,他就是想让我轻松一些。

296.

"你能相信吗?被自己人打在屁股上。"

我想说点儿什么,想编个傻乎乎的笑话分散他的注意力。我必须说些什么。我也希望能有些什么话可以说,可即使到了今天,我也根本想不出合适的词儿来。如果我告诉他我爱他,他一定会眨着眼睛对我说:"难怪你把手放在我的屁股上。"

科利亚这时候甚至不能长时间保持微笑了,他又闭上了眼睛。他讲话的时候嘴唇非常干,上下嘴唇都粘在一块儿了,但还是尽力组织了一下语言:

"这真不是我想象的结局啊。"他对我说。

26

　　石岛的上校官邸，许多穿制服的军官和神情严肃的百姓匆忙进出着，穿梭在有着白色立柱门廊的大门间。涅瓦河在这幢老房子后面盘绕着，冻住了，河面上全是冰雪，如同一条白色的蛇滑行过这座破碎的城市。

　　秃头中尉护送我到达府邸前设置的机关枪防御工事处，正好有一队士兵背对着很多沙包坐着，一口一口从马口铁杯子里呷着淡茶。管事儿的中士读完上校的信，打量了我一眼，问："你有东西要给他？"

　　我点点头，顺着他的指引进去。秃头中尉掉头径直离开了，再也没有回头，他迫切地想要从这个不幸的早晨尽快脱身。

我们终于在大宅子的地下酒窖里找到了格列奇科。所有的陈年老酒早被消耗一空了,但是仍然可以看到许多排列成蜂窝状没上釉的赤陶酒罐支架。上校站在他的一个下属军官身旁,那人正在查看着物品清单。年轻的士兵们用撬棍打开了木制板条箱,把胳膊探进保护物品的碎纸片里去,取出马口铁罐、广口瓶和粗帆布袋子,还大声说出箱子里头的东西来。

"两公斤烟熏火腿。"

"五百克鱼子酱。"

"一公斤酱牛肉。"

"大蒜和洋葱……未标重量。"

"一公斤白糖。"

"一公斤盐腌鲱鱼。"

"一公斤煮牛舌……未标重量。"

我在那里站了一分钟,眼睁睁看着食品堆越垒越高,所有这些原料都是为了这场传奇的饕餮盛宴。胡萝卜和土豆、分割好的鸡和一坛一坛的酸奶酪、小麦面粉、蜂蜜、草莓酱、一壶一壶发酵过的樱桃果汁、听装的波罗维卡蘑菇、卷裹在蜡纸里大块大块的黄油,还有一块至少两百克的瑞士巧克力。

带我来的中士走到格列奇科身旁的官员那里小声说了几句,上校听见他的话,朝我这边看过来。他皱起眉头好几秒钟,也不记得我是何许人也,额头上遍布着深深蹙起的抬头纹。

"啊,"他说,他奇怪又美好的微笑浮现开来,"发国难财的那个!你的朋友哪儿去了?就是那个逃兵。"

我不知道自己的脸色是怎么对他的这一问题作出回应的,但是上校看到了,也明白了。

"太糟糕了，"他说，"我喜欢那孩子。"

他等待着，想看我来这里到底是要做什么。但是很长时间我都想不起来自己到这里是干吗的。等终于想起来时，我解开大衣，从毛衣底下掏出那盒干草垫着的鸡蛋来，递给上校。

"十二个鸡蛋。"我对他说。

"好极了，好极了。"他看也没看就交给了手下，朝堆积如山的美食打了个手势，"昨天夜里空运了一些存粮来，刚刚来得及。你知道我为这场婚礼得欠上多少人情债吗？"

他的下属把鸡蛋盒子交给一个年轻战士，然后在自己的本子上做个记号："又一打鸡蛋。"

我看着那战士拿着鸡蛋走开。

"你们已经有鸡蛋了？"

那名下属看了一下本子："已经有四打了。"

"越多越好呀，"上校说，"现在我们能做鱼排了。哎，给这孩子一张'一级配给卡'。啊，给他两张，他朋友的那份也让他领了吧。"

下属官员扬起眉毛，对上校的这份慷慨很是吃了一惊。官员从皮夹子里取出两张配给卡，签好字后，又从口袋里掏出印泥并盖好章，把它们交到我手中。

"你会成为一个人见人爱的男孩子。"他说。

我盯着手里的配给卡，每一张都赋予了我国部队军官才能拥有的配给量。再四下打量着这个酒窖。科利亚一定知道哪个葡萄园是多尔戈鲁科夫的最爱，白酒配鲟鱼，红酒嘛，最好配野味了。就算他不知道，他也会编出点儿什么来的。我看着士兵搬着一袋袋的大米和长串的大肥香肠上楼去了。

当我再次回头面对上校时,他也盯着我看,又一次,他读懂了我的表情。

"你现在想说的那些话,还是别说了。"他亲热地微笑着拍拍我的脸,动了真情一般,"这……我的朋友,这是能长命百岁的秘密。"

27

一九四四年一月十七号晚上，超过三百门加农炮连续开火一小时之久，白的，蓝的，红的火箭炮绚烂地拖着闪光的尾巴，照亮了整个列宁格勒，整个苏联，金色穹顶的圣伊萨克大教堂和冬宫的两千扇窗交相辉映着。列宁格勒大围城宣告终结。

我站在桑娅家的屋顶上，跟她和一大帮朋友一块儿喝着很烂的乌克兰酒，为戈沃罗夫和梅列茨科夫这两个名字干杯致敬，是这两位元帅率部突破了德军的阵线。那时，我已经参军一年多了。我的上级好好掂量了一下我有几斤几两，认定我确实没长一副步兵模样，就把我调到《红星报》——红军的军报去了。头一年，我的工作是协助有经验的记者团队在前线采风，收集奇闻轶事和我们采访过的、来自不同连队的战士语录。我也配有一把步枪,但是从来没使过它。我那截缺掉的手指只在打字时有点儿麻烦。最终我获得了提升,开始给《红星报》独立撰稿。在那里,有一个我从未谋面的编辑,他把我的作品改写成了一篇坚强不屈、极其爱国的散文。若我父亲在世,一定会恨透了里边的每一个字。

那夜,大围城结束,在桑娅的屋顶上,我们喝了太多太多的酒,大喊大叫把喉咙都喊痛了,我吻了她的嘴。这个吻比友情多,比性爱少。当我们分开来时,我和她都笑了——为了掩饰尴尬。我知道我们俩都在想科利亚。我想象他一定会很高兴地看见我亲一个漂亮女孩,他也一定会教我相关技巧,叫我要来个进一步实打实的接触——可是,我们都想着他,再也没有那样亲吻了。

带着给上校的鸡蛋回到彼得城后没几天,我听说基洛夫在那次的炸弹袭击数小时之后才倒塌。大多数居民都幸运地活了下来,包括维拉·奥西波夫娜和安托科利亚斯基家的双胞胎。最后我都遇上了他们,但这个冬天把我们彻底改变了,我们之间几乎无话可聊。我本来还抱着希望,觉得维拉会淡淡地有些犯罪感——毕竟她被我从公寓大门那里救下来,之后只顾自己逃命,连看也没看我一眼——但是她没提这个,既然她没提,我也就不想说起了。她在战后资源几乎耗竭一空的管弦乐团里谋了个席位,并且一干就是三十年。双胞胎在朱可夫元帅的第八近卫集团军里声名卓著,一路打到了柏林。有一张很著名的照片,是他们两位之中的一位正在德国国会大厦墙上写下自己的名字,我不清楚那是奥列格还是格里沙。基洛夫公寓五层的所有孩子们里,我猜我是最没有出息的一个。

一九四五年夏天,我跟另外两个年轻记者一起住到离莫斯科车站很近的一个大公寓里去了。那时候在外逃难的人们,包括我妈妈和妹妹都已经悉数返回彼得城，但这个城市远没有战前那么拥挤了。人们说涅瓦河的水喝起来仍然有一股死人味道。男孩子们又乱舞着书包从学校跑回家来，涅瓦大街的餐馆和商店重新开张了，但几乎没人有钱去消费。国家假日时，大家都在街上溜达来溜达去，从商店新安装的平板玻璃橱窗望进去，看那些杏仁蛋白软糖、腕表和皮手套。我们这些在大围城中幸存下来的人们则保持在靠南边人行道上行走的习惯，尽管已经差不多两年都没再有过轰炸或炮击了。

八月里一个凉爽的晚上，从芬兰吹来的北风带着松木香，我独自坐在公寓的厨房桌子前，读着杰克·伦敦的小说。室友们都去看普希金的一出新剧了，他们也邀我同去，但还没有哪个同时代的俄罗斯剧作家像杰克·伦敦那样让我着迷。看完了那本小说，我打算从头到尾再看一遍，这一回是想试着理解他是怎么写的。巴克不看报纸，否则他就知道要出乱子了。

听到第一声敲门声时，我没把眼睛从书上抬起来。隔几间公寓，有个男孩儿总爱自娱自乐，有好几个晚上，他没事就在楼道里跑来跑去，在每一家门上都"梆梆梆"敲几下。不管怎么着，我认识的每个人都会让他进屋——我的锁是坏的，平时又没什么客人。第三次敲门声打断了伦敦的文字。我带着点儿小恼火，把书往厨房桌子上一扔，走过去准备开门训斥一下那个招人烦的小家伙。

一个年轻女人站在走廊上，行李箱放在脚边，手里拿着一只硬纸板箱。她穿着一件棉质的黄底白花连衣裙，项链上有一只银色的蜻蜓正伏在两条锁骨间的凹陷处，浓密的红头发像瀑布一般垂到被太阳晒得黑黑的肩膀下。她会说她是毫不经意地随便找了条裙子穿上的，项链也是一样，她没有洗过头发或擦过脸，也没往嘴巴上涂口红。别信。没人会"碰巧"看起来特别好看。

她冲我笑了，这一笑激起嘴唇上的小弯弯，与其说是微笑，倒不如说是嘻嘻笑。她的蓝眼睛盯着我的，看我是不是认出她来了。如果我是个做戏好手，我就会假装认不出，可能还会问："你好，请问你找谁啊？"

　　"你不像以前那么皮包骨了，"她说，"可还是太瘦了。"

　　"你有头发了。"我答道，可立刻就想把这句话收回来。我做梦都想着她，想了三年半——真真切切，梦见她穿着超大号外套跋涉的样子，起码有一半的梦都是这个内容——可是当她真正到来时，我能想到自己要说的话居然是"你有头发了"吗？

　　"我给你带了一个礼物，"她说，"看，现在他们发明了什么。"

　　她啪嗒一下翻起纸板箱盖子，里面是十二个放在巢里的鸡蛋，舒舒服服躺在每个小隔间里。白色的鸡蛋，棕色的鸡蛋，还有一个鸡蛋壳上像老年人的手一样有着斑斑点点。她盖上盖子，再打开，为这简单的小机关高兴坏了。

　　"这可比把它们裹在干草里好多了。"她说。

　　"我们可以做个煎蛋。"我建议。

　　"我们？"她笑了，把纸板箱递到我手里，提起她的行李箱，等着我把门开大一些让她进去，"有件事你必须知道，列约瓦，我可不下厨。"